KB085244

전지적 독자 시점

전지적 독자 시점

싱숑 장편소설

Omniscient Reader's Viewpoint

PART 2

03

비채

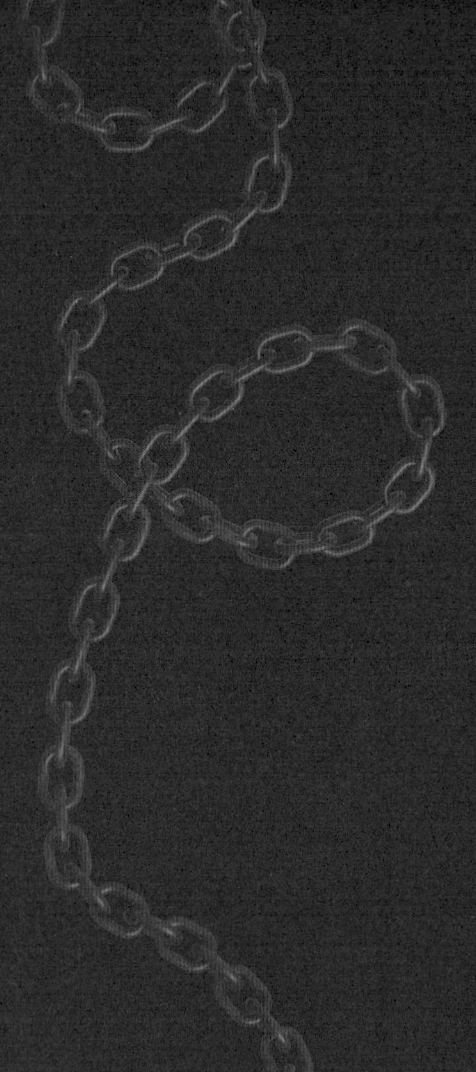

일러두기

- 이 책은 e-book 《전지적 독자 시점》을 바탕으로 편집 및 제작되었습니다.
- 인명 등 고유명사는 국립국어원 외래어 표기법을 따르되, 입말로 굳은 단어 등은 예외로 하였습니다.

차례

Omniscient
Reader's
Viewpoint

48

Episode

등장인물

Omniscient Reader's Viewpoint

1

뺨에 몇 번인가 불에 덴 듯한 통증이 일었다.

"김독자! 야! 뭐냐고!"

시야가 깜빡이며, 천천히 의식이 수면 위로 올라왔다.

[전용 스킬, '제4의 벽'이 강하게 발동 중입니다!]

"으……."

내 목소리가 내 것 같지 않았다. 아주 잠깐이지만, 전혀 다른 존재가 되었다가 돌아온 느낌. 소름 끼치는 감각이 전신에 남아 있었다. 장하영의 손끝이 닿은 어깨가 흠칫 떨렸다.

"꼴이 왜 이래?"

대체 무슨 일이 벌어진 건지 기억이 확실하지 않았다.

[제4의 벽]에게 부탁해서 내 특성창을 확인한 것까지는 기억이 나는데, 그 후로 목소리가 들렸고…….

나는 관자놀이를 문지르며 물었다.

"……나 얼마나 기절해 있었어?"

"몰라. 나도 갑자기 번개가 치기에 달려온 거야."

"번개?"

"그 왜, 개연성 어길 때 생기는 스파크 있잖아. 그게……."

"그게 번개처럼 쳤어?"

장하영이 힘차게 고개를 끄덕였다.

"그렇게 큰 건 처음 봤다니까?"

잘 보니 코트를 비롯한 옷가지가 까맣게 탔다. 자동 수복 기능이 있는 코트가 이렇게 망가질 만큼 후폭풍이 치다니…… 심지어 집무실 천장은 운석이라도 맞은 듯이 뻥 뚫려 있었다.

"괜찮은 거야?"

"괜찮아. 괜찮은 건 물론이고……."

오히려 더 가뿐해진 느낌이었다. 있을 수 없는 일이었다. 화신체가 이렇게 타버렸는데 정신은 또렷하다니. 심지어 설화의 힘도 더 충만해진 느낌이었다.

[전용 스킬, '독해력'의 효과로 이해력이 증가합니다.]

그 메시지를 보는 순간, 종전의 기억이 떠올랐다.

맞다. 분명 나는 그런 메시지를 보았다.

[등장인물 '김독자'에 대한 이해도가 상승했습니다.]

메시지는 나를 '등장인물'이라고 표기했다.

이제껏 한 번도 없던 일이다. 가슴 한구석에 서늘한 기운이 스쳤다.

지금껏 몇 번인가 '등장인물화'가 진행된 존재를 보았다. 원작의 바깥에서 왔으나, 결국은 원작과 동화되어버린 이들.

주로 '하차자'라 불리던 이들이 그랬다.

나는 다급히 특성창을 불러보았다.

'특성창.'

하지만 특성창은 열리지 않았다.

이유는 명백했다.

['제4의 벽'이 당신을 노려보고 있습니다.]

등 뒤로 식은땀이 흘렀다.

「***김*** 독 자 ***십오초 봤*** **다.**」

'미안, 진짜로.'

시간이 그만큼 지난 줄 누가 알았겠냐고. 사실 십 초든 십오 초든 특성창 하나 살피기에 빠듯한 시간이었다.

「**이 제 안보 여 줘.**」

'잠깐만, 하나만 물어보자.'

나는 사라지려는 [제4의 벽]을 황급히 붙잡았다.

'그 '벽' 뒤에 있는 건 대체 뭐야?'

어렴풋한 기억이지만, 나는 분명 기절하기 직전 무언가를 보았다. 좀 더 더듬어보자면, 누군가와 언뜻 이야기를 나눈 것 같기도 했다. 몇 개의 그림자가 분명히 그곳에 있었다.

「……**졸 려.**」

그 말과 함께 [제4의 벽]은 잠들어버렸다. 여전히 기능은 작동하지만, 의식은 꺼진 모양이었다. 제기랄.

[새로운 설화를 획득했습니다!]

[설화, '심연을 들여다본 자'를 획득했습니다.]

[해당 설화는 등급 표기가 되어 있지 않습니다.]

나는 멍한 눈으로 허공에 깜빡이는 메시지를 보았다.

'심연을 들여다본 자'.

원작에서 그 설화를 얻게 되는 존재를 이미 알고 있었다. 그랬기에 등줄기에 돋는 소름을 막을 수 없었다. 고삐 풀린 의문들이 머릿속에서 폭주했다.

왜 여기서 내가 이 설화를 얻었지? 내가 '등장인물'이라고 표기된 것과 이 설화는 대체 무슨 관계지? 지금 나는 '등장인물'이 된 걸까, 아니면 여전히 '독자'인 걸까?

나는…….

나는, 여전히 미래를 바꿀 수 있는 존재인가?

"김독자?"

감정이 훤히 내비치는 눈으로, 장하영이 나를 보고 있었다.

내가 처한 상황도 저 눈동자처럼 투명하면 얼마나 좋을까. 저 눈빛을 읽듯 나 자신에 관한 것도 읽을 수 있다면…….

순간, 머릿속에서 불똥이 튀었다.

「만약, 나에게 [전지적 독자 시점]을 사용한다면 어떻게 될까?」

한 번도 그런 생각을 해본 적 없었다.

내 안에는 분명 나 자신도 알지 못하는 뭔가가 숨어 있다.

작가가 남겼는지 아니면 세계가 변하는 과정에서 자연스럽게 내게 스며들었는지는 모른다. 확실한 것은 시간을 들여서라도 그게 뭔지 알아볼 필요가 있다는 사실이었다.

하지만 막상 [전지적 독자 시점]을 쓰려고 마음을 먹으니 망설여졌다.

……이걸 쓴다고 내가 어떤 존재인지 알 수 있을까?

애초에 [전지적 독자 시점]은 상대방의 생각과 움직임을 읽거나 해당 인물의 시점에 빙의하는 스킬인데…….

[……김독자? 괜찮냐?]

생각의 수렁에서 빠져나온 것은 눈앞에 둥둥 떠 있는 도깨비를 발견한 직후였다.

"비형?"

나는 멍청한 얼굴로 비형을 보았다.

이 자식 아까 떠난다고 하지 않았나?

비형이 우물쭈물 말을 더듬었다.

[어…… 갑자기 후폭풍이 쳐서…….]

바쁜 일이 있다더니 실은 근처에서 지켜본 모양이다. 하여간 음흉한 녀석. 이러니 믿을 수가 있나.

[오, 오해하지 마. 깜빡하고 말 안 해준 게 있어서 돌아왔으니까.]

내가 처음 보는 도깨비와 태연히 말을 나누자, 곁에 있던 장하영이 토끼 눈을 하고 이쪽을 보았다. 나는 괜찮다는 표시로 녀석의 어깨를 툭툭 두드려준 후 비형에게 물었다.

"말 안 한 게 뭔데?"

[너도 알겠지만, 이번 마왕 선발전 이벤트가 굉장히 커질 거거든.]

그렇겠지. 그러지 않아도 성좌들 사이에 암암리에 퍼지던 이야기를 내가 미식협에서 제대로 터트려버렸으니까. 분명 거기 있던 성좌 중 일부도 마왕 선발전에 참전할 것이다.

[단순히 커지는 정도가 아니라 방송권을 놓고 싸움까지 붙

었어. 예상했겠지만, 마계에 파견된 건 나 하나가 아니야.]

"그럼?"

[너도 아는 도깨비가 반대편에 있어.]

나도 아는 도깨비?

[너랑 나한테 엄청난 원한을 품은 녀석이지.]

그런 도깨비라면 둘 정도 있다. 하지만 하나는 무림에 있으니, 남은 것은 하나뿐이다.

"'독각'이냐?"

[그래.]

독각. 일본 쪽 채널을 담당하던 그 도깨비는, 나와 비형에게 된통 당한 적 있었다. 그때야 운이 좋았지만 지금도 그러라는 법은 없었다.

멸살법의 도깨비 중에서도, 독각은 채널 운용에 관해 특출난 재능을 지닌 놈이니까. 놈이 이번 마왕 선발전을 이끄는 도깨비 중 하나로 발탁되었다면, 앞으로의 일정은 결코 순탄하게 흘러가지 않을 것이다.

[그러니까 뭐, 아무튼 몸조심하라고. 채널 관리도 잘 하고…… 잠깐만. 너 도깨비는 어쨌냐?]

"도깨비?"

그러고 보니 아까부터 주변이 고적했다. 뻥 뚫린 천장 위로, 하늘에 붙박여 열심히 반짝이는 별들이 보인다.

이상한 일이었다.

아무리 내가 채널 차단을 지시했다 해도 저들의 불만 사항은 들릴 텐데…… 내 귓가에는 어떤 메시지도 들려오지 않고 있었다.

"비유?"

소리 내어 이름을 불러보아도 비유는 나타나지 않았다. 처음에는 또 자고 있겠거니 싶었으나 일 분이 지나고 다시 이 분이 지나도록 나타나지 않았다. 불길한 예감이 엄습했다.

"비유!"

비유가 사라졌다.

¤ ¤ ¤

[#BI-7623 채널에 입장했습니다!]

(…)

[성좌, '대머리 의병장'이 당신의 귀환에 크게 감격합니다.]

[성좌, '해상전신'이 당신을 향해 반가운 미소를 짓습니다.]

[다수의 성좌가 당신의 귀환을 환영합니다!]

비형의 채널에 입장하자 오랜만에 보는 수식언들이 나를 반겼다. 그러나 환호 세례를 받으면서도 조금도 기뻐할 수 없었다.

[성좌, '구원의 마왕'이 도깨비 '비유'의 행방을 묻습니다.]

몇몇 성좌가 곧바로 대답해왔다.

[성좌, '대머리 의병장'이 곤란하다는 듯 머리를 닦습니다.]

[성좌, '흥무대왕'이 헛기침을 하며 엄지와 검지를 붙입니다.]

[일부 성좌가 코인을 준다면 대답해줄 용의도 있다고 말합니다.]

……그러고 보니 우리 한반도 성좌님들은 돈이 별로 없었지. 주머니에서 코인을 뒤적거리는데 장하영이 입을 열었다.

"혹시 후폭풍에 휘말린 거 아냐?"

관리국 소속이 아닌 비유는 후폭풍이 터졌을 때 자신을 보호해줄 '거대 설화'가 없다. 그러니 후폭풍에 휩쓸려 죽었을 가능성도 배제할 수 없었다. 하지만.

"아닐 거야. 흔적이 없어."

그런 일이 벌어졌다면 끔찍한 파편이 산재해 있을 텐데, 어디에도 비유의 흔적은 보이지 않았다. 마치 누군가가 비유라는 존재를 통째로 뜯어간 듯한 느낌.

누굴까. 대체 누가 비유를…….

손톱을 잘근잘근 깨물던 비형이 고개를 들었다. 눈이 마주치는 순간, 우리는 서로 같은 생각을 하고 있음을 깨달았다.

비유는 마계의 무소속 채널을 가진 유일한 도깨비였다.

[빌어먹을. 놈들 짓이야.]

"혹부리."

원작의 문장들이 머릿속을 빠르게 흘러갔다.

「시나리오 지역 중 유일하게 도깨비의 관할이 아닌 곳. 그곳이 바로 '마계'다.」

멸살법에 쓰인 바와 마찬가지로, '마계'는 본래 혹부리들의 구역이다. 그런데 그런 곳에서 관리국 소속이 아닌 도깨비가 개인 채널을 가진 것이 확인되었다.

—그 영혼은 내 것이다.

처음 만난 혹부리도 '도깨비의 알'을 무척 탐냈다.

무소속 채널의 가치는, 현시점의 마계에서 산정할 수 없을 정도로 크다.

마계에서 모처럼 벌어지는 '거대 설화' 이벤트. 자신들의 세력권에서 펼쳐지는 이벤트를 혹부리들이 놓칠 턱이 없었다.

놈들은 이번 마왕 선발전을 노리고 채널을 훔쳐 간 것이다.

혹부리들은 태생적으로 '개연성'에 대한 저항력도 강하다. 그러니 내가 기절한 사이 주변에 후폭풍이 불어닥쳤다 해도, 충분히 그걸 뚫고 비유를 데려갈 수 있었을 것이다.

하지만 빌어먹을…… 하필 이런 시점에.

[나한테 맡겨. 내가 놈들을 찾아낼게.]

흘끗 돌아본 비형의 눈동자에 분노가 차올라 있었다.

[도깨비의 명예가 걸린 일이야. 관리국 소속이 아니라고 해

도 두고 볼 수는 없지.]

"같이 가자."

그러자 비형이 고개를 저었다.

[마왕 선발전까지 시간도 얼마 안 남았어. 그사이에 너도 해야 할 일이 있을 거 아냐?]

맞다. 이제 남은 시간이 얼마 없었다. 자칫 비유를 찾는 데 시간을 잘못 쓴다면, 선발전은 시작과 동시에 패망할 수도 있었다.

"……왜 이렇게까지 도와주는 거냐?"

[넌 지금 내 채널 소속이야.]

비형은 내 시선을 피하며 말했다.

[내 채널을 위해서 움직이는 것뿐이야. 넌 이길 궁리나 해. 그래야 성좌들도 좋아하고, 내 채널도 더 커질 테니까.]

그 말과 함께 비형의 신형이 허공에서 사라졌다. 장하영이 물었다.

"……저거 믿어도 괜찮은 거야?"

도깨비를 믿는가 믿지 않는가 하는 질문만큼 바보 같은 것도 없다.

비형에 대한 신뢰와는 별개로, 스타 스트림 전체를 뒤져도 도깨비만큼 속을 알 수 없는 종족도 드무니까.

나는 짧게 한숨을 내쉬었다. 유중혁은 지금 건드리기 좋지 않은 상황이고, 장하영 정도 실력으로는 비형을 추격할 수도 없다.

날 도와줄 만한 존재는 결국 저 밤하늘에 있을 텐데, 문제는 내가 지금 비형 채널에 있다는 점이었다. 즉 내가 채널을 통해 보낸 모든 메시지는 어떤 식으로든 노출될 수밖에 없었다.

그렇다면…… 방법은 하나뿐이다.

"장하영. '벽'을 불러."

¤ ¤ ¤

어둠 속을 달리는 쾌속한 발걸음.

[바앗, 바아아앗!]

새장 속에 갇힌 비유가 비통한 울음을 터뜨렸다.

[바아앗! 바앗……!]

등이 굽은 혹부리 노인이 어두운 길을 달리고 있었다. 급한 발걸음 속에 깃든 경쾌함. 노인은 몹시 기분이 좋은 상태였다.

[도깨비의 시대는 이제 끝이다.]

다른 혹부리에게 자신의 공을 자랑할 생각에, 혹부리 노인은 신이 났다. 얼마 전 동료 혹부리가 '도깨비를 패는 설화'를 가지고 와서 자랑을 해대는 통에 얼마나 부러웠는지 모른다. 그런데 이번에 그가 가져온 것은 도깨비를 패는 설화도 아니고 무려 도깨비 그 자체였다.

혹부리 노인은 새장을 사랑스럽다는 듯 쓰다듬었다.

[아이야, 너는 채널을 가진 최초의 혹부리가 될 거다.]

혹부리들이 가진 오랜 소망.

도깨비에게 빼앗긴 이야기의 주도권을 돌려받는 것.

[■■의 이야기꾼. 이 끔찍한 시나리오의 지옥에서, 노예들을 해방시킬…….]

혹부리 노인의 왼뺨에 달린 혹이 크게 부풀었다. 흥분한 노인의 혹이 꿈틀거리며, 비유가 들어 있는 새장을 툭툭 건드렸다. 공포에 젖은 눈으로 그 혹을 보던 비유가 다급히 주변을 돌아보았다. 구해줄 이를 애타게 찾았으나 안타깝게도 이곳에 그럴 수 있는 사람은 없었다.

[어이.]

정확히 말하면, '사람'만 없었다.

[그 혹 안 치워?]

혹부리가 등을 돌리는 순간, 샛노란 스파크로 만들어진 창 세 자루가 날아들었다. 혹부리는 눈살을 찌푸리며 한 걸음 물러났다. 분명 '거대 설화'의 힘이 담긴 공격이었다.

[상급 도깨비인가.]

허공을 물들이는 노란 궤적 너머, 둥둥 떠 있는 실루엣이 보였다.

말끔한 거적을 걸친 아기 크기의 도깨비.

비형이었다.

[좋게 말할 때 애 두고 꺼져라.]

으르렁거리는 비형의 입안에서 새빨간 송곳니가 번뜩였다.

스타 스트림의 도깨비는 좀처럼 화를 내지 않는다.

채널의 성좌들이 도깨비가 감정을 드러내는 것을 좋아하지 않기 때문이다. 하지만 도깨비도 진심으로 화를 낼 때가 있다.

그럴 때면 도깨비는 바로 지금처럼 송곳니를 세운다.

[어차피 이 도깨비는 관리국 소속도 아닐 텐데, 왜 나서는 거지?]

[도깨비는 다 같은 도깨비야.]

[우습군.]

[내가 낳은 녀석이다. 키우진 못해도 부모 도리는 해야 되지 않겠어?]

[부모?]

혹부리가 크게 웃음을 터트렸다. 어찌나 큰 웃음인지, 뺨에 매달린 혹이 덜렁덜렁 흔들릴 지경이었다.

[도깨비에게 언제부터 그런 인간적인 면모가 있었다고…… 그런 게 있었더라면 내 선조들에게도 베풀어주지 그랬나.]

[미안하지만 그때 난 태어나지도 않았어.]

[그러면 우리가 겪은 고통은 누가 보상해주지?]

안대로 가려져 있던 혹부리의 한쪽 눈이 드러났다. '대악마의 눈동자'였다. 노란 홍채가 팽그르르 회전하며 살벌한 기세를 흩뿌리기 시작했다.

[네놈들에게 우리가 가진 '이야기보따리'를 빼앗긴 고통은 대체 누가 보상해주느냔 말이다.]

[뭔 개소리야? 나도 그 설화 아는데, '이야기보따리'는 돌려줬잖아? 그것도 두 배로—]

ㅊㅊㅊㅊ……!

상황이 안 좋게 돌아가자 비형의 표정도 굳어지기 시작했다. 설마 진짜로 혹부리가 자신과 싸우려 들 줄은 몰랐기 때문이다. 대차게 등장하기는 했지만, 비형 또한 혹부리와 싸우기는 처음이었다.

—무슨 일이 있어도 혹부리와 싸우는 것만큼은 피해라.

선대 도깨비들이 남긴 충고 중 하나였다.

비형도 서울 지부에서는 꽤 오래된 도깨비지만, 혹부리와 도깨비의 인연이 어떻게 시작되었는지에 관해서는 거의 아는 바가 없었다.

확실한 것은, 아직 '채널'이라는 개념이 제대로 확립되기 전의 어느 시절부터 두 종족이 반목해왔다는 사실뿐.

혹부리가 말했다.

[아무것도 모르는 모양이군. 너희는 '혹부리의 것'을 돌려주지 않았다.]

[난 그딴 건 모르겠고, 빨리 그 애나 내놔! 내놓지 않으면—]

[세상에는 많은 종류의 악이 있지.]

혹부리 목소리에 섬뜩한 한기가 깃들어 있었다. 비형이 뭐라 소리를 지르기도 전에 목소리가 이어졌다. 마치 오래된 노랫말 같은 목소리였다.

「'첫 번째 악'은 누군가를 불행하게 만드는 악이고.」

혹부리의 혹 주머니가 점차 커지자 비형의 머릿속에도 경고성이 울렸다.

「'두 번째 악'은 그 불행에 즐거워하는 악이며.」

노랫말과 함께 혹부리의 주머니에서 무언가가 풀려나오고 있었다.

절대로 풀려나와서는 안 되는 '무언가'가.

「'가장 혐오스러운 악'은 그 불행을 다른 이들에게 전시展示하는 악이다.」

비형은 망설이지 않고 움직였다.

['거대 설화'의 권한을 사용합니다.]

비형은 상급 도깨비가 되며 거대 설화의 권리를 일부 양도받았다.

스타 스트림을 조작하는 이 힘이라면, 제아무리 혹부리라도 거스를 수 없을 것이다. 그런데 혹부리가 웃고 있었다.

[선대들이 말하지 않았나? 혹부리 앞에서는 절대로 그 힘을 쓰지 말라고.]

혹에서 흘러나오는 새카만 설화가 비형의 전신을 옭아매기 시작했다. 시스템 언어들이 전부 까맣게 물들어갔다. 누군가가 검은색 물감으로 세상을 덮듯이.

['거대 설화'의 작동이 ■■■■…….]

비형은 깜짝 놀랐다. 이런 종류의 조작이 가능한 존재는 대도깨비 이상의 최고위급 도깨비뿐이다. 그런데 어떻게 혹부리가 이런 힘을……?

[멍청한 도깨비여. 이곳에 혼자 온 것이 너의 실수다.]

부풀어 오른 혹 주머니를 뚫고 뭔가가 기어 나오고 있었다. 끔찍한 형상을 가진 괴생물체가, 찢어진 혹 사이로 자신의 촉수를 내보냈다.

【그. 그으, 그으으으읏.】

푸슈슈슛!

빠르게 쏘아진 촉수들이 비형의 작은 몸을 순식간에 그러쥐었다.

[설화, '혹부리의 노래'가 효과를 발휘합니다.]

자신을 옭아맨 설화들을 보며 비형은 뒤늦게 깨달았다. 어째서 선대 도깨비들이 혹부리를 피하라고 했는지.

[종족 특성으로 인해 '혹부리'에 대한 저항력이 급감합니다.]

[혹부리의 증오가 당신의 정신력을 나약하게 만듭니다.]

[혹부리의 원한이 당신의 전투력을 급격하게 하락시킵니다.]

모처럼 느끼는 무력감에 비형은 마치 화신이 된 듯한 느낌이었다.

허공에서 쏟아지는 무수한 시선이 몸에 화살처럼 박혔다.

[성좌, '흥무대왕'이 혹부리의 힘에 경악합니다.]

[성좌, '술과 황홀경의 신'이 힘의 원천에 눈살을 찌푸립니다.]

[성좌, '긴고아의 죄수'가 주먹을 부르쥡니다.]

[성좌, '악마 같은 불의 심판자'가 크게 분노합니다!]

혹부리가 웃었다.

[우리는 다른 종족에게는 이런 힘을 낼 수 없다. 하지만 도깨비에게만큼은 다르지.]

착즙기처럼 압박해오는 촉수의 완력에 비형은 숨이 막혔다. 꽉 죄는 촉수에서 혹부리들의 깊은 원한이 느껴졌다.

특수한 조건을 만족하는 한 도깨비를 대상으로 무적에 가까운 힘을 발휘하는 설화. 태생부터 한 종족에 대한 증오로 점철된 혹부리의 설화에 비형은 기가 질렸다.

[그토록 좋아하는 성좌들의 관음 속에서 죽어가거라. 오늘은 아주 좋은 설화를 얻겠구나.]

끄으으으윽…….

과일처럼 쥐어짜이는 비형에게서 조금씩 설화가 흘러나왔다. 뒤늦게 관리국에 연락을 취했지만, 그들이 오기 전에 도깨비 주스가 될 판이었다. 죄어드는 촉수에 마침내 의식이 사라지려는 순간, 비형을 휘감은 촉수들이 새카만 피를 흘리며 터졌다.

놀란 혹부리가 신음하면서 물러났다. 풀려난 비형의 작은 몸이 바닥으로 추락했다. 큰 키의 사내가 비형의 거적을 낚아챘다.

"본체로 혹부리에게 맞서다니 멍청한 도깨비로군."

사내의 냉정한 목소리에 비형이 고개를 들었다. 피 묻은 부츠. 새카만 롱코트의 끝자락이 바람에 흩날리고 있었다. 새장 속에 갇혀 있던 비유가 "바아앗" 하고 울음을 터트렸고, 하늘의 성좌들이 간접 메시지를 쏟아냈다.

[성좌, '악마 같은 불의 심판자'가 비명을 지르며 환호합니다!]

사내가 손에 쥔 흑색의 마도를 보고서야 비형은 그가 누구인지 깨달았다.

[너, 너는……?]

사내와 시선이 마주치는 순간, 소름이 돋았다.

그것은 사내가 가진 스킬—전 차원에서 가장 오래된 인간이 설계한 [현자의 눈] 때문도 아니고, 그의 전신에서 피어나는 살기 때문도 아니었다. 비형은 이제껏 무수한 화신을 만나 왔다.

하지만 이런 눈빛의 화신은 이 사내 하나뿐이었다.

마치 여기서 비형을 죽일지 말지 가늠하는 듯한 표정. 화들짝 정신을 차린 비형이 발버둥 치는 순간, 사내가 비형의 몸을 뒤로 집어 던졌다.

"뒤로 꺼져 있어라."

휘이익, 하는 소리를 내며 비형의 신형이 먼 바닥을 굴렀다. 사내는 말없이 오른손의 검을 고쳐 쥐었다. 흑천마도가 울음을 토하자 초월에 이른 격이 견고한 설화를 이루어 사내의 주변을 감싸기 시작했다.

잘려나간 촉수가 바닥에서 꿈틀거렸다. 그 광경을 멍하니 응시하는 혹부리를 향해 유중혁이 입을 열었다.

"네가 '지평선의 악마'인가."

[그렇다. 오랜만이구나. 가장 오래된 꿈의 꼭두각시여.]

"……난 네놈을 처음 본다만."

[하하하! 너는 결코 알지 못할 것이다! 천 번의 죽음을 겪고, 다시 만 번의 생을 살아도 결코 모르겠지. 왜냐하면 너는……!]

혹부리의 헛소리 따위는 들을 생각 없다는 듯, 유중혁의 검이 거침없이 공간을 갈랐다. 아슬아슬하게 코앞을 스쳐 지나가는 칼날에 혹부리가 대경하여 외쳤다.

[이쯤에서 서로 물러서는 게 좋을 텐데? 너는 이 사태와는 아무런 관련이—]

"신유승을 내놔라."

[뭐?]

유중혁의 시선을 따라간 곳에 비유가 갇힌 새장이 있었다. 사태가 어떻게 돌아가는지 깨달은 혹부리가 이를 갈며 말했다.

[설마 네놈도 도깨비를 노리느냐? 인간인 네놈이 채널을 가져봤자 아무 소용도—]

"채널 같은 건 필요 없다."

새장 속 비유의 눈동자가 흔들렸다. 쓰러졌던 비형도 자리에서 일어나 그 광경을 멍하니 보고 있었다. 유중혁의 강고한 칼날에서 초월좌의 격이 일렁였다. 혹부리가 허탈하게 웃었다.

[어이가 없구나. 도깨비의 가치도 모르는 천둥벌거숭이가…… 아느냐? 아무리 네놈이라 해도 이 세계에서는 무리다. '김독자'라는 녀석이 있다 해도 소용없다! 그 정도 변수로는 스타 스트림의 흐름을 거스를 수…….]

스파크가 터지며 유중혁의 흑천마도가 마력의 폭포를 쏟아냈다. 터져나간 혹부리의 팔이 허공을 날았다. 새로운 경지에 오른 [파천검도]의 칼날에서 오색의 마력파가 쏟아지자 사색이 된 혹부리가 외쳤다.

[멈춰라! 네놈은 아직 누적 회차가 낮아서 모른다. 다른 평행 차원에서는……!]

츠츠츠츳! 과도한 정보 누설로 인해 혹부리 주변에도 개연성의 스파크가 튀기 시작했다. 황급히 말을 삼킨 혹부리가 재차 외쳤다.

[아무튼 너는 지금 실수하고 있다! 결코 나를 적으로 돌려서는—]

"내 동료와 약속을 했다. 복수해주겠다고."

새장에 갇힌 비유가 떨고 있었다. 이미 기억을 잃었을 텐데도, 전생의 많은 부분이 사라졌을 텐데도, 비유의 몸은 격하게 떨리고 있었다.

"너는 이곳에서 죽는다."

지금 이곳에 41회차의 기억을 가진 신유승은 없다.

그렇다면 이 복수는 누구를 위한 것인가.

유중혁도 그것은 모른다.

다만 그는 검을 휘둘렀다. 1회차의 복수를 2회차에서, 다시 2회차의 복수를 3회차에서 완료했듯이.

넘실대는 혹부리의 촉수를 베었고, 혹부리의 양쪽 팔에 커다란 검상을 입혔다. 그리고 다음 순간, 유중혁은 이미 혹부리의 배후에 서 있었다.

거대하게 솟아오른 [파천강기]의 칼날이 공간 전체를 찢으며 쇄도했다.

[자, 잠깐만! 멈추—]

혹부리의 혹이 허공을 날았다.

[저주하겠다. 너를 저주할 것이다. 모든 차원의 '나'는, 결코 너를 용서하지 않을 것……!]

끊임없이 주절대던 혹부리의 입에 흑천마도가 꽂혔다.

끄으아아아아아!

끔찍한 비명을 지르며 혹부리가 절규했다. 잘려나간 혹 사이로 어둠이 흘러내렸다. 어둠은 이내 혹부리의 몸을 감싸기 시작했다. 잘린 혹의 내부를 본 혹부리가 발버둥 쳤다.

[끄, 으으, 안, 안 돼! 왕이시여……!]

혹에서 완전히 빠져나온 어둠은 이내 혹부리를 완전히 집어삼켰다. 맛있는 음식이라도 먹은 것처럼 끄윽, 하고 트림을 토하는 어둠. 그 어둠은 잠시 유중혁을 바라보더니 이내 마계에서 완전히 자취를 감추었다.

그리고 완전한 고요가 찾아왔다.

초월좌의 힘을 과도하게 끌어낸 탓인지 유중혁은 한동안 가만히 선 채 숨을 골랐다. 그의 귓가에 무수한 시스템 메시지가 날아들었다.

[새로운 전설급 설화를 획득했습니다!]

[이제껏 존재하지 않던 업적을 달성했습니다.]

[설화, '혹부리의 혹을 베어낸 자'를 획득했습니다!]

[마계의 모든 혹부리가 당신과 적대 관계가 됐습니다!]

유중혁은 천천히 새장으로 걸어가 조심스레 비유를 꺼냈다.

비유가 크게 울었다. 그 조그만 손으로 몇 번이고 유중혁의 손등을 내리치며. 유중혁은 그런 비유를 잠시 내려다보다가 조용히 주머니 속에 집어넣고 걸음을 옮겼다.

[성좌, '악마 같은 불의 심판자'가 눈시울을 적십니다.]

[성좌, '대머리 의병장'이 자신의 머리를 닦던 수건을 내밉니다.]

[성좌, '해상전신'이 크게 감동하여 시를 적습니다.]

하늘의 별들이 그를 향해 반짝였지만 그중 누구의 빛도 유중혁에게 닿지는 못했다. 아무리 오랜 세월을 살아온 성좌라 해도 세계의 멸망을 세 번이나 겪은 회귀자를 이해할 수는 없으니까.

그러나 다음 순간 들려온 메시지에 유중혁은 고개를 들었다.

[성좌, '구원의 마왕'이 당신을 바라봅니다.]

지난 3회차의 인생 동안, 한 번도 나타난 적 없는 별.

왜일까. 유중혁은 아주 오래전부터 그 별이 그 자리에 있었던 것 같은 느낌을 받았다. 유중혁이 인상을 구긴 채 말했다.

"꺼져라, 김독자."

그러자 정말로 하늘의 별 하나가 꺼졌다.

"……김독자?"

김독자는 대답이 없었다.

2

"대충 정리된 느낌이네."

나는 채널 화면에 비친 유중혁을 보며 한숨을 내쉬었다. 혹시나 관리국 녀석들이 더 빨리 도착할까 조마조마했지만, 다행히 유중혁이 더 빨랐다.

장하영을 통해 우리엘에게 메시지를 전한 게 잘한 선택이었다.

[성좌, '악마 같은 불의 심판자'가 생글생글 웃습니다.]

유중혁을 저 자리에 데려간 것은 우리엘이었다. 어차피 유중혁은 파천검성 건으로 내게 단단히 삐져 있을 터. 나보다 우리엘의 말이 더 영향력이 있으리라는 판단이 주효했다.

화면 속 축 늘어진 비형을 들여다보던 장하영이 말했다.

"도깨비가 저렇게 무력한 건 처음 봐."

"종족 설화가 얽혀 있어서 그래. 혹부리를 상대하려면 최소 대도깨비 이상이 나타나거나, 넷 이상의 도깨비가 덤벼야 해."

"……너 되게 잘 안다. 도깨비나 혹부리에 관해서는 모든 게 베일에 덮여 있다고 아일렌이 그랬는데."

"성좌쯤 되면 이 정도야 기본이지."

물론 성좌라고 이런 걸 다 알진 않지만, 일일이 설명하기도 곤란했다. 장하영이 감탄한 눈으로 나를 보는 사이, 울부짖는 비유와 그런 비유를 감싸는 유중혁의 모습이 화면에 짧게 클로즈업되었다.

「복수해주마.」

「잘 있어, 대장.」

「고생했다.」

「뒤는 맡길게.」

「쉬어라.」

오직 나만이 볼 수 있었던 문장들이 머릿속을 스쳐 갔다. 이제 그 말들은 가야 할 장소에 도착했을까. 모르겠다. 하지만 적어도 한 가지는 알 것 같았다. 이제 저들은 그런 '말' 없이도 서로 이해하게 되었다. 독자인 내가 읽을 수 없는 곳에서 그들은 분명히 닿았다. 그런 생각을 하자, 왜인지 모르게 외로운 기분이 들었다.

"……김독자?"

나를 빤히 보는 장하영의 눈빛. 머쓱해진 나는 머리를 긁적이며 재빨리 입을 열었다.

"아무튼 저쪽은 유중혁이 어떻게든 할 테니 이쪽도 준비를……."

공단 장벽 너머, 자욱한 모래 구름이 밀려온 것은 그때였다.

……제기랄. 벌써?

장하영과 나는 동시에 집무실 창밖을 내다봤다. 웅성대는 공민들의 목소리. 의원을 동원해 사람들을 진정시키는 마르크의 모습도 보였다.

[이런, 또 성질 급한 성좌분들이 계시는군요. 마왕 선발전은 아직 마흔여덟 시간이나 남았는데 말이죠.]

허공에서 익숙한 도깨비의 목소리가 들려왔다. 공단의 드높은 상공에서 '독각'이 나를 바라보며 웃고 있었다.

[본래는 좀 더 뜸을 들일 생각이었습니다만…….]

분명 입은 웃고 있지만 눈빛은 나에 대한 원한으로 가득 찬 녀석.

놈이 아무리 나를 싫어한다 해도, 거대 설화가 걸린 마왕 선발전을 제멋대로 시작할 수는 없을 것이다.

[이번에는 일찍 시작해보는 것도 나쁘지 않겠죠.]

……뭐?

[새로운 '서브 시나리오'를 획득했습니다!]

[서브 시나리오 - '전초전'이 시작됩니다!]

떠오른 창을 보고 상황이 어떻게 돌아가는지 눈치챘다.

서브 시나리오. 하필 비형도 비유도 없을 때 저 자식이…….

〈서브 시나리오 - 전초전〉

분류: 서브

난이도: ???

클리어 조건: 제한 시간 동안 공단의 '설화 핵'을 지켜낼 것. 또는 빼앗을 것.

제한 시간: 48시간

보상:

공격 측 / '마왕 선발전' 출전 자격 획득

수비 측 / '마왕 선발전' 출전 자격 획득, 200,000코인, ???

실패 시: —

나는 인상을 찌푸렸다. 아무리 서브 시나리오라도, 이런 시기에 이런 방식으로 시나리오를 여는 것은 명백히 개연성에 어긋난다.

[일부 성좌가 '독각'의 불공정한 진행에 불만을 표시합니다!]

[몇몇 성좌가 '개연성 적합 판정'을 요구합니다!]

다행히, 그런 생각을 하는 게 나 하나는 아니었다.

[아아, 성좌님들께서 그렇게 생각하실 줄 알았습니다. 확실히 불공정한 데가 있기는 하지요. 수비 측과 공격 측이 숫자도, 격도 맞지 않습니다.]

독각이 나를 비웃듯이 웃었다. 네놈이 이런 시나리오를 감당이나 할 수 있겠느냐는 듯한 미소. 누가 봐도 명백한 도발이었다.

[그래서 난이도를 살짝 조절했습니다. 이번 '서브 시나리오'에 한해서, '공격 측'과 '수비 측' 개별 성좌님들은 동등한 수준의 격을 보유하시게 됩니다.]

독각의 말과 동시에, 내 화신체를 중심으로 희미한 아우라가 일렁였다.

[해당 시나리오에 참여하는 모든 성좌의 능력치가 고정됩니다.]

나는 천천히 주먹을 쥐었다가 펴보았다. 아마 공격 측 성좌도 똑같은 페널티를 받았을 것이다. 아직까지는 내 능력치가 떨어졌는지 증가했는지 잘 알 수가 없었다.

[일부 성좌가 여전히 이 시나리오는 '개연성'에 어긋난다고 항의합니다!]

독각이 곤란하다는 얼굴을 했다.

[아아, 그런 말씀들 마십시오. 정말이지…… 그간 다들 나약해지셨군요. 시나리오는 어려워야 재밌다는 걸, 벌써들 잊으신 겁니까?]

채널은 찬성파와 반대파의 간접 메시지로 아수라장이 되었다. 그리고 그사이를 틈타 독각은 시나리오를 강행했다.

[당신은 현재 '김독자 공단'의 주인입니다.]

[당신은 '전초전'의 '수비' 역할을 맡았습니다.]

[당신은 공격대의 성좌들에게서 공장 '설화 핵'을 보호해야 합니다.]

나는 허공의 독각을 마주 보며 쓰게 웃었다.

오냐, 그렇게 나오신다 이거지.

"김독자, 어떡……."

나는 장하영 말에 대답하는 대신, 곧바로 창문을 활짝 열고 아래를 향해 외쳤다.

[공민 여러분. 직접 인사드리는 건 처음이군요.]

쩌렁쩌렁 울려 퍼지는 나의 진언이 공단을 한가득 메웠다.

나는 숨을 들이켜고는 다시 한번 외쳤다.

[모두 진정하시고, 제 말에 집중해주시기 바랍니다.]

처음으로 들려오는 공작의 목소리에 공민들이 나를 쳐다보았다. 곳곳에서 목소리가 들려왔다. "김독자다!" "저 사람이 공작이야!" 고마운 환대지만, 안타깝게도 나는 그 기대에 어울려줄 수 없었다.

[저는 여러분을 지킬 수 없습니다.]

아마 지금껏 마계에 이런 공작은 없었을 것이다.

앞으로도 없었으면 좋겠다.

[그러니까 여기서 개죽음당하지 마시고 각자 살길을 찾아 떠나시기 바랍니다. 개인적으로 '유중혁 공단'을 추천합니다!]

어처구니없는 선언에 공민들 입이 쩍 벌어지는 것이 보였다. 심지어 공민을 진정시키던 마르크조차 어이없다는 듯 이쪽을 올려다보았다. 하지만 어쩔 수 없다. 이게 이들을 살릴 유일한 방법이니까.

이 '시나리오'에 불필요한 희생은 없어야 한다.

[공민들을 당신의 '공단'에서 해방하시겠습니까?]

"해방한다."

[공단의 모든 '공민'이 당신의 영향력에서 해방됩니다.]

['김독자 공단'의 공민이 '탈출 시나리오'를 획득했습니다.]

['김독자 공단'의 공민이 '공단'을 선택할 수 있게 됐습니다.]

[새로운 전설급 설화를 획득했습니다!]

[설화, '공단의 해방자'를 획득했습니다!]

쏟아지는 메시지와 함께, 나는 마지막 진언을 남겼다.

[떠나십시오, 여러분. 모두 떠날 때까지, 내가 저들을 막겠습니다.]

다분히 연출된 대사였다. 비형이 있다면 시비라도 걸었을지 모르지만, 녀석은 지금 먼 곳에 누워 있다.

[공단의 공민들이 당신의 고결한 희생을 기립니다.]

고맙지만 고결한 희생 따위는 하지 않을 것이다. 나는 공단의 장벽 건너편에서 몰려오는 기운에 정신을 집중했다.

거대한 기운이 넷.

최소 네 명의 성좌가 나를 노리고 다가오는 중이었다.

"장하영. 한명오랑 파천신군 데리고 뒤도 돌아보지 말고 달아나. 절대로 싸울 생각 하지 마."

"뭐? 싫어!"

"싫어도 해. 곧바로 유중혁이 있는 곳으로 가. 빨리!"

지금 오는 녀석은 넷이지만, 그 뒤에 있는 녀석은 더 많을 것이다.

초월급의 개와 성별이 모호한 인간 하나, 임신 경험이 있는 중년 남성으로 당해낼 수 있는 전력이 아니었다.

"어차피 놈들이 노리는 건 나 하나야."

나는 곧장 집무실 아래층으로 달려가 공장의 '설화 핵'을 뽑았다.

['공장'이 가동을 중지합니다.]

중요한 건 '설화 핵'을 지키는 것. 이걸 지키기 위해 굳이 공단 안에 머무를 필요는 없었다. 나는 책갈피를 연 뒤 [바람의 길]을 사용해 곧장 공단의 장벽 위로 올라갔다.

[너희가 원하는 게 이거냐?]

오색으로 빛나는 설화 핵의 광채에, 멀리서 다가오던 네 명의 성좌가 나를 향해 고개를 들었다.

[갖고 싶으면, 빼앗아보든가.]

⁂ ⁂ ⁂

그와아아아아아!

뒤쪽에서 울려 퍼지는 무시무시한 괴성들. 능력치의 평균이 동등해진 덕에 그나마 달아날 수 있었다.

저쪽은 넷이고, 나는 하나. 적측 성좌의 격이 높든 낮든, 지금 내게 승산은 충분하지 않았다.

나는 [바람의 길]을 이용해 장벽을 넘어 달렸다. 내가 '설화 핵'을 쥐고 있음을 확인한 성좌들도 죽자 살자 뒤쫓아오기 시작했다.

여기서 나를 쓰러뜨리면 무려 마왕 선발전에 참가할 자격을 얻을 수 있다.

그러니 저렇듯 날뛰어도 이상한 일은 아니었다.

꽁무니 빼는 나를 향해 독각이 비웃듯 지껄였다.

[하하하, 도망치는 꼴이 아주 가관이군요! 성좌님들, 정말 저런 녀석을 구경하겠다고 비형 채널에 머무르신 겁니까?]

개자식…… 만약 비형이 정신을 차리고 있었다면 이딴 서브 시나리오로 고통받지는 않았겠지.

하지만 역으로, 비형이 이곳에 없기에 내가 할 수 있는 것도 있었다.

"'도깨비 보따리'의 멤버 등급 상승을 요청한다."

나는 이미 두 번의 등급 상승으로 '플래티넘 멤버'가 된 상태였다. 당연하게도 '플래티넘'은 최고 등급이 아니었다.

[현재 담당 도깨비가 부재중입니다.]

[담당 도깨비 부재로 인해 등급 업데이트가 자동 실행됩니다.]

[500,000코인을 소모했습니다.]

[축하합니다! 당신은 '도깨비 보따리' 다이아몬드 멤버가 됐습니다!]

[회원 등급 상승에 따라 '도깨비 보따리' 아이템 내역이 업데이트됩니다.]

다이아몬드 멤버부터는 VIP 전용 상품을 구매할 수 있다. 기억이 맞는다면, 지금쯤 '그 아이템'들이 출시되었을 것이다.

[VIP 전용 아이템 목록을 확인할 수 있게 됐습니다.]

비형이 있었다면 죽어도 이 목록을 못 보게 숨겼겠지. 왜냐하면 여기에는 비형의 흑역사도 끼어 있으니까.

* 랜덤 설화 박스(ver.1.3) - 20,000C

* 설화 융합 박스(ver.1.3) - 200,000C

……역시나.

미쳐버린 이 코인 아이템들, 당연히 팔고 있을 줄 알았다. 다행히 리뉴얼된 박스의 버전도 내가 찾던 그것이었다.

「"씨, 이거 확률 정한 새끼 누구야…… 확률 공개는 왜 안 해!"」

아마 71회차에서 김남운이 이걸 잘못 샀다가 망한 적이 있었지.

[아이템 '랜덤 설화 박스' 10개를 구매했습니다.]

[아이템 '설화 융합 박스' 1개를 구매했습니다.]

[총 400,000코인을 소모했습니다.]

'랜덤 설화 박스'는 오직 코인만을 소모해 '설화'를 얻을 수 있는 몇 안 되는 도박성 아이템이었다. 최고 '준신화급 설화'까지도 얻을 수 있다는 설명 때문에, 훗날 이 아이템이 시중에 풀렸을 때 화신은 물론이고 성좌까지 득달같이 달려들어 이 박스를 열어댔다.

물론 모두 파산했음은 말할 필요도 없다.

당연한 말로였다. '랜덤 박스'에서 상급 이상의 '역사급 설화'가 나올 확률은 0.001퍼센트도 채 되지 않고, 준신화급 설화가 나올 확률은 0.00001퍼센트도 되지 않으니까.

그럼 나머지 99.99퍼센트는 뭐냐고?

「**"미친! 역사급 설화 50개? 그것도 최하급? 지금 장난해?"**」

나는 추락하는 박스를 낚아채 입으로 포장을 뜯었다.

[아이템 '랜덤 설화 박스'를 사용하시겠습니까?]

이 박스에서 '좋은 설화'가 나올 가능성은 거의 없다는 건 알고 있다.

그런데도 왜 이 박스를 까냐고?

내가 원하는 설화는 '안 좋은 설화'이기 때문이다.

[설화, '머리 어깨 무릎 발'을 획득했습니다.]

[설화, '제 머리 못 깎는 중'을 획득했습니다.]

[설화, '코에 걸면 코걸이'를 획득했습니다.]

[설화, '귀에 걸면 귀걸이'를 획득했습니다.]

(…)

과연 멸살법에서 본 그대로였다.

1.3 버전의 '설화 박스'에서는 80퍼센트 이상 확률로 '신체'와 관련된 설화가 나온다. 그중 가장 많이 얻는 설화가 바로 「코에 걸면 코걸이」와 「귀에 걸면 귀걸이」였다.

푸슈슈슈슈슛!

뒤쪽에서 뱀 송곳니 같은 것이 날아와 옆구리와 허벅지를 스쳤다. 설화의 힘이 담긴 공격. 나는 이를 악물고 지면을 밟아 [바람의 길]을 극성으로 발동한 뒤, 주변에 보이는 폐건물 뒤쪽으로 숨었다.

아직 내게는 시간이 조금 더 필요했다.

[어…… 디…… 에…… 있, 느, 냐!]

어눌한 진언을 무시하고, 방금 획득한 설화를 확인했다.

[역사급 설화: 코에 걸면 코걸이]

설명: 무엇이든 코에 걸면 액세서리처럼 보이는 효과를 발동한

다. 정말로 무엇이든 상관없다.

[역사급 설화: 귀에 걸면 귀걸이]

설명: 무엇이든 귀에 걸면 귀걸이처럼 보이는 효과를 발동한다. '코에 걸면 코걸이'와 한 쌍으로 제작된 설화다.

말할 필요도 없겠지만, 이 설화들은 지금 상황을 타개하는 데 전혀 도움이 되지 않는다.

하지만 이 아이템과 함께라면 다르다.

〈아이템 정보〉

이름: 설화 융합 박스(ver.1.3)

등급: —

설명: 각기 다른 종류의 설화를 융합할 수 있다. 매우 낮은 확률로 상위 등급 설화를 랜덤 생성한다.

특정한 조합의 설화를 섞을 시, 매우 낮은 확률로 상위 등급 설화를 생성하는 아이템.

본래라면 이 아이템도 그다지 쓸모는 없었다.

같은 설화를 넣어도 결과가 매번 다르고, 좋은 설화가 나올 확률도 터무니없이 낮기 때문이었다.

그런데 등장인물들 회상에 따르면, 1.3 버전 융합 박스에는 버그가 하나 있었다.

「"그때 그 박스, 버그 때문에 판매 중단됐잖아. 쳇, 내가 안나 크로프트 녀석보다 먼저 그걸 해봤어야—」

1.3 버전 '설화 융합 박스'의 버그는, 특정한 설화를 섞을 시 최초 융합자에게 반드시 '정해진 설화'가 나온다는 것이었다.

망설이지 않고 두 설화를 박스 안에 털어 넣는 순간, 섬광이 왈칵 쏟아졌다. 욱신거리는 눈두덩을 문지르는데 이내 귓가에 메시지가 한 줄 들려왔다.

[전설급 설화, '제멋대로 곡해자'를 획득했습니다.]

3

언젠가 그런 말을 남긴 이가 있었다.

「"모든 설화에는 결함이 있다. 그 말은 곧 모든 설화는 완전해질 수 있다는 뜻이다."」

전설급 설화, 「제멋대로 곡해자」.
이 설화는 그 말을 남긴 한 설화급 존재가 만든 것이었다.

[설화, '제멋대로 곡해자'가 곡해의 대상을 물색합니다.]

나는 무너진 건물 더미를 치우고 자리에서 일어났다. 먼지 구름 사이로 나를 쫓아온 세 명의 성좌가 보였다. 원래 넷이었는데 하나는 어디로 갔는지 모르겠다.

[그와아아아아…….]

[설, 화, 핵, 을, 내, 놔, 라.]

체고 4, 5미터쯤 되는 화신체가 내 주변을 에워쌌다. 야마타노오로치를 연상시키는 거대한 뱀 머리를 가진 거인이 하나. 거대한 들쥐가 하나. 마지막 하나는 켈베로스를 닮은 불타오르는 개였다.

미식협에 방문했을 당시 '양산형 제작자'는 그런 말을 했다.

—성좌라 해서 모두 격에 맞는 품성을 갖추고 있진 않네.

어떤 성좌는 나처럼 설화를 쌓아 성좌가 되지만, 어떤 성좌는 다른 성좌의 '권위'를 빌려 성좌에 오른다. 별 볼 일 없는 설화를 쌓았음에도 운 좋게 유리한 지역에 떨어져 성좌가 되는 경우도 있다.

"주기 싫다면?"

눈앞에 있는 녀석들이 바로 그런 경우였다.

[성좌, '뱀 머리 졸부'가 당신을 노려봅니다.]

대성좌의 가호로, 혹은 정말 '운 좋게' 성좌가 되어서 다른 초보 성좌나 화신을 등쳐 먹고 다니는 놈들.

[성좌, '손톱을 먹는 쥐'가 당신의 손톱을 탐합니다.]

[성좌, '불길에 몸을 던진 개'가 주변 성좌의 눈치를 봅니다.]

처음부터 내 눈앞에서 얼쩡대던 녀석들이니 언젠가 한번 부딪힐 줄은 알았다.

[상당수의 성좌가 당신의 전투를 기대합니다!]

[성좌, '긴고아의 죄수'가 당신의 활약을 기대합니다!]

별들의 뜨거운 시선이 느껴졌다.

다들 궁금할 것이다. 내가 설화급 성좌가 되고 나서는 제대로 싸워본 적이 없으니까.

허공에서 독각이 물었다.

[하하, 멍청하게도…… 정말 싸울 셈입니까?]

나는 독각의 말을 들으며 이를 악물었다.

눈앞의 세 성좌는 정확히 '나와 똑같은' 수준의 전투력을 가지고 있었다. 독각 놈의 페널티 때문이었다. 시나리오에 참가하는 모든 성좌가 '같은 전투력'을 가지는 페널티.

콰아아아앙!

나는 [바람의 길]을 전력으로 운용해 '뱀 머리 졸부'의 입에서 토해지는 독액을 피해냈다. 거의 동시에 '손톱을 먹는 쥐'가 나를 향해 손톱을 그었다. 어설프게 바닥을 뒹굴고는 몸을 일으키는 순간, 주변이 어느새 '불길에 몸을 던진 개'의 불꽃으로 가득했다.

주변에 옮겨붙은 불을 끄며 재빠르게 물러났다. 역시 단순히 화신체끼리 부딪히면 이길 수 없는 싸움이다. 화신체의 무력이라면 말이다.

[전용 스킬, '등장인물 일람'을 발동합니다!]

아무리 동물이라 해도 '위인급'에 오른 성좌들.
본래 이 스킬로는 그들을 들여다볼 수 없었다.

[설화, '심연을 들여다본 자'의 효과로 당신의 모든 스킬 숙련치가 증가했습니다.]
[전용 스킬, '등장인물 일람'의 효과가 증폭됩니다!]

하지만, 이번만큼은 달랐다.

[당신은 당신보다 낮은 '격'의 성좌를 열람할 수 있게 됐습니다.]
(…)
[성좌, '뱀 머리 졸부'의 성좌 정보를 열람할 수 있게 됐습니다.]
[성좌, '손톱을 먹는 쥐'의 성좌 정보를 열람할 수 있게 됐습니다.]
[성좌, '불길에 몸을 던진 개'의 성좌 정보를 열람할 수 있게 됐습니다.]

나는 곧장 녀석들의 특성을 살폈다.

물론 전투력이 비등하게 맞춰진 시점에서 단순히 특성창으로 능력치나 특성 정보를 확인하는 것은 별 의미가 없었다.

['등장인물 일람'의 효과로 해당 성좌들의 설화 목록을 무작위 출력합니다.]

녀석들이 가진 설화의 목록이 눈앞을 빠르게 스쳤다.

「뱀을 잡아먹는 뱀」

「사람으로 둔갑하는 쥐」

「주인을 향한 충성심」

「약자들의 약탈자」

(…)

그사이에도 공격은 이어졌다.

'뱀 머리 졸부'의 주먹이 어깨를 비껴갔다. '손톱을 먹는 쥐'의 육탄 공격에 몸이 허공으로 날아올랐으며, '불길에 몸을 던진 개'가 소심하게 내뱉은 불길에 정강이 피부가 그을렸다.

[특성 효과로 인해 '읽기 속도'가 급상승합니다.]

나는 물러서지 않고 녀석들의 설화 목록을 모두 읽었다. 끝에 성좌라고, 가진 설화 숫자가 제법 되었다. 몇 개는 전설급이고 대부분은 역사급이었다.

「밤말을 훔쳐 듣는 쥐」

「설치류의 공포」

「내 것은 내 것 네 것도 내 것」

「플란다스를 향하여」

(…)

그리고 얼마나 지났을까.

내 한쪽 다리가 마비된 틈을 타 '뱀 머리 졸부'의 손아귀가 몸을 휘감았다. 시야가 그대로 반전되더니 내 몸은 녀석에게 꼼짝없이 포박당했다.

[설, 화, 핵, 을, 내, 놔, 라.]

으드드득. 온몸을 짓누르는 악력에 뼈마디가 뒤틀리는 느낌이었다. '무한 차원의 아공간 코트'로는 감당할 수 없는 힘이었다.

화신체를 이루던 설화 파편 일부가 부스러기처럼 떨어졌다.

[잔인한 이야기를 좋아하는 성좌들이 흥분합니다.]

[일부 성좌가 당신의 육신이 찢기는 모습을 보고 싶어합니다.]

'뱀 머리 졸부'의 눈빛에 탐욕이 어리는 것이 보였다.

똑같이 '성좌'라는 이름을 가졌다고 해서 정말로 '동급 존재'가 되는 것은 아니다. 어떤 성좌는 차라리 화신에 가깝다. 여전히 다른 성좌 눈치를 보고, 그들에게서 코인을 후원받기도 한다.

"하나 궁금한 게 있는데…… 너흰 그렇게 살아남아서 무슨 이야길 하고 싶은 거냐?"

그르르, 하는 소리와 동시에 '손톱을 먹는 쥐'가 고개를 들었다.

[구우우우우……?]

나는 쓰게 웃었다. 하긴 그런 것을 생각할 여유가 있을 리 없다.

이 녀석들도 살아남기 급급할 테니까.

"너희도 참 안쓰럽다. 그렇지? 보통 성좌쯤 되면, '왕의 설화' 정도는 하나씩 갖고 있는데……."

[설화, '제멋대로 곡해자'가 당신의 말에 주목합니다.]

뱀이든, 쥐든, 개든, 인간이든. 꾸준히 설화를 쌓아 이름을 날리는 녀석은 한 번쯤 '왕의 설화'를 갖게 된다. 하지만 눈앞의 녀석들에게는 그런 설화가 없었다.

"늘 자기보다 약한 존재와 싸웠으니 그런 설화가 있을 턱이 있나."

[무, 슨, 개, 소, 리……!]

다음 순간, 내 몸속에서 환한 빛살이 타올랐다.

[설화, '제멋대로 곡해자'가 곡해할 이야기를 찾았습니다!]

설화, 「제멋대로 곡해자」.
이 설화는 딱히 전투력을 향상하는 힘은 없다.

[설화, '제멋대로 곡해자'가 설화 곡해를 시작합니다.]

그 대신 이 설화는 아직 본연의 힘을 찾지 못한 설화의 잠재력을 깨울 수 있다. 어떤 방향이든 말이다.

[설화, '왕이 없는 세계의 왕'이 곡해됐습니다!]
[설화, '왕이 없는 세계의 왕'이 이야기를 시작합니다.]

몸속 깊은 곳에서 가공할 설화의 힘이 들끓는 것이 느껴졌다. 거의 동시에 왕관을 연상시키는 엠블럼이 머리 위에 떠올랐다. 양팔에서 푸른 힘줄이 도드라지며 나는 몸을 옥죄고 있던 '뱀 머리 졸부'의 손아귀를 간단히 쥐어뜯었다.
~~부우우우욱~~!
내 손에 비늘이 찢어진 뱀이 비명을 질렀다.

「지금 이곳은 '왕'이 없는 세계.」

막대한 마력이 빠져나가며 설화가 스스로 이야기를 시작했다. 내가 녀석들의 설화 목록을 확인한 이유는 간단했다.
바로 이 힘을 쓰기 위해서였다.

「그의 검은 세상의 모든 왕좌를 거부하며 태어나.」

품속에 넣어두었던 검 한 자루가 휘황한 빛살을 내뿜으며 허공으로 떠올랐다.
사인참사검.
절대왕좌를 부술 때 사용한 검이자, 설화 「왕이 없는 세계의 왕」을 얻을 때 사용한 무기. 그 무기가 나의 설화에 반응해 본연의 모습을 되찾고 있었다.

「왕이 아닌 모든 존재 위에 군림한다.」

[자, 잠깐! 그 힘은……!]
'전투력'이 같다는 게 설화의 '격'까지 같다는 뜻은 아니다.
아무리 설화의 밀도가 낮고, 그 수가 적다 해도.
나 역시 설화급 성좌.
독각은 그 사실을 제대로 인지해야 했다.

[몇몇 성좌가 당신의 설화 응용력에 감탄합니다!]

[북두성군의 성좌들이 당신에게 주목합니다.]

당황한 독각이 뒤늦게 시나리오 조작을 시도하는 게 보였다. 하지만 이제 와서 '서브 시나리오'를 바꾸기에는 늦었다. 이미 녀석은 과도한 시나리오 강행으로 개연성의 상당 부분을 소진했을 테니까.

[성좌, '손톱을 먹는 쥐'가 꽁무니 뺄 준비를 합니다.]

심상치 않은 기색을 느낀 쥐 녀석이 제일 먼저 등을 돌렸다. 하지만 나는 한 녀석도 놓치지 않을 것이다.

"멈춰라."

[설화, '왕이 없는 세계의 왕'의 효과가 발동합니다.]

[당신의 위엄 앞에 왕의 자격을 갖추지 못한 모든 존재가 고개를 조아립니다.]

[그와아아아아!]

[찌이익!]

강력한 스파크를 일으키며 '뱀 머리 졸부'와 '손톱을 먹는 쥐'의 몸이 빳빳이 굳었다. '불길에 몸을 던진 개'는 이미 내 설화를 목도한 순간부터 바닥에 납죽 고개를 처박고 있었다.

[그르릌. 오… 오, 지, 마.]

다가서는 나를 보며, 바닥에 너부러진 '뱀 머리 졸부'가 몸을 꿈틀거렸다. 이 설화의 권위를 거부할 수 있는 이는 오직 '왕'의 설화를 가진 존재뿐이었다.

[성좌, '긴고아의 죄수'가 즐거워합니다.]

[마왕, '격노와 정욕의 마신'이 당신을 바라봅니다.]

돌원숭이의 왕과 32번째 마계의 왕이 나를 지켜보는 가운데, 사인참사검이 움직였다.

[카아아아아아악!]

한 번. 두 번. 나는 몇 번이고 '뱀 머리 졸부'의 머리를 내리쳤다. 단단한 비늘은 쉽사리 파괴되지 않았다.

퍼거거걱!

[백청강기]에 잘려나간 '뱀 머리 졸부'의 살점이 튀고, 파충류의 피가 번지며 주변 땅덩이가 붉은빛으로 물들었다. '뱀 머리 졸부'는 고통스러워 몇 번이고 비명을 내지르다가 이내 조용해졌다.

['절대선' 계통의 성좌들이 당신의 잔인함에 눈살을 찌푸립니다.]

나는 '뱀 머리 졸부'의 머리통에 박힌 사인참사검을 뽑아 들었다.

[마왕, '은색 발톱의 올빼미'가 당신의 살행에 즐거워합니다.]

[2,000코인을 후원받았습니다.]

성좌들은 진짜 잔인한 게 뭔지 모른다.

"내 설화가 탐난다면 그만한 각오를 했어야지."

이것은 성좌들을 향한 경고다. 어설픈 마음으로 이 '거대 설화'에 끼어들지 말라는 경고. 나는 하늘을 바라보며 사인참사검을 휘둘렀다.

[당신은 성좌, '뱀 머리 졸부'의 화신체를 격살했습니다.]

[성좌, '뱀 머리 졸부'가 보유하고 있던 설화의 일부를 습득했습니다.]

별자리와 화신체 사이의 연마저 베어버리는 사인참사검의 힘.

[성좌, '뱀 머리 졸부'가 비명과 함께 깊은 잠에 빠져듭니다.]

아마 다시는 화신체로 돌아오지 못할 것이다.

나는 이어서 '손톱을 먹는 쥐'를 바라보았다. 얼마 지나지 않아 '손톱을 먹는 쥐'도 똑같은 꼴이 되었다.

[성좌, '심연의 흑염룡'이 당신의 광기에 즐거워합니다.]

[성좌, '악마 같은 불의 심판자'가 안타까운 눈으로 당신을 봅니다.]

나는 뺨에 튄 피를 닦으며 마지막 남은 성좌를 바라보았다.

'불길에 몸을 던진 개'가 머리를 납죽 숙인 채 와들와들 떨고 있었다.

개의 몸을 덮고 있던 불길은 이미 온데간데없었다. 몸에는 한때 주인을 지키기 위해 뒹굴어 생긴, 새카만 화상 얼룩뿐.

나는 녀석의 설화 목록을 떠올렸다.

이 개는 십이지의 다른 두 놈과는 다르다.

[성좌, '불길에 몸을 던진 개'가 당신에게 충성을 맹세합니다.]

헥헥대는 개를 보며 나는 잠시 망설였다. 여기서 이 개를 죽이지 않으면 어떤 성좌는 실망할 것이다. 하지만…….

쿠구구구구!

멀리서 나를 노리는 다른 성좌들이 달려오고 있었다.

[설화, '제멋대로 곡해자'의 효력이 다했습니다.]

과도한 마력 사용으로 인해 나 또한 체력 회복이 필요한 상태. 나는 검을 집어넣고 곧바로 개의 등에 올라탔다.

"'유중혁 공단'으로 가자."

기다렸다는 듯, 개가 힘차게 땅을 박찼다. 빠르게 지나치는 전경 속에서 나는 고개를 들어 하늘을 보았다. 제각기 다른 곳으로 흐르는 밤하늘의 별들이 보였다.

누군가는 방관을 선택했고, 누군가는 참전을 선택했다.

모두 저마다 욕망을 따라 이야기의 궤적을 그리기 시작했다.

진짜 마왕 선발전이 곧 시작될 것이다.

49

Episode

가장 잘하는 것

1

'불길에 몸을 던진 개'는 나를 태운 채 꼬박 이틀 밤낮을 달렸다.

성좌들이 집요하게 뒤를 쫓아오며 잦은 위협을 가해왔으나, 그때마다 '불길에 몸을 던진 개'는 말 그대로 몸을 던져 나를 지켜냈다.

[설화, '목숨 바친 충성'이 이야기를 반복합니다.]

그렇게 얼마나 더 달아났을까. 마침내 날이 밝기 시작했다.

[서브 시나리오 - '전초전'이 종료됐습니다!]

[당신은 제한 시간 동안 무사히 설화 핵을 지켜냈습니다.]

뒤를 쫓아오던 성좌들이 하나둘 먼 곳에서 멈춰 섰고, 허공에서는 온갖 종류의 간접 메시지가 날아들었다.

[당신을 쫓는 데 실패한 몇몇 성좌가 낙심합니다.]

[성좌, '긴고아의 죄수'가 하품을 하며 이제 끝났냐고 묻습니다.]

[성좌, '악마 같은 불의 심판자'가 졸린 눈을 비비며 기뻐합니다!]

[성좌, '드러누운 드래곤'이 당신의 책략에 고개를 끄덕입니다.]

[일부 성좌가 당신의 비겁함을 손가락질합니다.]

손가락질하든 말든 여기서는 살아남는 게 더 중요했다.

못마땅한 눈으로 나를 내려다보던 독각이 어쩔 수 없다는 듯 내게 보상을 전송했다.

[보상으로 200,000코인을 획득했습니다.]

[보상으로 '장비 초월용 모루석' 2개를 획득했습니다.]

슬슬 장비 강화 아이템이 풀리는 시기구나 싶었다.

초반 지역에서 SSS등급을 받은 아이템도, 중후반 시나리오 지역에서는 거의 폐품에 가깝다. 하지만 제때 초월용 모루석을 사용해준다면, 장비의 품질 낙후를 막을 수 있었다.

소득은 그뿐만이 아니었다.

[설화, '십이지에 맞선 자'를 획득했습니다.]

역사급인 게 아쉽기는 해도 설화는 많을수록 좋다.

결국 이런 작은 설화가 모여 '전체의 격'을 이루니까. 특히 싸움을 통해 얻은 설화는 앞으로 「제멋대로 곡해자」를 통해 유용하게 사용할 수 있을 것이다.

[당신을 뒤쫓던 성좌들이 물러갑니다.]

성좌들이 모습을 감춘 지 얼마 지나지 않아, 멀리 유중혁 공단의 외양이 드러나기 시작했다. '탈출 시나리오'를 받은 공민들이 줄이어 공단으로 들어가는 모습이 보였다. 다행히 장하영과 한명오가 일을 잘 처리한 듯했다.

나는 '불길에 몸을 던진 개'를 향해 말했다.

"이제 떠나도 돼. 나한테 충성할 필요 없어."

어차피 진심으로 나를 따르려는 녀석도 아니다. 그러니 이쯤에서 헤어져 갈라지는 편이 나았다. 그러나 내가 돌아선 후에도 녀석은 종종거리는 발걸음으로 계속 쫓아왔다.

헥, 헥, 헥.

나는 슬며시 인상을 찌푸리며 말했다.

"뭐야, 가라니까?"

낑…….

커다란 개의 눈망울에 그렁그렁한 습기가 맺혔다.

[성좌, '악마 같은 불의 심판자'가 성좌, '불길에 몸을 던진 개'를 가엾게 바라봅니다.]

'불길에 몸을 던진 개'의 진명은 '오수의 개'다. 만취한 주인이 불에 타 죽는 것을 막기 위해 제 몸을 적셔 잔디밭의 불을 끈 개. 불행하게도 이 성좌는 진명조차 자신의 이름이 아니다.

"……따라올 거야?"

끼잉!

나는 잠시 망설였다. 생각해보면 이 녀석은 나와 갈라진다고 해도 자유로워지기는 힘들었다.

[일부 성좌가 성좌, '불길에 몸을 던진 개'를 먹음직스럽다는 듯 바라봅니다.]

세상에는 화신을 노리는 성좌만큼이나, 같은 성좌를 노리는 성좌도 많다. '들개 사냥꾼'이라든가 '멜베르크의 개장수' 따위 수식언을 가진 놈을 만난다면, 이 녀석은 꼼짝없이 설화를 빼앗기고 죽게 되겠지.

그나마 지금까지는 십이지 패거리가 있었기에 무사했던 것이다.

"……그럼 같이 가든가."

헥헥헥!

"근데 덩치는 좀 줄여. 너무 커서 방해되니까."

말이 끝나자마자 '불길에 몸을 던진 개'가 화신체 크기를 줄였다. 녀석은 골든레트리버 정도 크기가 되었다.

"김독자!"

나를 발견한 장하영이 멀리서 손을 흔들며 다가왔다.

"야! 괜찮아? 그 개는 뭐야?"

"오다 주웠어. 다른 사람들은?"

"공민들 인도하느라 바빠."

'불길에 몸을 던진 개'가 장하영의 손등을 핥았다. 장하영이 물었다.

"얜 이름이 뭐야?"

나는 솔직하게 말해줄까 하다가 그냥 대충 얼버무렸다.

"오수."

[당신은 성좌, '불길에 몸을 던진 개'에게 이름을 붙여주었습니다.]

[성좌, '불길에 몸을 던진 개'가 크게 감동합니다.]

[성좌, '불길에 몸을 던진 개'의 충성도가 크게 상승합니다!]

……이럴 줄 알았으면 좀 더 제대로 된 이름을 지어줄 걸 그랬다.

오수의 몸을 유심히 살피던 장하영이 반색했다.

"잘됐다. 사저가 좋아하겠네."

순간 '사저'가 대체 누굴 말하는 건가 싶었다.

"설마 파천신군 말하는 거냐? 걔 암컷이었어?"

"[파천검도]는 여자만 배울 수 있다는 거 잊었어?"

생각해보니 그렇다. [파천검도]는 그런 무공이었지. 예외가 너무 많아서 까맣게 잊고 있었다. 가령 지금 내 눈앞에 있는 녀석만 해도…….

"……뭘 그렇게 봐?"

"아냐, 아무것도."

나는 절레절레 고개를 흔들어 상념을 털어버렸다. 지금 중요한 건 장하영의 성 정체성이 아니다.

['마왕 선발전'의 시작이 임박했습니다!]

이제 마왕 선발전이 시작될 테니까.

"……온다."

내 말에, 장하영도 긴장한 듯 허공을 올려다보았다.

73번째 마계 전체가 흔들리는 듯한 진동. 하늘에 낯선 빛깔의 별이 하나둘 나타나고 있었다. 무려 '거대 설화'가 걸린 대형 이벤트를 관람하기 위해 스타 스트림 곳곳의 성좌들이 찾아온 것이다.

[다수의 성좌가 채널에 입장합니다!]

[상당수의 마왕이 채널에 입장합니다!]

단지 응시만으로도 그 격이 느껴지는 존재들이 채널에 등장하고 있었다.

[성좌, '가장 어두운 봄의 여왕'이 당신을 바라봅니다.]

[성좌, '술과 황홀경의 신'이 당신을 응시합니다.]

[성좌, '양산형 제작자'가 당신을 향해 손을 흔듭니다.]

지금껏 나와 만난 성좌들도 드높은 하늘에 모습을 드러냈다. 나 역시 긴장을 삭이며 그들을 올려다보았다.

마침내 이곳까지 왔다.

여전히 남은 시나리오는 많고, 그들이 있는 곳은 멀다.

하지만 이제 요원하지는 않았다. 적어도, 저 고고한 성좌들이 이 산맥 어디쯤 있을지 가늠해볼 수 있는 자리까지는 왔다.

[25번째 메인 시나리오가 도착했습니다!]

[과도한 메인 시나리오 스킵으로 인해 격의 일부가 손상됩니다.]

나는 20번대 시나리오를 제대로 수행하지 않았다.

그런 상태로 곧장 25번째 시나리오를 시작하니 그만큼 개연성 손해를 보는 것은 어쩔 수 없었다.

[메인 시나리오 #25 - '마왕 선발전'이 시작됩니다!]

〈메인 시나리오 #25 - 마왕 선발전〉

분류: 메인

난이도: ???

클리어 조건: '조력자'와 팀을 이루어 '신화의 전장'에서 승리하시오.

제한 시간: —

보상: 마왕위의 정식 계승, ???

실패 시: 사망

* 해당 시나리오는 '조력자'를 모집할 수 있습니다.
* 시나리오 진행과 관련해서 도깨비의 추가 설명이 있을 예정입니다.

모처럼 실패 시 항목에 '사망'이 표기된 시나리오였다.

여기서 지면 나는 죽는다.

지금까지도 종종 있던 일이니 낯설지는 않았다.

[해당 시나리오는 전용 무대에서 개최됩니다.]

[해당 시나리오의 '주요 참가자'는 총 4명입니다.]

['주요 참가자'는 상호 합의하에 '조력자'를 구할 수 있습니다.]

[당신은 해당 시나리오의 '주요 참가자'입니다.]

북쪽과 서쪽에서 강대한 기척이 느껴졌다.

['멜레돈 공단' 소속 성좌들이 당신에게 적의를 드러냅니다.]

['베르칸 공단' 소속 성좌들이 당신에게 적대감을 표출합니다.]

하늘의 성좌들이 빛을 깜빡이는 가운데, 허공에서 도깨비 목소리가 들려왔다.

[오래 기다리셨습니다, 성좌님들.]

독각과 비형이 나타났다.

[이제 곧 '마왕 선발전'이 시작됩니다!]

비형의 말과 함께, 허공의 스크린에 거대한 '무대'의 홀로그램이 나타났다.

[먼저 이 시나리오를 위해 손수 무대를 제작해주신 '양산형 제작자' 님께 감사 인사를 드립니다!]

과장 섞인 박수 소리가 허공을 메우며 홀로그램에 '양산형 제작자'가 만든 지도가 나타났다.

[게임, '신화의 전장'이 로드됩니다!]

전장은 가장자리가 거대한 절벽인, 광활한 숲 지대였다.

숲 지대 외곽에는 동서남북으로 '공단' 문양이 새겨져 있는

데, 아마도 각 공단의 출발 지역을 의미하는 듯했다.

[예상하셨겠지만, 이번 선발전은 단순히 치고받고 싸우는 형태로 진행되지 않습니다. 여러분은 공단별로 팀을 이룬 후 '팀플레이'를 진행하게 됩니다.]

도깨비 말에 놀란 몇몇 성좌가 간접 메시지를 띄웠다. 나는 놀라지 않았다. 원작을 통해 이미 알고 있었기 때문이다.

[게임 룰은 간단합니다. 모든 참가자는 자신을 포함해 총 일곱 명으로 '팀'을 이룰 수 있습니다.]

[각 팀원은 제각기 다른 '포지션'을 부여받으며, 시나리오 안에서 고유의 역할을 담당합니다.]

한때 지구에서 유행한 'AOS 게임'과 흡사한 모양새였다.

탱커 한 명과 근접 딜러 두 명, 다시 원거리 딜러 두 명과 서포터 한 명. 그리고 '올라운더' 한 명까지.

총 일곱 명이 팀을 이뤄 대결을 펼치는 것이 바로 이 게임—'신화의 전장'이었다.

[성좌, '양산형 제작자'가 빙긋 웃습니다.]

과연 수식언답게 게임도 어디서 많이 보던 요소들로 꾸미셨구만.

도깨비의 말은 계속되었다.

[게임에서 이기는 방법은 두 가지입니다. 하나는 자신의 팀을 제외한 다른 팀 참가자를 전멸시키는 것. 또 하나는 상대방

팀 '문장'을 빼앗는 것입니다. 뭐, 자세한 건 직접 게임에 참가해보면 아실 테니 생략하기로 하고…… 그보다 중요한 공지가 하나 더 있습니다.]

한참 말을 늘어놓던 비형이 내 쪽을 흘끗 보았다.

[본래 이 선발전에는 총 네 팀이 참전할 예정이었습니다만…… 보아하니 게임이 시작하기도 전에 공단 하나가 거의 궤멸 상태에 이르렀더군요.]

순간 불안한 느낌이 들었다. 비형의 말이 이어졌다.

[그래서 저희 관리국은 게임의 형평성을 심사숙고한 끝에, 상대적으로 불리한 두 개의 공단을 한 팀으로 묶기로 결정했습니다.]

이어서 허공에서 메시지가 들려왔다.

[현재 당신은 '유중혁-김독자 공단'의 참가자입니다.]

뜻밖의 상황이었다. 안 그래도 유중혁과 팀이 달라 걱정이었는데 고민을 덜 수 있게 되었다.

비형이 손을 써준 모양이었다.

그나저나 왜 '유중혁-김독자 공단'인 거지?

'ㄱ'이 'ㅇ'보다 가나다순으로 먼저니까 당연히 공단 이름은 '김독자-유중혁 공단'이어야 하지 않나? 어쨌거나.

"장하영, 유중혁은 어디 있어?"

나는 두리번거리며 유중혁을 찾았다. 그런데 유중혁이 어디에도 보이지 않았다. 장하영이 눈을 동그랗게 뜬 채 반문했다.

"무슨 소리야? 못 만났어?"

"……못 만났냐니?"

"걔 너 찾으러 갔는데?"

"뭐?"

안 좋은 예감이 들었다. 나는 황급히 [전지적 독자 시점]을 사용했다.

[현재 대상과 연결이 불가능한 상태입니다.]

빌어먹을. 이 자식을 어떻게 찾을까 고민하는데 불현듯 뭔가 떠올랐다.

다행히 지금은 한낮이었다.

[아이템 '한낮의 밀회'를 사용합니다!]

'한낮의 밀회'.

언젠가 이 녀석과 연결해둔 일대일 채팅 아이템이었다. 거리가 충분한지는 모르겠지만 지금 믿을 건 이것뿐이었다.

[읽지 않은 메시지가 39통 있습니다.]

그런데 웬걸, 이미 녀석에게서 메시지가 수십 통 와 있었다.

급히 창을 열어보았다. 첫 메시지는 다음과 같이 시작했다.

—김독자, 비유는 내가 구했다 / 발신인 유중혁, 47시간 39분 전

메시지는 약간 사이를 두고 계속 이어졌다.

—그런데 왜 갑자기 사라진 거지? / 발신인 유중혁, 46시간 54분 전
—네 유치한 장난에 어울려줄 여유는 없다 / 발신인 유중혁, 46시간 39분 전
—다시 나타나지 않으면 죽이겠다 / 발신인 유중혁, 45시간 18분 전
—농담이 아니다 / 발신인 유중혁, 44시간 39분 전
(…)
—김독자 / 발신인 유중혁, 41시간 38분 전

그 뒤로도 메시지가 한참이나 이어졌다.
마지막으로 온 메시지는 다음과 같았다.

—가겠다 / 발신인 유중혁, 23시간 14분 전

아니, 내가 어디 있는 줄 알고 오겠다는 거야 이 자식?

나는 어이가 없어져서 재빨리 메시지를 보냈다.

—멍청아, 빨리 돌아와! 지금 네 공단에 있어!

유중혁은 답변이 없었다. 확인했다는 표시도 뜨지 않았다.

그 대신 돌아온 것은, 마치 사형 선고처럼 내려진 시나리오 메시지였다.

[10분 안에 '조력자'를 모집해주십시오.]

[총 6명의 '조력자'를 모집할 수 있습니다.]

여전히 눈에 보이는 건 개 두 마리와 성별이 모호한 인간 하나, 그리고 혹시나 자기를 지목할까 벌벌 떨며 산후우울증을 앓는…… 빌어먹을.

전력 구상은 고사하고 일곱 명을 채우기에도 급급한 멤버다.

나는 한숨을 쉬며 입을 열었다.

"……조력자를 뽑겠습니다."

개 두 마리와 장하영, 백번 양보해서 한명오까지 포함한다 해도, 여전히 두 명이 더 필요한 상황. 혹시나 유중혁을 위해 한 자리를 비워두더라도 남은 한 명은 따로 충원해야 한다. 나는 하늘을 올려다보았다.

[채널 내 모든 성좌가 당신의 말에 귀를 기울입니다.]

이제 내 인맥을 시험해볼 때가 왔다.

2

내가 성좌들을 향해 입을 열려는 순간, 겁에 질린 한명오가 손을 번쩍 들었다.

"나, 난 빠주게! 솔직히 난 별 도움이 안 될 것 같네."

겁먹을 만도 하다. 저쪽 참가자와 조력자는 모두 최소 위인급 성좌. 미노 소프트의 낙하산 부장이 비벼보기에는 턱도 없는 전력이었다.

나는 달달 떨리는 한명오의 어깨를 꾹 눌러 잡으며 말했다.

"인원수만 채워주세요. 어차피 저기서 죽어도 진짜 죽진 않아요. 눈 딱 감고 한 게임만 뛰세요."

'신화의 전장'에는 총 '세 번'의 기회가 있다. 설령 이번 판에서 지더라도 다음 판과 그다음 판에서 만회하면 된다.

"하, 하지만 아픈 건 진짜일 거 아닌가!"

"그렇겠죠."

"그럼 싫어! 안 해!"

"고맙습니다, 부장님."

[조력자 '악마 백작 한명오'를 얻었습니다.]

[앞으로 섭외 가능한 조력자 수: 5명]

대타를 구하면 좋겠는데 마땅한 인재가 없었다. 마르크나 아일렌을 택하는 방법도 있지만 솔직히 악마 백작급인 한명오에 비해 급이 떨어진다.

"난 당연히 참가야."

기다렸다는 듯이 장하영이 작은 두 주먹을 팡팡 부딪쳤다.

[조력자 '차원 이동자 장하영'을 얻었습니다.]

[앞으로 섭외 가능한 조력자 수: 4명]

지금 장하영의 전투력은 어느 정도일까? 무도 대회에서 3등을 했다고 듣기는 했는데…… 현장에 없었으니 정확히 감이 오지 않았다. 어떤 회차의 장하영도 이 시기에 파천검성의 무공을 계승한 적은 없었으니까.

나는 또 다른 파천검성의 제자를 향해 고개를 돌렸다.

"파천신군."

왕!

대답은 간명했다.

[조력자 '풍월을 읊는 개 파천신군'을 얻었습니다.]

[앞으로 섭외 가능한 조력자 수: 3명]

초월견 파천신군은 나나 유중혁을 제외하고, 현재 '확실하게' 위인급 성좌와 자웅을 겨룰 수 있는 존재다.

분명 이 싸움에서 큰 도움이 되겠지.

그런데 왜인지 파천신군은 표정이 영 좋지 않았다.

크르렁! 컹!

세차게 짖는 파천신군의 시선이 향한 곳에, 꼬질꼬질 때가 묻은 개가 한 마리 있었다. 무슨 뜻인지 알겠다.

"맞습니다. 새 동료입니다."

왕왕왕!

"맘에 안 들어도 어쩔 수 없어요."

슬금슬금 눈치를 보던 오수가 파천신군의 궁둥이 쪽을 킁킁대며 슬그머니 고개를 들이밀었다. 그러자 눈에 불을 켠 파천신군이 앞발로 오수의 머리통을 후려쳤다.

깨갱!

영 미덥지 않지만 저 녀석도 아쉬운 대로 동료에 넣어야 한다. 아무리 그래도 위인급 성좌니까 한명오보다는 낫겠지.

[조력자 '불길에 몸을 던진 개 오수'를 얻었습니다.]

[앞으로 섭외 가능한 조력자 수: 2명]

남은 두 자리 중 하나는 유중혁의 것이다.

[주요 참가자 '패왕 유중혁'을 등록했습니다.]

[해당 인물은 현재 근처에 없습니다.]

[해당 인물이 제안을 수락할 시, 전장으로 자동 소환됩니다.]

[제한 시간이 5분 남았습니다.]

이제 남은 건 한 자리.

[성좌, '구원의 마왕'이 성좌들을 바라봅니다.]

나를 마주 보는 성좌들 시선이 느껴졌다.

어디, 지원자를 받아볼까.

"조력자로 지원하실 분, 계십니까?"

솔직히 지원자가 없지는 않을 거라 생각했다. 지금 이 채널에 있는 성좌들은 여기까지 내 시나리오를 따라와준 이들이니까. 혹시나 지원자가 둘 이상이라면 한명오를 대체할 수도 있을 것이다.

그런데.

[성좌, '가장 어두운 봄의 여왕'이 알 수 없는 미소를 짓습니다.]

[성좌, '대머리 의병장'이 머리를 열심히 닦습니다.]

[성좌, '양산형 제작자'가 허리 통증을 호소합니다.]

……제길.

[다수의 성좌가 당신의 시선을 피해 고개를 돌립니다.]

나는 못마땅한 눈으로 하늘을 잠시 노려보았다.

페르세포네나 '양산형 제작자'야 이 무대에 낄 만한 급이 아니니 논외로 치더라도, 다른 위인급 성좌들은 지원해줄 만도 한데…….

나는 한숨을 쉬며 장하영을 돌아보았다.

"장하영, 내가 말한 성좌들한테 연락해봤어?"

"……응."

안 그래도, 이런 날을 대비해 장하영을 통해 몇몇 성좌에게 접선해보라고 한 참이었다.

"해상전신은 뭐래?"

"'숙고해보겠다'라고 했어."

나는 인상을 찌푸렸다. 이 시기에 '해상전신'에게 다른 급한 시나리오가 있던가? 아무리 개연성이 우려된다지만 판까지 깔아드렸는데…….

역시 다른 성운과 척을 지기가 껄끄러우신가.

[성좌, '대머리 의병장'이 머리를 닦던 수건을 내려놓습니다.]

본래 내 계획은 남은 자리에 파천검성 남궁민영과 역설의 백청 키리오스 로드그라임을 데려오는 것이었다.

하지만 두 사람은 지금 무림에 있다.

"고려제일검은?"

"그쪽은 아예 대답이 없어."

이쯤 되니 조금 배신감까지 들었다.

[성좌, '대머리 의병장'이 비장한 표정을 지으며 머리를 닦던 수건을 이마에 질끈 묶습니다.]

어쩔 수 없었다. 이렇게 된다면, 차선이라도 선택해야 한다.

[성좌, '대머리 의병장'이 고개를 끄덕이며 당신을 바라봅니다.]

"아스모데우스. 도와주겠다고 하지 않았나?"

츠츠츠츳!

진명을 언급하자 하늘 구석에 있던 불길한 검은 별이 꿈틀거렸다.

[마왕, '격노와 정욕의 마신'이 당신을 바라봅니다.]

[마왕, '격노와 정욕의 마신'이 자신은 3차전부터 돕겠다고 말합니다.]

……3차전부터?

[마왕, '격노와 정욕의 마신'은 당신이 자신의 도움을 받을 자격이 있는지 시험하고 싶어합니다.]

나는 입술을 깨물었다.

빌어먹을 마왕 녀석이 지금 각을 잰다 이거지? 3차전까지 갈 수 있을지도 의문인 판국에. 그나마 다행스러운 점은, 아직 저쪽 '조력자' 중에 마왕 이름은 보이지 않는다는 것.

['멜레돈 공단'에서 성좌, '인류의 시조'를 조력자로 지정했습니다.]
['베르칸 공단'에서 성좌, '최후의 파라오'를 조력자로 지정했습니다.]
['멜레돈 공단'에서 성좌, '자신의 눈을 찌른 자'를 조력자로 지정했습니다.]
['멜레돈 공단'에서 성좌, '바나라의 장군'을 조력자로 지정했습니다.]

마왕은 아니지만, 수식언부터 하나하나 무시무시한 성좌였다. 심지어 설화급에 오른 녀석도 보였다.

조금이라도 더 빨리 이 '시나리오'를 뜯고 씹고 맛보고 싶어하는 성좌들의 욕망이 피부로 느껴졌다. 이제는 지푸라기라도 붙잡아야 하는 상황이었다.

"우리엘."

[성운, <에덴>이 당신의 제안에 곤란해합니다.]

[마계의 마왕들이 성운, <에덴>의 움직임에 촉각을 곤두세웁니다.]

……이곳이 '마계'라는 사실을 깜빡 잊고 있었다.

'하늘의 서기관'에게 떼를 쓰고 있을 우리엘의 모습이 눈에 선했다.

두 집단 간 협약이 지속되는 한, 우리엘은 이 게임에 참가할 수 없을 것이다.

결국 나는 다른 지푸라기를 향해 손을 뻗었다.

"제천대성."

그러나 제천대성의 반응도 신통치 않았다.

[성좌, '긴고아의 죄수'가 당신을 보며 코를 팝니다.]

[성좌, '긴고아의 죄수'가 다른 공단의 성좌들을 향해 한심하다는 듯 혀를 찹니다.]

아무래도 저 자존심 강한 원숭이 왕은, 이곳이 자신의 무대가 아니라고 생각하는 것 같았다. 이 정도 시나리오에 본신의 힘을 빌려주기에는 자존심이 상한다는 거겠지.

[성좌, '심연의 흑염룡'이 킬킬 웃으며 당신을 바라봅니다.]

그 메시지를 함께 들었는지, 장하영이 물었다.

"염룡이는 어때?"

"안 돼."

"왜? 걔 생각보다 착해."

'심연의 흑염룡'이 생각보다 나쁜 녀석이 아니라는 건 안다. 하지만 저놈의 힘은 함부로 빌리기에는 위험 부담이 크다. 그리고 결정적으로 '심연의 흑염룡'은 써야 할 곳이 따로 있었다. 나는 한숨을 내쉬었다.

"어쩔 수 없네. 남은 성좌는 하나뿐인가……."

"그게 누군데……?"

[성좌, '대머리 의병장'이 기다렸다는 듯 자신의 죽장을 움켜쥡니다.]

"장하영. '은밀한 모략가'한테 메시지 보내."

[몇몇 성좌가 당신의 선택에 깜짝 놀랍니다!]

성좌 '은밀한 모략가'.

채널의 주요 4인방 중, 내가 유일하게 정체를 모르는 성좌.

제천대성에 흑염룡까지 채널에 복귀한 마당에, 왜 아직까지 녀석이 채널에 모습을 드러내지 않는지 알 수 없었다.

[극소수의 성좌가 당신의 선택에 두려움을 느낍니다.]

[몇몇 성좌가 당신의 선택을 만류합니다!]

성좌들 반응은 이해가 갔다. 은밀한 모략가가 누구인지는 모르지만, 높은 확률로 '이계의 신격' 중 하나일 것이다.

그것도 '위대한 옛 존재'를 물릴 정도의 영향력을 지닌 존재. 아마 다른 성좌들도 그 사실을 깊이 의식하고 있을 것이다. 허공에 대고 뭔가 한참이나 두드리던 장하영이 나를 불렀다.

"김독자. 수식언 제대로 불러준 거 맞아?"

"왜?"

"이것 좀 봐."

장하영은 자신이 입력하던 화면을 보여줬다. 화면에 떠오른 메시지는 다음과 같았다.

[해당 수식언은 <스타 스트림>에 존재하지 않습니다.]

나는 황망한 심정으로 장하영에게 물었다.

"똑바로 입력한 거 맞아?"

"내가 바본 줄 알아?"

장하영이 다시 한번 수신자에 '은밀한 모략가'를 입력했다.

[해당 수식언은 <스타 스트림>에 존재하지 않습니다.]

'은밀한 모략가'가 존재하지 않는 수식언이라고?

[성좌, '긴고아의 죄수'가 흥미로운 표정을 짓습니다.]

[성좌, '심연의 흑염룡'이 호기심을 갖습니다.]

[성좌, '하늘 걸음의 주인'이 네트워크를 가동합니다.]

[다수의 성좌가 '은밀한 모략가'에 대한 수소문을 시작합니다.]

이런 경우는 생각하지도 못했기 때문에 나는 순간적으로 사고가 마비되었다.

[제한 시간이 1분 남았습니다.]

실제로 수식언이 여럿인 대성좌도 있었다. 하지만 이런 경우가 있던가? 멀쩡하던 수식언이 사라졌다고?

"이제 어쩌지?"

장하영이 초조한 눈으로 나를 보았다. 이제 남은 시간은 삼십 초도 되지 않는다.

[성좌, '대머리 의병장'이 괴성을 지르며 자리에서 일어섭니다!]

나는 하늘을 올려다보았다. 더는 외면하기 힘들었다.

"……사명대사 님, 도와주십시오."

내 말과 동시에 하늘에서 낙뢰가 번뜩였다.

[성좌, '대머리 의병장'이 개연성을 얻어 화신체를 소환합니다!]

눈부신 빛살 속에서 구현되는 화신체를 보며 생각했다. 지금은, 강력하지만 통제할 수 없는 성좌보다는 조금 아쉬워도 믿을 수 있는 성좌를 동료로 삼는 게 좋을지 모른다. 적어도 사명대사는 '성운 개설권'을 얻을 때 나를 지지해준 성좌 중 하나니까.

소환식이 끝난 후에도 여전히 빛은 사라지지 않았다. 자세히 보니 사명대사 머리 쪽에서 섬광이 번뜩이고 있었다. 슬그머니 손으로 차양막을 만드는데 목소리가 들려왔다.

[오랜만일세, 김독자.]

가공할 내력을 지닌 진언에 절로 감탄이 나왔다. 개나 고양이도 운이 좋으면 성좌가 될 수는 있다. 하지만 그렇다고 아무나 성좌가 되는 것은 아니다.

"오랜만입니다, 사명대사 님."

3미터는 될 법한 거대한 키의 신승神僧.

마치 거목처럼 대지에 꽂힌 커다란 죽장竹杖.

한반도의 위인급 성좌, 사명대사가 마침내 본연의 모습을 드러냈다.

[조력자 '대머리 의병장'을 얻었습니다.]

[당신은 조력자를 모두 섭외했습니다!]

(…)

[모든 참가자가 조력자 섭외를 마쳤습니다.]

[게임, '신화의 전장'이 마계에 현현顯現합니다!]

3

시스템 메시지와 동시에 주변 경관이 바뀌기 시작했다.

역대 '거대 설화'의 무대이던 곳을 가상으로 빌려오는 것이 바로 이 게임, '신화의 전장'의 특징이었다.

[대전장「하르마게돈」에 입장하였습니다.]

[3분 뒤 게임이 시작됩니다.]

새카만 하늘 한편에 천국의 계단이, 다른 한편에는 지옥문이 열려 있었다. 이게 진짜라면 저 계단에서는 에덴의 대천사가 내려왔을 테고, 지옥문에서는 마계의 마왕이 몰려나왔겠지.

다행히도 여기서 그럴 일은 없었다.

어디까지나 '가상의 무대'니까.

[성좌, '젊은이와 여행의 수호자'가 익숙한 무대에 눈살을 찌푸립니다.]

[마왕, '격노와 정욕의 마신'이 성좌, '젊은이와 여행의 수호자'에게 적의를 드러냅니다.]

[다수의 성좌와 마왕이 서로 적대감을 드러냅니다.]

……진짜로 별일 없어야 할 텐데.

"어째 으스스하네……."

장하영이 어깨를 감싸 안은 채 하늘을 두리번거렸다. 배경음인지 뭔지 간간이 오싹한 소리가 들려왔다.

나는 우리를 둘러싸고 있는 반원형 보호막을 바라보았다.

게임 시작 전까지는 저게 우리를 보호해줄 것이다.

"정신들 차리세요. 각자 선택한 포지션 확인하시고요."

내 말에 다른 일행들도 하나둘 평정을 되찾는 듯했다.

"탱커는 누구죠?"

[나일세.]

탱커는 사명대사, 근접 딜러는 나와 파천신군, 원거리 딜러는 장하영과 오수. 서포터는 한명오. 그리고 올라운더는…….

"유중혁은?"

"아마 우리랑 다른 곳에 떨어졌을 거야."

'신화의 전장'은 소환에 응한 장소에 따라 출발 지역이 달라진다.

[참가자 '유중혁'이 소환에 응했습니다.]

메시지는 제대로 떠올랐으니, 유중혁도 이 전장 어딘가에 있을 것이다.

장하영이 물었다.

"이거 그 AOS 게임 같은 거지? 나 해본 적 있어. 적 본거지를 부수면 이기는……."

"맞아. 근데 좀 다른 점이 있어."

보통 AOS 게임은 적 본진을 공략하면 게임이 끝난다.

하지만 이 게임은 다르다.

"우리가 지켜야 할 건 '본진'이 아니라 '문장'이야."

"문장?"

나는 한명오가 손에 쥔 물건을 가리켰다. 영롱한 빛깔이 어우러진 작은 비석이었다.

"이, 이게 뭐야!"

"저걸 지켜야 해."

비석에는 말 그대로 '문장'이 작은 글씨로 쓰여 있었다.

『천국의 사자使者, 지옥의 수문장守門將』

한명오가 기겁하며 비석을 내게 건네려 했다. 나는 손바닥으로 밀어내며 말했다.

"지금은 부장님이 갖고 계세요. 중요한 물건이니까 간수 잘 하시고요."

"주, 중요한 물건이니 독자 씨가 갖고 있는 게……!"

"중요하니까 부장님이 갖고 계신 게 낫습니다. 보통 '문장'은 주요 참가자가 갖고 있으니까요. 적 팀의 예상을 깨야죠."

"난 못 해! 이런 게임 해본 적 없다고!"

확실히 한명오는 게임 회사 부장 주제에 게임에 둔한 편이었다.

이런 게임은 유상아 씨가 더 잘했던 것 같은데.

참고로 유상아 씨는 혼자서 팀을 '캐리'해서 사내 게임 대회 결승전까지 올라간 적도 있다.

……지금 여기 있는 게 한명오가 아니라 유상아 씨면 얼마나 좋을까.

"아무튼 이 게임에서 승리할 방법은 둘입니다. 적 팀의 '문장'을 빼앗는 것. 아니면 적 팀 참가자를 모두 죽이는 것."

"문장 빼앗는 게 더 쉽겠네."

"그렇지, 보통은."

"좋아! 나한테 맡겨!"

의욕이 충만한 상태로 장하영이 외쳤다. 하지만 이 게임은 혼자 하는 게임이 아니다.

"의욕은 알겠는데 개인플레이를 하면 곤란해. 이제 작전을 짜야……."

컹컹!

왕왕!

일행 중 둘이 개라는 사실을 잊고 있었다.

'불길에 몸을 던진 개' 오수는 아까부터 주변을 킁킁대며 돌아다녔고, 파천신군은 관심 없다는 듯 발라당 드러누워 앞발로 배를 긁어대고 있었다. 나는 마지막 희망을 향해 고개를 돌렸다.

"사명대사 님."

아까부터 다른 성좌들에게서 조언을 듣는 것 같으니 기대해볼 건 이쪽뿐이다.

[소승들 말이 너무 어려워서 잘 모르겠군. 오예스…… 게임……이 대체 뭔가?]

사명대사는 굉장히 곤혹스러운 표정이었다.

[한반도의 일부 성좌가 '대머리 의병장'을 답답해합니다!]

[지구의 문화를 좋아하는 성좌들이 오예스가 아니라 AOS라고 말합니다!]

미처 연장자 배려를 못 했다.

사명대사가 최근 게임 용어를 알 턱이 없는데.

[어쨌든 오랑캐 놈들을 다 죽이면 된다 그 말인가?]

"예, 뭐…… 비슷하긴 한데."

[그거라면 본승이 앞장서겠네! 가세!]

의기충천한 사명대사가 죽장을 휘두르며 앞으로 달려가기

시작했다.

[게임이 시작됩니다!]

그리고 기다렸다는 듯 무대의 보호막이 해제되었다.

[게임 난이도를 고려하여 참가자 능력치가 자동 조정됩니다.]
[1차전에서 모든 참가자는 본래 능력치의 10퍼센트만 사용할 수 있습니다.]
[회차가 거듭됨에 따라 페널티는 감소합니다.]

이어서 우리 쪽 본진인 '천국의 계단'에서 조그만 요정을 닮은 하급 천사들이 날아오기 시작했다.

[각 팀 지원군이 생성됩니다!]
['최하급 천사'가 당신들을 돕습니다!]

천사를 보고 놀란 오수가 컹컹 짖었다.
"야! 걔네 우리 편이니까 물지 마. 사명대사 님, 잠깐만요! 같이 가요!"
시작부터 개판이었다.
최전방의 사명대사를 필두로 파천신군과 오수가 질주를 시작했다. 나와 장하영은 허겁지겁 그 뒤를 쫓았고, 한명오는 일행 후미에서 소심한 달음박질을 계속하고 있었다.

"부장님은 최대한 뒤쪽에 계세요. 괜히 나서지 마시고."

"……최선을 다해보겠네."

도망 하나는 잘 치는 한명오니까, 무슨 일이 있어도 제 살길은 찾을 것이다.

"앗, 맵이 바뀌는데?"

본진을 벗어나자마자 눈앞에 드넓은 평원 지대가 펼쳐졌다.

평원 지대 양쪽에는 각각 골짜기와 숲 지대가 자리 잡고 있었다. 내 기억이 맞는다면 골짜기에는 '묵시록의 이무기', 숲 쪽에는 '타락한 치천사'가 있다. 그 외에도 맵 곳곳에는 초반에 잡아두면 버프 효과를 받는 몬스터가 꽤 포진해 있는데…….

"잠깐만요! 사명대사 님! 그렇게 빨리 가시면 안 됩니다!"

[본승만 믿게나! 이래 봬도 전쟁에는 도가 튼 몸일세!]

사명대사가 웅장한 진언을 터뜨리며 허공을 향해 손을 뻗었다.

[한반도의 영령들이여! 본승에게 힘을 주시오!]

저런다고 누가 사명대사에게 힘을 줄까 싶었는데, 놀랍게도 메시지가 들려왔다.

[성좌, '매금지존'이 성좌, '대머리 의병장'을 응원합니다!]

[성좌, '황산벌의 마지막 영웅'이 성좌, '대머리 의병장'을 응원합니다!]

[성좌, '흥무대왕'이 성좌, '대머리 의병장'에게 100코인을 후원했습니다.]

말 그대로 소박한 응원이었다.

[오오오오오오오오!]

얼마 지나지 않아 눈앞에 적이 나타났다. 제각기 병장기를 차거나 화신체로 화한 성좌들.

[바나라의 장군]

[우레를 먹는 새]

[자신의 눈을 찌른 자]

갑주를 입은 원숭이와 금빛 깃털의 괴조. 거기다 내가 한 번 만난 적 있는 오이디푸스 왕까지…… 아무래도 우리가 만난 건 멜레돈 공단 소속 성좌들인 듯했다.

하필 설화급 성좌가 섞여 있는 파티라니.

하지만 저쪽도 아직 게임에 대해 파악이 덜 끝났을 테니 아주 승산이 없지는 않았다.

[덤벼라, 오랑캐들아!]

적을 발견한 사명대사가 돌격을 감행했다. 목소리가 워낙 우렁찼기 때문일까. 순간, 나조차 기대감이 일었다.

그래. 싸워보기 전까지는 알 수 없다.

본 능력치의 10퍼센트만 사용할 수 있는 전장이라지만, 애초에 나는 사명대사의 능력치가 어느 정도인지 모른다. 위인급 성좌라고 얕볼 게 아니다. 개중에는 척준경 같은 규격 외

강자도 있으니까.

[이 호국신승이 전열을 무너뜨려주겠노라!]

호기롭게 달려간 사명대사가 커다란 죽장을 여의봉처럼 휘둘렀다. 당황한 성좌들이 고성을 질렀고 폭음이 전장을 휩쓸었다.

곳곳에서 살점이 낭자했고.

콰가가각!

무기 부러지는 소리가 들렸으며.

푸우욱!

꿰뚫린 상처에서 피가 솟았다.

[첫 번째 사망자가 발생했습니다!]

사명대사는 잘 싸웠다. 나는 일행을 돌아보며 말했다.

"모두 도망쳐요!"

[조력자 '바나라의 장군'이 조력자 '대머리 의병장'을 살해했습니다.]

[공단 '멜레돈' 팀이 승점 1점을 획득했습니다.]

⌘ ⌘ ⌘

"제기랄, 저 스님 센 거 아니었나? 자기만 믿으라며!"

연신 비명을 질러대는 한명오는 도망칠 때만큼은 제일 빨랐다.

왠지 저렇게 될 것 같긴 했지만, 그래도 사명대사가 '트롤링'만 한 것은 아니었다.

['사명대사의 원혼'이 전장을 배회합니다.]

[오오오오오오!]

사명대사의 성흔인지는 모르겠지만, 죽은 사명대사의 혼이 전장 곳곳을 떠돌며 우리를 뒤쫓는 성좌들을 공격했다. 달아날 기회라도 잡은 것은 그 덕분이었다.

적의 추적은 빨랐다. 가장 먼저 쫓아온 것은 상공을 덮는 거대한 새의 그림자. '우레를 먹는 새'였다.

내 기억대로라면, 저 새의 진명은 '가루라'다. 팔부신중八部神衆의 하나이자, 〈베다〉의 3주신인 비슈누가 타고 다니는 새.

순간 허공에서 궤적을 바꾼 녀석의 부리가 내 쪽을 향했다.

[성좌, '불길에 몸을 던진 개'가 자신의 몸을 던져 당신을 지킵니다!]

오수가 거의 동시에 달려들었다. 거대한 화신체로 화한 오수가 날아드는 가루라를 측면에서 덮쳤다.

크르르렁!

운 좋게도 오수의 불꽃이 가루라의 깃털에 옮겨붙었다. 줄기줄기 불꽃을 뿜어대는 오수는 도망치라는 듯 우리를 향해 짖었다. 이미 다섯 명의 성좌가 오수에게 들러붙은 상황.

녀석을 구하기에는 너무 늦었다.

[조력자 '불길에 몸을 던진 개'가 사망했습니다!]

……빌어먹을.

상황이 점점 악화된다. 심지어 조금 전까지 근처에 있던 파천신군도 어디로 갔는지 보이지 않았다. 졸지에 남은 인원은 나와 장하영, 그리고 한명오뿐.

"미, 미안하네."

한명오가 돌발 행동을 저지른 것도 그때였다. 앞서 나가던 한명오는 갑자기 자신의 한쪽 다리를 잘랐다.

[등장인물 '한명오'가 성흔 '외발 준족 Lv.10'을 발동합니다!]

그랬지. 한명오에게는 저 망할 성흔이 있었지.

두두두두두두!

한명오가 한쪽 다리로, 타조라도 되는 것처럼 굉음을 내며 달리기 시작했다. 어차피 한명오가 잡히면 모든 게 끝이니 도망이라도 잘 가는 게 낫다.

그나저나 저 성흔, 얼마나 많이 썼으면 벌써 10레벨이야.

"김독자. 이제 어떡……."

나는 장하영의 입을 막고 바로 주변 풀숲으로 뛰어들었다.

[주변의 지형지물에 은폐했습니다.]

['풀숲' 효과로 주변의 적이 당신을 감지할 수 없습니다.]

그르르르르…….

창공을 배회하는 가루라를 보며 나는 숨죽인 채 장하영에게 속삭였다.

"지금 전력으로는 맞서 싸울 수 없어. 우린 어부지리를 노려야 돼. 시간을 끄는 게 중요하다고."

"……시간만 끈다고 될까?"

"일단은."

나도 믿는 구석 정도는 있다. 애초에 이 멤버로 이길 생각을 했다는 것 자체가 이상하다. 어떻게든 시간만 더 끌면 된다.

그 녀석만 온다면.

[구원의 마왕! 어디 있는가?]

풀숲 앞쪽에서 진언이 울려 퍼졌다.

[그대와는 악연이 참 길었지. 설마 '운명'에서 탈출해 이런 곳에 살아 있을 줄이야…… 내가 미처 읽지 못한 것이 있었군.]

겸손함을 가장한 오만방자한 말투. 누군지 바로 알 수 있었다. 잠시 후 풀숲 위로 나타난 존재는 허름한 왕의를 걸친 장님, '자신의 눈을 찌른 자' 오이디푸스 왕이었다.

녀석이 이 선발전에 참전한 것은 알고 있었다.

이렇게 빨리 마주칠 줄은 예상하지 못했지만.

[숨어봐도 소용없다는 건 잘 알고 있을 것이다. 이 눈먼 예언자는 그대가 어디 있는지 이미 알고 있으니.]

순간 장하영의 어깨가 움찔했다. 나는 장하영을 안심시키기 위해 손바닥을 들어 보였다.

—개소리니까 걱정하지 마. 놈의 능력으로는 내 미래를 읽을 수 없어.

그러니 저건 명백한 함정이었다. 우리 기척을 감지하는 순간, 인근의 성좌가 모조리 달려들 셈이겠지.

[지금이라도 늦지 않았네. 아직 〈올림포스〉는 그대에게 열려 있으니.]

[성좌, '구원의 마왕'이 개소리 말고 꺼지라고 말합니다.]

[재미있군그래…….]

오이디푸스 왕은 껄껄 웃었으나 표정은 완전히 굳어 있었다.

[계속 그렇게 나올 수 있을지 두고 보지.]

주변 성좌들이 작심한 듯 풀숲을 휩쓸기 시작했다. 광범위한 위력의 성흔이 작렬했고, 이내 인근 풀숲은 온갖 폭연과 산성액, 그리고 튀어 오른 불똥으로 가득해졌다. 산성액에 발등이 녹았고, 불똥이 손목과 목의 살점을 태웠다. 나는 장하영의 손목을 꽉 쥔 채 움직이지 않았다.

조금 더. 조금만 더 기다리면 된다.

폭격 같은 공습이 한바탕 주변을 휩쓸고 지나갔다. 다행히 녀석들은 우리를 발견하지 못한 듯했다.

폭음은 조금씩 우리에게서 멀어지고 있었다.

……조금만 더.

소리를 들으며 녀석들의 거리를 어림했다.

열 걸음, 스무 걸음, 서른 걸음…….

그리고 갑자기 모든 폭음이 사라졌다.

"뛰어."

장하영과 나는 풀숲을 박차고 달렸다. 쫓아오는 성좌들은 보이지 않았다.

그 대신 어디선가 비명이 들려왔다. 아주 길고, 끔찍한 절규였다.

……드디어 왔나.

"뭐야?"

깜짝 놀란 장하영이 눈을 휘둥그레 뜬 채 허공을 올려다보았다. 먼 하늘에서 거대한 검에 목이 꿰뚫린 새가 떨어지고 있었다.

[조력자 '우레를 먹는 새'가 살해당했습니다!]

"이래서 시간을 끌라고 한 거야."

[참가자 '유중혁'이 조력자 '우레를 먹는 새'를 살해했습니다!]

[공단 '유중혁-김독자' 팀이 승점 1점을 획득했습니다.]

허공에서 낙하하는 유중혁과, 당황하는 성좌들의 모습이 보였다.

[성좌, '자신의 눈을 찌른 자'가 깜짝 놀라 고성을 지릅니다!]

[성좌, '바나라의 장군'이 화신 '유중혁'을 향해 적의를 드러냅니다!]

[다수의 성좌가 화신 '유중혁'의 움직임에 경악하여 눈을 비빕니다.]

몰아치는 공격에도 유중혁은 조금도 당황하지 않았다.

마치 이곳의 모든 지형지물을 파악하고 있는 듯 자유로운 움직임.

격노한 오이디푸스 왕이 지팡이 끝에서 섬광포를 쏘았을 때, 이미 유중혁의 신형은 시야에서 사라지고 없었다.

[어디로 간 거지?]

[찾아! 이 근처에 있다!]

성좌들이 일사불란하게 움직이며 주변을 샅샅이 뒤졌지만 유중혁은 어디로 사라졌는지 보이지 않았다. 나는 장하영과 함께 커다란 나무 뒤쪽에 몸을 숨긴 채 그 광경을 지켜보았다.

유중혁의 특성 중 하나는 '프로게이머'. 녀석은 모든 종류의 게임에서 압도적인 어드밴티지와 적응력을 얻는다.

게임은 아직 초반이고 능력치도 제한된 상황.

성좌들이 게임에 익숙해지기 전인 지금, 이 '첫판'은 누구보다 우리에게 유리한 무대였다. 상대가 어떤 성좌라 해도, 일대일 상황이라면 지금의 유중혁을 당해내기는 쉽지 않을 것이다.

[저기 있다!]

수풀의 기척을 쫓아간 '바나라의 장군'이 입에서 칼날 바람을 토해냈다. 쐐애액, 하는 소리와 함께 주변 풀숲이 일거에 누웠지만 이번에도 유중혁은 그곳에 없었다.

당황한 '바나라의 장군'이 물러서는 순간, 바닥 흙더미 사이로 섬광 같은 빛살이 번뜩였다. 피하기에는 너무 늦은 일격이었다.

[참가자 '유중혁'이 조력자 '바나라의 장군'을 살해했습니다!]

그래, 둘 정도는 잡아줘야 유중혁이지.

[공단 '유중혁-김독자' 팀이 승점 2점을 획득했습니다.]

[참가자 '유중혁'의 활약으로 전장에 혈향이 불기 시작합니다!]

곁에 있던 장하영이 손가락질하며 부들부들 떨었다.

"저거 뭐야? 괴물이야?"

"비슷하지. 한국 최고의 프로게이머였으니까."

어디까지나 멸살법 설정상 그렇다는 얘기지만.

먼 곳에서 '바나라의 장군'의 화신체가 두 쪽으로 갈라지며 소멸하는 모습이 보였다. 게임 룰을 적용받으니 정말 화신체가 소멸하지는 않겠지만, 정신적 타격은 상당할 것이다.

[성좌, '긴고아의 죄수'가 즐거워합니다.]

[성좌, '긴고아의 죄수'가 화신 '유중혁'에게 20,000코인을 후원했습니다.]

'바나라의 장군'의 진명은 인도 신화의 원숭이 영웅인 '하누만'이다.

같은 원숭이 출신이라는 특징 때문인지, 두 신격은 사이가 좋지 않다는 이야기가 있었지. 아무래도 사실이었나 보다.

[제기랄, 쫓아!]

둘을 학살한 유중혁은 이번에는 암석 지대의 협곡 아래로 숨어들었다. 마침 저쪽도 원군이 한 명 나타났다.

[성좌, '인류의 시조'가 건방진 후손에게 본때를 보여주고자 합니다.]

고간만 간신히 가린, 원시인에 가까운 모습을 한 성좌.

'인류의 시조', 마누.

저 녀석도 멜레돈 공단 편이었다는 걸 깜빡 잊고 있었다.

"아무래도 우리가 도와야겠는데."

〈베다〉의 마누는 설화급 성좌다. 설화급 중에서 격이 낮다고 해도, 이대로라면 유중혁이 절대적으로 불리했다.

이미 유중혁은 두 명의 성좌를 격살하느라 탈출기와 마력을 소모한 상황. 아무리 특성이 프로게이머라고 해도 지금부터는 무리…….

[참가자 '유중혁'이 '센티넬 골렘의 가호'를 발동합니다!]

암벽 지대의 고지에 자리 잡은 유중혁이 거대한 활을 겨누고 있었다.

[성유물, '로빈후드의 강궁'이 사용자의 명중률을 극대화합니다!]

저 자식, 저런 건 또 언제 구한 거야? 저건 15번째 시나리오 지역인 '루그라티아'에 가야 구할 수 있는데…….

쏜살같이 날아든 무형의 화살이 오이디푸스 왕의 몸에 박혔다.

[컥……!]

당연한 얘기지만 유중혁의 장점은 검술만이 아니었다. 녀석은 지난 회차에서 온갖 종류의 병장기를 마스터 클래스의 숙련도로 익혔다.

[네놈! 근접 딜러가 아니었……?]

심지어 지금 유중혁의 포지션은 '올라운더'.

[참가자 '유중혁'이 포지션 효과의 보정을 받습니다.]

이 게임이 진행되는 동안, 유중혁은 어떤 종류의 무기를 써도 페널티를 받지 않는다.

[죽여버리겠다! 이깟 걸로, 이깟 걸로……!]

어깨 깊숙이 화살이 박힌 오이디푸스 왕이 괴성을 질렀다.

"우리도 도우러 가자!"

"잠깐 기다려봐."

지금 상황에서 어설픈 움직임으로 유중혁을 도왔다가는 오히려 녀석의 작전을 방해할 뿐이다. 곧바로 [전지적 독자 시점]을 가동하자 유중혁의 작전이 영화 예고편처럼 머릿속으로 흘러들었다.

내 허탈한 웃음에 장하영이 물었다.

"……왜 그래?"

"저 자식이 내가 생각한 것보다 더 미친놈이라서."

유중혁은 여기까지 오는 동안 일 분 일 초도 허비하지 않았다. 그 증거가 지금 녀석 몸에 깃든 '센티넬 골렘의 가호'였다.

['센티넬 골렘의 가호'가 누적되기 시작합니다!]

협곡 외곽에서 서식하는 센티넬 골렘은 처치 시 '기절' 효과를 주는 버프를 얻을 수 있다. 단, 이 버프에는 조건이 하나 있는데.

푸슈슈슛!

바로 공격을 스무 번 성공시켜야만 기절 효과를 발동할 수 있다는 것이다.

이제 유중혁과 오이디푸스 왕의 거리는 10미터 남짓.

[이깟 화살로……!]

단숨에 도약한 오이디푸스 왕이 유중혁을 향해 섬광포를 쏘려는 순간.

쩌저저적.

발목부터 굳어진 오이디푸스 왕의 몸이, 석상이 쓰러지듯 앞으로 무너졌다.

[조력자 '자신의 눈을 찌른 자'가 기절 상태에 빠졌습니다.]

기절의 지속 시간은 삼 초.

그리고 삼 초는, 유중혁에게는 충분하고도 남는 시간이었다.

[참가자 '유중혁'이 조력자 '자신의 눈을 찌른 자'를 살해했습니다!]

[참가자 '유중혁'의 이름이 전장에 널리 울려 퍼집니다!]

[공단 '유중혁-김독자' 팀이 승점 3점을 획득했습니다.]

이걸로 셋…… 솔직히 감탄밖에 안 나온다.

눈을 부릅뜨고 죽어가는 오이디푸스 왕의 모습은 비현실적이기까지 했다. 정말로 저 녀석이 '별자리의 연회'에서 나를 협박하던 성좌가 맞는지 믿기지 않았다.

[건방진 놈!]

그러나 싸움은 끝나지 않았다.

한숨을 돌리기도 전에, 흥분한 '인류의 시조'가 달려들었다. 유중혁은 이제 체력도 마력도 아슬아슬해 보였다.

'인류의 시조'가 든 '원시의 창'이 유중혁의 빈틈을 노리고 파고들었다. 겉보기에는 뗀석기처럼 생겼지만 그 위력은 어마어마한 성유물.

그러나 유중혁도 만만치 않았다. 녀석은 유연한 동작으로 허리를 비틀며, 거의 동시에 패도를 내질렀다.

콰드드득!

창대와 패도가 충돌하며 날카로운 파찰음이 났다. 초월좌만이 가지는 특유의 샛노란 아우라가 유중혁의 흑천마도를 휘감았다.

그에 맞서 '인류의 시조' 마누가 휘두른 창에도 새파란 격이 휘감겼다.

[무공이라! 발타拔陀가 벌레들에게 남긴 재주였지. 아직도 쓸모가 있는 모양이구나.]

전력의 10퍼센트만 쓸 수 있는 상황이기 때문일까.

마누는 아직 자신이 제어할 수 있는 힘의 크기를 제대로 가늠하지 못하는 듯했다. 순식간에 수십 합의 교환이 이루어졌고, 마누가 즐겁다는 듯 껄껄 웃었다.

[제법이구나 인간아. 초월좌를 무수히 보아왔지만, 네놈만큼의 실력자는 처음이다.]

"……내 스승을 보지 못한 모양이군."

고오오오오!

무공을 연상시키는 힘이 그의 창끝에서 뻗어나왔다. 마누는 인간이 얻을 수 있는 거의 모든 종류의 재능에 통달한 성좌.

본래라면 지금의 유중혁은 마누에게 이길 수 없다. 그럼에도 현재 힘의 균형이 맞는 것은 마누가 오랫동안 이런 전투를 해본 적이 없기 때문이다.

[재미있구나. 성좌가 된 이후 열 합 이상을 겨뤄본 일은 손에 꼽는데.]

강제적으로 평형을 이룬 힘의 저울추가 이 대결을 지속시키고 있었다. 나는 당장이라도 튀어 나가려는 장하영을 굳게 말렸다.

"이대로면 저 자식 죽는다고."

참전하고 싶기는 나도 마찬가지였다. 당장 [전인화]를 쓰고 달려가서 마누의 목을 날려버리고 싶었다.

하지만 지금은 참아야 했다.

내 생각대로만 된다면 유중혁은 곧 '계기'를 맞이하기 때문이다. 지금 필요한 건 오직 시간. 시간뿐이다.

"장하영. '벽'으로 메시지 보내."

"뭐? 누구한테?"

"인류의 시조."

"응? 지금 유중혁이랑 싸우는 저놈? 아……!"

영리한 장하영은 내가 무슨 말을 하는지 바로 깨달았다.

[정체불명의 벽]을 켠 장하영은 곧바로 메시지를 쓰기 시작

했고, 얼마 지나지 않아 당황한 마누의 목소리가 울려 퍼졌다.

[뭐냐! 이 메시지들은…….]

마누가 지금 어떤 상황에 처했을지는 묻지 않아도 알 수 있었다. 아마 '열다섯 살 여중생'이 보낸 무수한 메시지가 팝업 창처럼 시야에 마구 떠오르고 있겠지.

[가소로운 전술을!]

마누의 움직임이 머뭇거리는 사이, 유중혁의 몸에서 영롱한 빛살이 새어나오기 시작했다.

나는 저 빛을 본 적이 있었다.

정희원이 '웅크린 자'에서 '멸악의 심판자'로 진화했을 때.

그리고 이현성이 [태산 부수기]를 터득했을 때.

[등장인물 '유중혁'이 특성 진화의 계기를 맞이합니다!]

[등장인물 '유중혁'의 특성 '프로게이머'가 진화합니다!]

특성 진화.

마침내 유중혁의 두 번째 특성이 개화를 맞이한 것이다.

대경한 마누가 섬전 같은 속도로 창을 휘두르며 달려들었다. 그와 동시에 눈부신 빛이 유중혁의 전신을 휘감았다. 그 황홀한 광경을 보며, 나는 멸살법 후반부에서 이지혜가 한 말을 떠올렸다.

「"사부가 가진 특성이야 셀 수 없이 많지. 흠…… 물론 최고는 '회

귀자'겠지. '만병의 달인'도 괜찮고, '신과 악마의 대적자'도 훌륭하고…… 응? 그중에서 제일 부러운 특성? 아하하, 그야 당연히……."」

마누가 휘두른 필살의 일격이 아슬아슬하게 유중혁을 스쳤다.

「**"'유희의 지배자'. 그거지."**」

천천히 눈을 뜬 유중혁은, 내가 몇 번이고 되풀이해 읽으며 상상했던 바로 그 표정을 짓고 있었다.

「**그 순간, 유중혁은 마치 이 게임의 모든 것을 이해한 듯한 표정이었다.**」

지금 유중혁 눈에는 마누의 모든 공격이 데이터와 패턴의 조합으로 보일 것이다.

전설급 특성 '유희의 지배자'.

이 무대가 '게임'인 한, 유중혁은 이 세계의 어떤 성좌보다 더 신神에 가까운 존재가 된다.

4

유중혁이 특성을 개화한 후 경기는 물 흐르듯 흘러갔다.

[참가자 '유중혁'이 조력자 '인류의 시조'를 살해했습니다!]

[참가자 '유중혁'이 '살아 있는 전설' 업적을 달성했습니다!]

아직 게임에 적응하지 못한 성좌들은 유중혁의 능수능란한 움직임을 따라가지 못했다. 게임 아이템 활용은 물론이거니와, 지형지물이나 버프의 이해도에서도 유중혁은 그야말로 압도적이었다.

[참가자 '유중혁'이 신화의 전장에 새로운 신화를 쓰기 시작합니다!]

[참가자 '유중혁'의 신화가 전장의 랭킹에 이름을 올립니다!]

승패는 순식간에 정해졌다.

[첫 번째 게임의 제한 시간이 다했습니다!]

[제한 시간 동안 얻은 승점을 토대로 승자 팀이 정해집니다!]

[1차전 승자는 공단 '유중혁-김독자' 팀입니다!]

우리가 얻은 승점은 총 6점. 심지어 도중에 상대 팀에게 빼앗은 '문장' 덕에 우리가 가진 문장은 총 두 줄이 되었다.

『참혹한 마경魔境에 설화의 꽃이 흐드러지게 피었으니』

우리가 얻은 문장을 몇 번이고 들여다보던 장하영이 멍하니 고개를 들었다.

"……진짜 우리가 이긴 거 맞아?"

"그래."

나도 실감이 나지 않았다.

아무리 상황이 따라줬다 해도 저 강력한 성좌들을 상대로 승점을 따내다니…… 마냥 '작전대로 됐다' 하고 의기양양할 수준이 아니었다.

[마왕, '격노와 정욕의 마신'이 당신을 흥미롭게 바라봅니다.]

[상당수의 성좌가 '유중혁-김독자' 공단을 응원합니다!]

[1차전의 보상으로 각각 100,000코인을 획득했습니다!]

멀리서 검을 휘휘 내저으며 다가오는 유중혁이 보였다. 괜스레 멋을 부리는 모습에 한마디 해주려는데, 유중혁이 먼저 입을 열었다.

"메시지는 이 녀석이 멋대로 보낸 것이다."

뭔 소리냐고 채 묻기도 전에 유중혁 품에서 뿅 하고 비유가 튀어나왔다.

[바아아앗!]

한결 기운을 차린 듯 보이는 비유는, 한 손으로 우리엘 인형의 멱살을 쥔 채 풍차 돌리듯 휘두르고 있었다.

[성좌, '악마 같은 불의 심판자'가 자기는 아무 짓도 안 했다고 항변합니다!]

인형을 허공으로 던져버린 비유가 내 품으로 쏙 안겼다. 나는 비유의 머리를 몇 번 쓰다듬어주고는, 인형을 낚아채는 유중혁에게 물었다.

"대체 어디까지 갔던 거냐?"

"멜레돈 근처까지 갔다."

"왜 거기까지……?"

"구해야 할 아이템이 있었다."

"아이템? 뭔데?"

"구했으니 알 것 없다."

나를 노려보는 유중혁은 어쩐지 못마땅한 표정이었다.

"그리고…… 어차피 선발전을 시작할 거라면 예상치 못한 위치에서 시작하는 편이 도움이 될 거라 판단했다."

"좋은 판단이네."

1차전에서는 선발전 참가 직전 위치가 어디였느냐에 따라 소환 장소도 달라진다. 우리와 다른 곳에서 출발한 유중혁은 전혀 다른 루트로 아이템을 파밍할 수 있었고, 덕분에 적의 급소를 노리기도 훨씬 수월했을 것이다.

[하하하, 놀라운 일이 벌어졌네요. 하지만 게임은 끝날 때까진 끝난 게 아니죠.]

허공에서 비형의 목소리가 들려왔다. 우리가 이겼기 때문인지 어딘가 들떠 보였다.

[5분 뒤, 2차전이 시작됩니다!]

잠깐의 승리에 취해 있을 때가 아니었다.

이 게임은 총 3차전까지 있으니까.

나는 지친 일행들을 돌아보았다. 일전의 전투로 죽은 '사명대사'와 '오수'의 화신체는 다시 부활한 상태였다.

"이제 한 번만 더 이기면 됩니다. 먼저 2승을 챙기면 게임은 끝이니까요. 그러니 모두 조금만 힘내서……."

딴에는 힘내라고 꺼낸 얘기인데 일행들은 상태가 영 좋지

앉았다.

"사명대사 님, 왜 그런 모습을 하고 계십니까?"

목탁으로 변한 사명대사가 청아한 목탁 소리를 내고 있었다.

[그게…… 개연성을 너무 많이 써버린 모양이네.]

이 게임에서는 죽는다고 해서 화신체가 소멸하지는 않는다. 하지만 패배할 때마다 가진 자원의 일부가 소모된다는 점은 변함이 없다.

"오수?"

끼잉!

사명대사와 마찬가지로 지난 게임에서 죽은 오수는, 거의 기니피그만큼 작아져 있었다. 녀석 또한 개연성과 기력을 지나치게 소모한 듯했다. 같은 급에 머무르는 성좌라도, 축적된 설화의 양과 질에 따라 격 차이는 현격하다. 이어서 한명오가 입을 열었다.

"나, 나도 더 이상은 무리일세."

한명오는 1경기가 끝날 때까지 무사히 도망 다니며 자기 임무를 완수했다. 무슨 도마뱀의 가호라도 받았는지, 잘라낸 다리도 천천히 재생되는 중이었다. 하지만 다리는 재생되어도, 그새 십 년쯤 늙어버린 듯한 얼굴은 회복되기 어려워 보였다.

"괜찮습니다. 고생하셨어요, 부장님."

아무리 격이 억제되어 있다고 한들, 상대는 성좌였다.

한 시간 넘도록 성좌를 마주하고 있었으니, 보통의 화신이라면 정신이 붕괴하고도 남을 법한 일이었다.

그나마 파천신군이 무사하다는 점이 약간 위안이 되었다.

왕왕!

파천신군은 지난 경기 중반부터 유중혁을 도와 성좌 하나를 사냥하는 성과를 거두었다.

나, 유중혁, 장하영, 그리고 파천신군. 이제 우리 팀은 넷뿐이다. 당연하게도, 이 넷만으로는 게임에서 이길 수 없었다. 유중혁이 입을 열었다.

"추가 전력은 내가 보급해보겠다."

"아는 성좌라도 있냐?"

"제때 올 수 있을지는 모른다. 일단 목록에는 올려놓지."

누구를 부르려는 건지 감이 오지 않았다. 이 시기의 유중혁에게 그런 인맥이 있던가? 유중혁이 이야기를 계속했다.

"2차전에서는 작전을 바꿔야 한다. 그리고 포지션도."

"왜? 지난 판처럼 하면 되지 않아?"

장하영의 물음에 유중혁은 말없이 고개를 저으며 나를 보았다. 결국 대신 대답한 사람은 나였다.

"유중혁의 특성은 강력하지만 무적은 아니야."

"……그만하면 거의 무적에 가까워 보이던데?"

"아깐 성좌들도 이 게임에 대해 잘 몰랐으니까."

2차전부터는 능력치 제한 페널티가 조금씩 풀릴 것이다.

우리를 얕보고 있던 성좌들은 이 게임과 관련된 특성이나 스킬을 수집하기 시작할 것이고, 막대한 코인을 사용해 벌어진 격차를 좁힐 것이다.

아무리 유중혁에게 '유희의 지배자' 특성이 있어도 혼자서는 한계가 있다. 나는 잠시 고민하다가 입을 열었다.

"나한테 생각이 있어."

⌘ ⌘ ⌘

"이번 판은 '베르칸 공단'과 협력하기로 했습니다."

[……지금 파피루스 쪼가리 놈들과 힘을 합치잔 얘긴가?]

"찬물 더운물 가리실 때가 아닙니다."

코뿔소를 닮은 멜레돈 공작의 얼굴에서 깊은 탄식이 흘러나왔다. 고작 한 명의 화신에게 전장의 모든 성좌가 유린당했다. 방심했다가 뒤통수를 맞고, 발밑에서 튀어나온 칼을 맞고. 심지어는 일대일로 싸우다가 패배한 성좌도 있었다.

"이번에도 놈들에게 승점을 내줘서는 안 됩니다. 알고들 계시겠지요."

[걱정 마라. 지난 판에는 방심했지만 이번에는 그렇지 않을 것이다.]

'인류의 시조' 마누가 이를 갈며 '원시의 창'을 치켜들었다.

[이 게임에 대해서는 충분히 학습했다.]

실제로 허공에서는 아까부터 불이 나도록 알람이 울려 퍼지는 중이었다.

[성좌, '인류의 시조'가 '특급 게임 재능' 특성을 구매했습니다!]

[성좌, '우레를 먹는 새'가 '새대가리도 일주일이면 게임 마스터' 아이템을 구매했습니다!]

갑작스러운 구매 대란에 도깨비들은 입이 찢어졌다.

[어이쿠, 성좌님들! 이렇게까지…….]

성좌들은 그런 도깨비들 모습이 아니꼬웠지만, 그보다는 고작 화신에게 짓눌린 자존심이 더 중요했다.

[가자.]

게임 시작과 동시에 성좌들은 일사불란하게 움직였다.

특성과 아이템의 영향력은 컸다. 그들은 이제 지형지물을 이용해 완벽한 은·엄폐 동작을 반복했고, 자신이 가진 성흔이나 스킬이 이 게임에서 어떻게 적용되는지에 대해서도 완벽하게 숙지했다.

적 팀의 올라운더는 저 말도 안 되는 화신 하나뿐. 놈만 죽이면 게임은 끝난다.

[저기다.]

'우레를 먹는 새'가 거칠게 활공하며 강풍을 일으켰다. 바람이 넘긴 풀숲 사이로, 새카만 코트의 사내가 모습을 드러냈다.

유중혁이었다.

"지금입니다!"

멜레돈 공작의 신호와 동시에 네 명의 성좌가 한꺼번에 달려들었다.

[아까와는 다를 것이다!]

인류의 시조가 가장 먼저 창을 휘둘렀고, 그 뒤를 이은 것은 오이디푸스 왕의 섬광포였다.

치이이이익!

미처 공격을 피하지 못한 유중혁의 팔뚝에서 피가 흘렀다.

바나라의 장군의 그림자가 분화하며 유중혁의 빈틈을 노렸다. 날카롭게 뻗어진 봉이 유중혁의 옆구리를 스치고 지나갔다. 그저 스쳤을 뿐인데도 살점이 터지는 소리가 났다.

이제 성좌들이 발현할 수 있는 '격'은 총 전력의 30퍼센트. 유중혁이 받는 피해는 아까와는 차원이 달랐다. 하지만 맹공에도 유중혁은 잘 버텼다.

[……뭐야, 왜 안 죽어?]

이상함을 느낀 멜레돈 공작이 스킬을 사용해 유중혁의 체력을 어림했다. 놀랍게도 아직 70퍼센트 이상 남아 있었다.

"이, 이 녀석 체력이 좀 이상합니다. 설마……!"

그때 뒤쪽에서 성좌들의 비명이 들려왔다.

⌘ ⌘ ⌘

적들은 분명히 유중혁을 '올라운더'라고 믿고 있을 것이다.

"파천신군!"

내 신호와 동시에 파천신군이 몸을 날렸다. 공간을 가르는 빛의 창처럼, 파천신군은 허공에서 유중혁을 노리던 '우레를 먹는 새'의 몸통을 꿰뚫었다.

꾸웨에에에—!

큰 타격을 받은 새가 허공에서 날뛰자, 파천신군은 송곳니를 세워 새의 몸통을 집요하게 물어뜯었다.

커엉—!

우리 위치가 노출되자마자 인근 성좌들이 이쪽으로 달려오기 시작했다. 달려오는 숫자는 셋. 원거리 딜러 장하영은 민첩성 페널티를 받기 때문에 근접전이 시작되면 승산이 없었다.

하지만 이번에는 상황이 조금 달랐다.

"김독자, 십 초만 벌어줘."

"알았어."

장하영은 기마 자세를 취하더니 왼손은 전방으로, 그리고 오른손은 주먹을 쥐고 어깨 안쪽으로 당긴 채 힘을 모으기 시작했다.

[장하영이 획득한 포인트를 사용하여 특정 스킬의 봉인을 해제합니다.]

[조력자 '장하영'이 궁극기窮極技를 준비합니다!]

이 게임에서 특정 위력 이상의 성흔과 스킬은 '궁극기'로 취급된다. 그리고 궁극기는 오직 게임을 통해 얻은 포인트로만 해제할 수 있다.

장하영은 방금 어시스트로 획득한 포인트를 사용한 것이다.

[조력자 '장하영'이 '파천붕권破天崩拳 Lv.10'을 발동합니다!]

대포가 발사되는 듯한 굉음이 울려 퍼지며, 장하영의 주먹에서 공간을 찢어발기는 권풍이 쏘아졌다. 오이디푸스 왕의 섬광포조차 뭉개버린 권풍은, 달려오던 두 명의 성좌를 그대로 날려버렸다.

파천붕권.

멸살법에서 본 적은 있었다.

오직 검의 길만 걷던 파천검성이 심심풀이로 만들어봤다는 무공.

……심심풀이가 이 정도면, 진신 전력은 대체 어느 정도라는 건지 모르겠다.

[조력자 '장하영'이 조력자 '우레를 먹는 새'를 살해했습니다!]

[조력자 '장하영'이 조력자 '바나라의 장군'을 무력화했습니다!]

성좌 하나만 잘라도 성공이라 생각했다. 그런데 한 명이 죽고, 한 명은 치명상을 입었다.

"나도 열심히 수련했다고 했지?"

웃는 장하영은 명백히 무리하고 있었다.

아무리 장하영이라고 해도, 짧은 사이 이만한 수준의 성장을 거듭하기는 힘들었을 것이다.

아마 [정체불명의 벽]과 거래한 상태겠지.

[죽여라!]

격분한 성좌들이 무시무시한 격을 흩뿌리며 달려왔다. 장하영은 오히려 녀석들을 향해 달려갔다.

"김독자! 가! 작전대로 해!"

여기서 장하영을 업고 가면 시간이 늦춰진다. 이번에 '문장'을 가진 것은 나였다. 협곡 쪽으로 달음박질을 시작하고 얼마 지나지 않아, 뒤쪽에서 비명이 울려 퍼졌다.

[조력자 '파천신군'이 살해당했습니다!]

[조력자 '장하영'이 살해당했습니다!]

……제길.

다행히 유중혁은 아직 무사한 모양이었다.

탱커를 하든 올라운더를 하든 유중혁은 유중혁이니까.

그렇게 협곡 아래쪽까지 내려갔을 무렵, 슬슬 주변으로 어두운 안개가 밀려오기 시작했다. 계산대로였다. 안개 발생이 시작되었다면, 곧 그 괴물이 이곳에 나타날 것이다.

그때, 암석 지대 위쪽에서 성좌들 기척이 느껴졌다.

[재빠르구나, 구원의 마왕.]

예상 밖 움직임이었다.

유중혁에게 발목이 잡혀 있을 텐데. 벌써 여기까지 왔다고? 협곡 바위 위로 솟아오른 그림자를 본 순간, 나는 일이 어떻게 되었는지 깨달았다.

거대한 미라의 그림자.

그리고 뾰족한 전갈 꼬리를 가진 여신.

지난 경기에서는 보지 못한 '베르칸' 진영의 성좌들이었다.

'최후의 파라오' 클레오파트라. 그리고 '전갈의 여신' 셀케트.

놀랍게도, 그 사이로 '멜레돈' 진영의 오이디푸스 왕까지 보였다.

나는 쓰게 웃었다.

"그렇구만. 힘을 합치기로 한 모양이지?"

셀케트의 꼬리가 크게 부풀어 오르더니 허공을 향해 뭔가를 쏘아 보냈다. 곧이어 허공에서 비처럼 독침이 쏟아지기 시작했다.

공격을 피하는 순간 내 발목을 휘감은 것은 '최후의 파라오'가 흩뿌린 낡은 붕대들이었다. 근접 딜러는 원거리 딜러의 연사에 취약하다. 거기다 움직임까지 제한당했으니 내가 이대로 죽을 것은 자명한 일이었다.

오이디푸스 왕이 마무리를 준비하는 모습이 보였다.

나는 반사적으로 몸을 웅크렸다.

콰아아아아!

강력한 빛의 폭풍이 내 몸을 휩쓸고 지나갔다. 폭음 속에서 언뜻 성좌들 웃음소리를 들은 것 같기도 했다. 분명 이 일격으로 내가 죽었다고 확신하는 웃음이었다.

[지난 경기에서 획득한 승점을 포인트로 전환합니다!]

[포인트로 특정 스킬의 봉인을 해제했습니다!]

나는 뿌연 먼지 속에서 천천히 몸을 일으켰다. 희뿌연 시야 사이로, 웃음기가 사라진 성좌들 표정이 보였다.

[성좌, '자신의 눈을 찌른 자'가 경악합니다!]

[성좌, '전갈의 여신'이 눈을 부릅뜹니다!]

나를 감싼 새하얀 털옷이 강력한 협공에도 흠집 하나 없이 나를 지키고 있었다.

[전용 스킬, '책갈피'가 발동 중입니다!]

'3번 책갈피'를 쓰는 것은 오랜만이었다. 꽤 오랫동안 이 책갈피는 쓰기를 망설였으니까. 이걸 쓰는 건 나의 도깨비에게 예의가 아니라고 생각했기 때문이다.

[해당 인물에 대한 이해도가 매우 높아 스킬 능력치가 강화됩니다!]

[전용 스킬, '야수왕의 감수성 Lv.10(+1)'이 발동 중입니다!]

품속에서 작게 웅크린 비유의 온기가 느껴졌다.
3번 책갈피, 비스트 마스터 신유승.

나는 새하얀 털에 휘감긴 채 협곡 위 성좌들을 바라보았다.

[참가자 '구원의 마왕'이 포지션 효과의 보정을 받습니다.]

내게는 유중혁만큼의 공격력은 없다. 그렇다고 장하영처럼 뭔가 빠르게 배우지도 못한다.

하지만 나 역시 그들보다 잘하는 것은 있다.

"미안하지만 이번 게임의 '올라운더'는 나야."

마왕 선발전은 2차전에서 끝날 것이다.

50
Episode

독자의 설화

Omniscient Reader's Viewpoint

1

"4번 책갈피."

[전용 스킬, '바람의 길 Lv.11(+1)'이 활성화됐습니다!]

날아드는 '전갈의 여신'의 독침들을 피한다. 화신체의 힘이 억제되지 않았다면, 단 한 발로 이 일대를 녹여버릴 만한 독. 하지만 [바람의 길]이 있는 한은 괜찮았다.

녹아내린 협곡을 밟고 [백청강기]를 퍼붓는다. 칼을 받아내는 것은 '최후의 파라오'의 단단한 붕대들. 붕대와 칼날이 부딪치자 북소리 같은 것이 나며 몸이 튕겨나왔다.

오이디푸스 왕의 섬광포가 빈틈을 놓치지 않고 날아들었다.

[전용 스킬, '야수왕의 감수성 Lv.10(+1)'을 발동 중입니다!]

치이이이익!

보통이라면, 이것은 불가능한 싸움이었다.

본래 [책갈피]는 한 번에 하나만 쓸 수 있었으니까.

하지만 지금이라면 다르지.

[설화, '심연을 들여다본 자'의 효과로 당신의 모든 스킬 숙련도가 크게 향상됐습니다!]

[현재 2개의 책갈피를 동시에 사용 중입니다.]

[책갈피의 지속 시간이 절반으로 감소합니다.]

"5번 책갈피!"

[전용 스킬, '전인화 Lv.12(+2)'가 활성화됐습니다!]

[소형화]를 통해 순간적으로 작아진 나는 한 점의 빛이 되어 '최후의 파라오'의 몸통을 관통했다.

아아아아아!

치명상을 입은 '최후의 파라오'가 비명을 지르며 바닥에 쓰러졌다. 인류의 영웅이 남긴 위대한 설화가 흩어지고 있었다. 켜켜이 쌓인 신화 앞에 맞설 방법은 오직 내가 살아온 역사뿐.

내가 읽고 또 견뎌온 시간들. 이것만이 내가 가진 전부였다.

얼마나 섬광이 번뜩이고 피가 쏟아졌을까.

오이디푸스 왕이 살짝 지친 듯한 말투로 입을 열었다.

[대단하구나, 구원의 마왕이여.]

"……."

[솔직히 이 정도까지 강해졌을 줄은 몰랐다.]

그의 얼굴에 패배감은 엿보이지 않았다. 협곡 위쪽으로 그림자가 하나둘 몰려들었다. '멜레돈'과 '베르칸' 소속 다른 성좌들이었다.

[베르칸 공작]

[나일강의 괴조]

[지고한 빛의 신]

(…)

나타난 성좌는 어림해도 열에 가까웠다. 높은 협곡 언덕에서 이쪽을 내려다보는 성좌들. 밀려오는 성좌들의 격에 숨이 막혔지만, 나는 물러서지 않았다.

"구경만 할 거냐?"

오히려 내 안에 잠들어 있던 격을 더욱 끌어올렸다.

나 역시 성좌다. 격에서는 녀석들에게 꿇릴 것이 없다.

내가 발산하는 설화급 격에 짓눌린 몇몇 성좌가 뒷걸음질쳤다. 하지만 모두 그런 것은 아니었다.

[흥미로운 아이구나.]

일순, 협곡 위쪽에 있던 성좌들이 허리를 굽히며 물러났다.

누군가가 성좌들을 가르며 다가오고 있었다.

그가 걸음을 옮길 때마다 긴 황금빛 머리카락이 부서졌고, 네 개의 팔이 아름다운 무지개를 그려냈다. 이마에 달린 세 번째 눈은 마치 천공에서 지상을 오시하는 태양처럼 이쪽을 내려다보고 있었다.

[미트라가 자신의 축일을 하사하려 했다기에, 어떤 녀석일지 궁금했건만.]

보는 것만으로도 눈이 멀 듯한 외양이 그의 수식언을 대변하고 있었다.

'지고한 빛의 신'.

심지어 나는 그의 진명도 알고 있었다.

"수르야."

진명을 언급하자 눈부시게 튀는 스파크.

이름에 담긴 격을 방증하는 광경이었다.

[아이야, 나의 이름을 아느냐?]

"압니다."

성운 〈베다〉에는 여덟 명의 위대한 로카팔라Lokapala가 있다.

동서남북을 포함한 8방위의 신.

"남서南西의 수르야."

[성좌, '양산형 제작자'가 눈살을 찌푸립니다.]

[성좌, '술과 황홀경의 신'이 성좌, '지고한 빛의 신'을 비난합니다!]

[성좌, '가장 어두운 봄의 여왕'이 성좌, '지고한 빛의 신'의 격에 맞지 않는 행동을 지적합니다!]

올림포스로 치자면 12신에 준하는 강력한 존재.

그 존재가 나를 바라보고 있었다.

[그렇다면 네가 이 게임에서 이길 수 없다는 것도 알고 있겠구나.]

그의 몸에서 뿜어지는 수천 년의 격에, 나는 뒷걸음질 치고 싶은 욕망을 꾹 눌렀다.

내가 대적할 만한 성좌가 아니었다.

'로카팔라' 수르야는 인간 출신으로 성좌가 된 오이디푸스 왕이나 클레오파트라와는 차원이 다른 존재였다.

[아이야, 〈베다〉로 오너라. 설령 기적이 일어나 네가 이 게임에서 승리하더라도, 이대로라면 넌 결국 죽게 된다.]

"싫습니다."

[너는 '거대 설화' 이후의 세계가 어떤 것인지 모른다. 홀로 그 힘을 안고 버티어 나갈 수 있을 것 같으냐? 그것은 고작 하나의 별이 감당할 수 있는 이야기가 아니다.]

무슨 말을 하는지 안다. 아마 수르야가 보는 세상은 내가 보는 세상과는 다를 것이다.

단 하나의 '거대 설화'를 얻는 것만으로, 성좌가 인식할 수 있는 세계의 차원은 완전히 달라지니까.

"아뇨, 감당할 수 있습니다. 난 혼자가 아니니까."

[새로운 설화의 가능성이 발아하고 있습니다!]

내 말에 반응하듯, 73번째 마계가 준동하고 있었다.

수르야가 그 진동을 함께 느끼며 말했다.

[혼자가 아니다…… 재미있구나. 지금 네게 누가 있다는 말이냐?]

"인연법因緣法에 관해서라면 누구보다 정통하실 분이 그런 말씀을 하시다니…… 우습군요."

수르야의 화신체에서 강력한 격이 흘러나오기 시작했다. 주변 성좌들조차 하얗게 질릴 정도의 존재감. 하지만 아무리 '대신격'이라고 해도, 아무런 대가 없이 이런 힘을 행사할 수는 없다. 실시간으로 터져나오는 스파크가 수르야의 전신에서 응집되고 있었다.

이번 게임에서 '멜레돈'은 승점 2점을 획득했다. 2점의 포인트라면 수르야가 가진 많은 성흔 중 하나 정도는 해방할 수 있을지도 모른다.

그렇게 둘 수는 없지.

내가 움직이자 성좌들이 앞을 가로막았다.

투쾅!

[전인화]의 힘이 깃든 주먹이 성좌들 안면에 작렬했다. '어린 골드 드래곤의 망가진 심장'이 펌프질을 반복하며 막대한 마력을 생성해냈다.

쩌저저저적!

좀 더. 한계의 한계까지 마력을 뽑아내야 한다.

[어, 어떻게 이런 기술이—]

[전인화]의 힘을 감당하지 못한 성좌들이 피떡이 되어 나가떨어졌다. 성좌조차 능멸하는 초월좌의 힘. 백청의 낙뢰가 성좌들의 화신체를 태워버리고 있었다.

[참가자 '구원의 마왕'이 조력자 '전갈의 여신'을 살해했습니다!]

[참가자 '구원의 마왕'이 조력자 '최후의 파라오'를 살해했습니다!]

'어린 골드 드래곤의 망가진 심장'만으로는 마력을 감당할 수 없었는지 전신의 기운이 급격하게 쇠하기 시작했다. 나는 이를 악물고 주먹을 휘둘렀다. 달려드는 '베르칸 공작'에게 한 방을 먹이고, 곧바로 등을 돌려 '나일강의 괴조'에게 전인화의 일격을 날렸다.

[당신은 지나치게 해당 인물에 이입했습니다!]

[과도한 책갈피 사용은 당신의 영혼에 영구적 상해를 남길 수 있습니다!]

하지만 다가가는 나를 보면서도 '지고한 빛의 신'은 조금도 당황한 기색이 없었다.

[우리는 아주 오랫동안 너를 보아왔다. 너는 언제나 '다른

존재'의 힘을 빌려 쓰지.]

[야수왕의 감수성]으로 몸을 감싸고, [전인화]로 일격을 준비한다.

[첫 번째 시나리오부터 지금에 이르기까지, 단 한 번도 '너 자신의 힘'으로 싸운 적이 없다. 그런 네가, 감히 스스로의 '설화'를 세울 수 있다고 생각하느냐?]

무수한 푸른 궤적에 휩싸인 초월의 주먹이 마침내 수르야의 본체에 닿았다.

[훔쳐 배운 역사는, 훔쳐 배운 역사일 뿐이다.]

정확히는, 닿은 듯했다. 휘두른 주먹의 끝에서부터 지독한 고통이 몰려왔다. 마치 단단한 강철을 두드린 듯한 낭패감.

'지고한 빛의 신'이 네 개의 팔 중 단 하나만을 사용해 [전인화]의 일격을 막아내고 있었다.

[그 힘은 네 것이 아니다.]

신의 세 번째 눈이 태양처럼 환하게 빛났다.

순간, 나는 수르야가 무슨 성흔을 해제했는지 깨달았다.

[성좌, '지고한 빛의 신'이 성흔, '제3의 눈'을 개방합니다!]

시야가 비틀리며 일순 주변의 빛이 모두 사라졌다. 어둠 속에서, 서서히 공간의 끝자락이 우그러지는 듯한 느낌이 들었다.

[네 설화에 '너'는 없다.]

이곳은 수르야의 공간이었다.

[너는 혼자서 죽게 될 것이다.]

수축하는 시공간이 변두리부터 통째로 구겨지고 있었다. 일대의 시공간을 장악하는 힘. 바로 수르야의 [제3의 눈]이 가진 권능이었다.

수르야가 이렇게 빨리 힘을 해방할 줄 몰랐기에 당황했다. 나와 함께 말려든 주변 돌조각들이 비정상적인 형태로 왜곡되며 파사삭 흩어지기 시작했다. 이대로 시간이 지나면 나 또한 저렇게 될 것은 자명했다.

어떻게 해야 여기서 빠져나갈 수 있을까. [전인화]로는 무리고, [바람의 길]을 사용해도 가능성이 없다.

[설화, '제멋대로 곡해자'를 발동합니다!]

무슨 '설화'를 사용해야 할지 갈피가 잡히지 않았다.

「왕이 없는 세계의 왕」은 적합하지 않았다.

「이적에 맞서는 자」도 애매하고.

「재앙의 왕을 사냥한 자」도 마찬가지다.

어느새 내 주변의 어둠이 한 평 남짓으로 줄어들었다.

대체 어떻게 해야…….

[설화, '제멋대로 곡해자'가 비명을 지릅니다.]

등이 따끔하며, 우적우적하는 소리가 들린 것은 그때였다.

누군가가 설화를 먹어치우는, 익숙한 소리.

「**아** 주 **맛있** **다.**」

서늘한 느낌에 뒤를 돌아보니 작은 입 같은 것이 등에 들러붙어 내 설화를 파먹고 있었다.

「**김 독**자 **는 멍청** 이**이 다.**」

[제4의 벽]이었다.

이 빌어먹을 자식이 도움은 못 될망정 방해를 해? 갈기갈기 찢어진 「제멋대로 곡해자」는 이제 거의 쓸 수 없을 만큼 망가져 녀석의 위장으로 빨려 들어가고 있었다.

어처구니없는 상황에 다급함조차 잊고 고함을 질렀다.

정확히는, 그러려고 했다.

「**'제4의 벽'이 말했다. "쿠 와아 아아 앙!"**」

쿠와아아아아!

폭발적으로 쏟아져 나온 소리가 주변 공간과 충돌했다. 공간은 마치 생명체라도 되는 것처럼 부르르 떨었고, 우그러지던 지점들에 거대한 균열이 발생했다.

순간, 나는 무슨 일이 벌어졌는지 깨달았다.

[제3의 눈]은 인지를 조작해 시공간을 지배하는 정신계 능력. 그리고 내가 가진 [제4의 벽]은 정신계에 한해서는 그야말로 최강의 스킬이었다.

[성좌, '지고한 빛의 신'이 경악합니다!]

어둠은 유리가 부서지듯 일제히 무너졌다. 주변의 빛이 돌아오자, 제일 먼저 보인 것은 이마의 눈에서 피눈물을 흘리는 '지고한 빛의 신'의 모습이었다.

[너는 대체……?]

경악한 진언이 흐르는 동시에, 일순 주춤하던 성좌들이 나를 향해 달려들었다.

마력은 바닥. [책갈피]를 다시 열 힘조차 없었다.

하지만 이제 그럴 필요도 없었다.

왜냐하면 게임이 시작된 지 벌써 이십 분이 흘렀으니까.

[협곡의 안개가 짙어집니다.]

협곡 어딘가에서 들려온 스산한 울음에, 성좌들의 움직임이 동시에 멎었다. 긴장한 성좌들이 협곡 위쪽을 본 순간, 새카만 그림자가 이쪽을 향해 드리워졌다. 힘이 빠진 나는 암벽을 짚은 채 미끄러지듯 주저앉았다.

저런 걸 보는 건 정말 오랜만이었다.

3킬로미터에 달하는 길이. 둘레가 수십 미터를 넘는 몸통이 협곡 위쪽을 무너뜨리며 지상으로 낙하하고 있었다. 놀란 성좌들이 경고성을 발했으나, 덩치 큰 성좌들은 피할 새도 없이 대괴수의 비늘 아래 깔려버렸다.

[조력자 '나일강의 괴조'가 '묵시록의 이무기'에게 살해당했습니다!]

성좌들을 벌레 죽이듯 터뜨린 괴물이, 협곡 전체에 똬리를 튼 채 허공을 향해 울음을 토했다.

[묵시록의 이무기]

내가 기다려온 괴수의 이름이었다.

[망할! 물러서지 마라!]

갑작스러운 대참사에 성좌들은 우왕좌왕하며 제각기 자신의 성흔으로 이무기를 공격하기 시작했다.

저 괴물을 쓰러뜨리면 강력한 팀 버프를 얻을 수 있다. 하지만 쓰러뜨릴 수 있을 턱이 없었다.

쿠아아아앙!

멸살법에 따르면, '하르마게돈'에 출현한 '묵시록의 붉은 용'은 한 번의 꼬릿짓으로 하늘에 있는 별들 중 삼분의 일을 날려버리는 무시무시한 권능을 가지고 있었다.

[끄아아아아악!]

물론 저 이무기는 모티프가 된 '묵시록의 붉은 용' 수준은 아니지만, 그래도 게임 초반부에 저 괴물을 상대할 성좌는 존재하지 않는다.

[쿠어어어억!]

이무기 이빨에 뜯긴 성좌들이 설화를 토하며 스러졌고, 꼬리에 휩쓸린 성좌들은 몸통이 터져 죽었다. 쉴 새 없이 떠오르는 시스템 메시지만이 협곡의 참상을 알리고 있었다.

순식간에 일곱 명의 참가자와 조력자가 협곡에서 사망했다.

수르야를 비롯한 몇몇 성좌는 다른 성좌의 희생을 바탕으로 협곡 바깥으로 황급히 몸을 빼는 중이었다.

수르야의 차가운 목소리가 협곡에 메아리치듯 울렸다.

[간악한 흉계를 꾸몄구나. 하지만 너 역시 성치는 못할 것이다.]

성좌들을 짓눌러 터뜨린 '묵시록의 이무기'가 이제 노란 안광을 빛내며 내 쪽을 보고 있었다. 마지막 벌레를 녹여 없애려는 듯, 녀석의 입가에서 붉은 구체가 뭉쳐졌다. 묵시록의 홍염. 지옥의 불길을 빌려 지상의 모든 것을 녹여버린다는 심판의 불꽃이었다.

……작전은 괜찮았다.

'멜레돈'과 '베르칸'은 치명적인 피해를 보았고, 불리하던 게임의 판은 이제 거의 동등한 수준으로 평형을 이루었다.

힘을 조금만 더 남겨두었으면 좋았을 텐데.

내 죽음으로 인해 여기서 우리는 문장을 빼앗길 것이다.

아쉽고 허탈했다.

세 번째 게임으로 간다면 우리에게 승산이 있을까.

서서히 눈을 감는 순간, 묵시록의 이무기가 토해낸 짙은 홍염이 머리 위로 쏟아졌다. 뜨거운 열파가 전신을 뒤덮었고, 일대의 암석이 지글지글 녹는 소리가 들렸다. 그런데 아무리 시간이 지나도 나는 죽지 않았다.

[새로운 조력자가 게임에 소환됩니다!]

눈을 뜨자 누군가가 내 앞을 막고 있었다.

단정한 특공복. 특수부대 마크를 어깨에 새긴 군인이, 거대한 방패를 치켜든 채 떨어지는 불길을 막아내고 있었다.

[성좌, '강철의 주인'이 당신을 바라보고 있습니다.]

세상에서 가장 뜨겁다는 [지옥염화]조차 견뎌낸 사내.

"대한민국 대괴수 특작사령부 산하, 대위……."

떨리는 말을 삼키는 사내를 보며 나는 탄식했다.

"어떻게"라든가, "왜"라든가. 무슨 말로든 묻고 싶었지만 아무 말도 나오지 않았다. [전지적 독자 시점]을 통해 사내에게서 쏟아지는 무수한 목소리 앞에, 내가 꺼낼 말은 모두 무의미했다.

뒤이어 하늘에서 내려오는 거대한 '키메라 드래곤'의 모습이 보였다.

[새로운 조력자가 게임에 소환됩니다!]

크롸롸롸라!

드래곤 머리에 앉은 작은 소녀를 보며, 우습게도 나는 조금 눈물이 날 것 같았다.

"아저씨!"

유중혁이 부른 조력자들이, 마침내 전장에 도착했다.

2

유중혁이 불러온 '지원군'은 총 셋이었다.

비스트 마스터 신유승, 강철검제 이현성.

그리고…….

"현성 씨! 독자 씨 데리고 빠지세요!"

허공에서 날아온 실이 나를 이현성의 커다란 등짝에 묶어 놓았다. [헤르메스의 산책법]으로 창공을 달리는 고양이 슈트의 여인.

〈올림포스〉의 화신, 유상아였다.

"유승이는 먼 거리에서 브레스로 딜 넣어! 현성 씨 빠질 때까지 계속!"

쿠오오오오!

키메라 드래곤이 포효하며 브레스를 내뿜자, 묵시록의 이무기도 꽤 고통스러운지 비명을 질러댔다.

[성좌, '강철의 주인'이 자신의 화신에게 커다란 개연성을 할애합니다.]

[성좌, '버려진 미로의 연인'이 자신의 화신을 지원합니다.]

[성좌, '하늘 걸음의 주인'이 자신의 화신을 응원합니다.]

사안이 사안인 만큼, 이현성과 유상아를 후원하는 성좌들 또한 꽤 분투하는 듯했다. 유상아의 능수능란한 지휘 아래, 나는 이현성의 어깨에 붙들려 강제로 이송되었다.

"……이현성 씨."

"가만히 계십시오, 독자 씨."

"이렇게까지 하진 않으셔도 되는데요. 저도 이제 움직일 수 있어요."

그렇게 말해도 이현성은 단단한 팔을 풀지 않았다. 그가 하는 일이라고는 오직 협곡을 묵묵히 오르는 것뿐. 슬슬 정상이 보이기 시작할 무렵, 이현성이 입을 열었다.

"독자 씨, 수류탄 던져보신 적 있습니까?"

"……수류탄이요?"

"수류탄을 사용하려면 총 세 단계를 거쳐야 합니다. 안전 클립 제거, 안전핀 제거, 투척."

"저도 훈련소에서 던져봐서 알아요."

"그러면 수류탄 안전핀이 얼마나 중요한지도 아시겠군요."

나는 이현성이 무슨 말을 할지 깨달았다.

"저는 안전핀을 잃어버린 적이 있습니다."

"……지난번에는 탄피 아니었습니까? 부대가 뒤집어졌겠는데요."

"예. 뒤집어졌습니다."

이현성은 그렇게 대답한 뒤, 기암들을 피해 묵묵히 달렸다. 군용 트럭에 탄 것처럼 몸이 불규칙적으로 흔들렸다.

"많이 혼나셨겠네요."

"예. 많이 혼났습니다."

무언가 참고 있는 듯한 그 목소리에, 나는 뭐라고 말하려다 입을 다물었다. 암석들을 밟으며 위로 올라가는 이현성의 몸 곳곳에 크고 작은 상흔이 보였다. 멸살법의 어떤 회차에서도 불가능했을 일. 하지만 이현성은 자신의 힘으로 여기까지 온 것이다.

얼마 지나지 않아 우리는 협곡 꼭대기에 도착했다. 아래쪽에서 유상아와 신유승이 키메라 드래곤을 타고 협곡을 빠져나오고 있었다. 환히 웃는 신유승의 표정에, 나도 모르게 마음이 벅차올랐다.

"현성 씨."

"……예."

이현성이 무슨 말을 하고 싶었는지는 안다. 아마도, 평생을 군인으로 살아온 이현성이 할 수 있는 최대치의 표현이었으리라.

"와줘서 정말 고맙습니다."

어느새 그렁그렁해진 이현성의 눈을 나는 애써 모른 척해 주었다. 잠시 후 뭔가가 도토리처럼 도르르 굴러와 내 허리에 폭 부딪혔다.

"아저씨!"

내 너덜너덜한 품이 소중한 것이라도 되는 양 꾹 끌어안는 모습.

"오랜만이다, 유승아."

외투에 얼굴을 묻은 신유승이 힘차게 고개를 끄덕였다. 그런 신유승의 등을 살살 토닥여주는데, 멀리서 유상아가 다가왔다.

"오랜만이에요, 독자 씨."

"예. 그간 잘 지내셨습니까?"

잘 지냈냐니, 바보 같은 질문이었다.

시나리오가 시작된 후 잘 지낼 수 있는 사람은 아무도 없었다. 그럼에도 유상아는 가만히 웃어주었다.

"여전하시네요, 독자 씨."

멸망 전에도 멸망 이후에도, 내 농담에 웃어주는 사람은 유상아뿐이다.

"다른 일행은요?"

"일단은 우리만 왔어요. 참, 희원 씨랑 다른 애들도 많이 오고 싶어했는데……."

"제가 이길영이랑 동전 던지기 해서 이겼거든요!"

신유승이 헤헤 웃으며 끼어들었다.

그렇군. 다들 동전을 던져서 내 목숨을 결정했다 이거지.

나는 신유승의 머리를 쓰다듬으며 말했다.

"고맙습니다, 유상아 씨."

"안 그래도 가야겠다 싶던 참이었어요. 독자 씨 길흉화복에 안 좋은 점괘가 떴거든요."

"길흉화복?"

[길흉화복]이라면 나도 아는 성흔이다. 그리고 한반도에 그 성흔을 가진 성좌는 하나뿐이다.

"네, '대흉'이 떠서 저랑 수영 씨랑 누가 가야 할까 고민하던 차에 유중혁 씨가 연락을……."

대충 어떻게 된 상황인지 알 것 같았다.

설마 한수영과 유상아가 동전 던지기를 하지는 않았을 테고…… 한수영은 해야 할 일이 있으니 유상아가 오게 되었겠지. 한수영이 내가 맡긴 일을 잘 해주고 있는 모양이었다.

"참고로 수영 씨도 오고 싶어했어요."

"아…… 예. 그렇군요."

그럴 리가. 갠 나 싫어하는데.

그때 수풀 지대 쪽에서 굉음이 터졌다. 다시 일행을 만난 데 들떠서, 게임이 아직 끝나지 않았음을 잊고 있었다.

나는 일행들과 함께 수풀 지대 쪽으로 달려가며 물었다.

"상황은 알고 오신 건가요?"

유상아가 고개를 끄덕였다.

"비형한테 대충 이야기 들었어요."

아무리 유중혁이 '유희의 지배자'에 탱커 포지션을 겸비했어도 지금쯤이면 체력이 거의 바닥에 이르렀을 터.

2차전은 여기서 승부가 갈릴 것이다.

키메라 드래곤이 후욱, 하고 바람을 불자 인근 나무들이 일제히 비명을 지르며 쓰러졌다. 시야가 트이자 전장이 명료하게 눈에 들어왔다.

"유중혁!"

내 외침에 성좌들에게 둘러싸여 있던 유중혁이 이쪽을 보았다.

「늦었군.」

여전히 시건방지지만, 전신에 피를 철철 흘리는 게 다 죽어가는 모양새였다.

[놈이다! 저놈이 문장을 가지고 있다!]

탐색 계통 스킬을 가졌는지 성좌 하나가 이쪽을 가리키며 소리를 질렀다.

우리 팀을 제외하고, 남은 성좌 및 참가자는 총 여섯.

그리고 이쪽은 새로 보급된 인원을 포함해도 다섯이 고작이었다.

게다가 유중혁은 이미 전투 불능에 가까운 상태.

[가라!]

전면전이 시작되자 '인류의 시조'와 '바나라의 장군'을 중심으로 진형을 짠 성좌들이 밀려들었다. 거기 대항해 가장 먼저 달려간 것은 강철검제 이현성이었다.

"다시는! 잃어버리지! 않는다!"

전방을 향해 함성을 발사하며 달려간 이현성은, 무려 설화급 성좌인 마누와 양팔을 마주한 채 힘겨루기를 시작했다.

ㅊㅊㅊㅊ…….

겨우 화신 따위와 손을 섞어 불쾌하다는 듯, 마누가 인상을 찌푸렸다. 강력한 마력이 마누의 손끝에서 불타오르며 이현성의 강철 외피가 조금씩 물러졌다. 하지만 이현성은 조금도 굴하는 표정이 아니었다.

[성좌, '강철의 주인'이 성좌, '인류의 시조'를 노려봅니다.]

'인류의 시조'가 설화급이듯, '강철의 주인' 또한 설화급.

이현성의 전신으로 자라나는 [강철화]의 가시들을 보며, 나는 그가 얼마나 혹독한 개인 시나리오를 수행해왔을지 짐작할 수 있었다.

고작 10번대 화신이 도달할 수 있는 경지가 아니었다.

지금의 이현성은 지금까지 있던 어떤 회차보다 압도적인 성장세를 보여주고 있었다. 그에 합을 맞추듯 유상아가 앞으로 뛰어나갔다.

"〈올림포스〉는 제가 맡을게요."

[〈올림포스〉의 화신이여! 제정신인 것이냐!]

유상아를 발견한 오이디푸스 왕이 소리를 질렀다.

본래 둘은 같은 〈올림포스〉 소속원. 하지만 지난번 디오니소스에게 들은 말이 맞는다면, 〈올림포스〉는 지금 내전 중이었다.

[하늘 걸음의 주인! 당신은 지금 잘못된 선택을 하는 거요!]

정확한 상황은 모르겠지만, 헤르메스와 디오니소스를 주축으로 한 일부 그룹이 기존 〈올림포스〉에 반기를 들었음은 명백해 보였다.

허공을 자유자재로 선회하는 유상아가 오이디푸스 왕과 격전을 시작하자, 신유승이 키메라 드래곤을 움직였다.

고오오오오오!

응집된 브레스가 전장을 뒤덮었다. 미처 피하지 못한 성좌들이 고통스러운 신음을 토해냈다.

[제한 시간이 10분 남았습니다.]

2차전도 어느새 막바지를 향해 달려가고 있었다.

현재 각 팀의 승점은 거의 비슷한 상황. 성좌들도 필사적이었다.

그아아아아!

성좌 몇 명이 키메라 드래곤 쪽으로 가세하자, 금세 신유승이 위기에 몰렸다. '묵시록의 이무기'를 상대할 때 꽤 체력을 소모했기 때문인지 드래곤은 생각보다 힘을 쓰지 못하고 있었다.

[해치우시오! 덩치만 큰 놈일 뿐이니!]

이 경기가 무승부로 끝나면 우리 쪽이 불리해진다.

경기는 3차전으로 흘러갈 테고, 거기서도 승점을 획득하지 못하면 우리는 페널티가 사라진 무대에서 성좌들을 상대해야만 한다.

그 사실을 아는 유중혁이 '베르칸 공작'을 가리키며 말했다.

"공작을 죽여라. 놈이 문장을 가지고 있다."

나는 고개를 끄덕였다.

"길을 뚫겠다."

마력을 쥐어짜 낸 유중혁이 전방을 향해 [파천검도]를 사용했다.

[놈들이 문장을 노린다!]

유중혁은 베고, 또 베며 길을 뚫었다. 마지막 힘을 실은 흑천마도가 거대한 반원을 그리며 바닥에 처박히자, 기회를 노리던 성좌들이 한꺼번에 달려들었다.

「맡긴다, 김독자.」

마력이 다한 유중혁이 마누의 창에 심장을 꿰뚫렸다.

[참가자 '유중혁'이 살해당했습니다!]

죽는 순간까지도 녀석은 꼿꼿이 선 채였다.

앞을 막던 유중혁이 사라지자 성좌들은 곧바로 나를 향해 돌아섰다. 쇄도하는 '원시의 창'과 섬광포. 그러나 창끝과 폭렬은 내게 닿지 못했다.

"독자 씨!"

이현성이 [강철화]를 발동해 성좌들의 공격을 막아냈다. 열기와 충격에 몹시 고통스러울 텐데도 이현성은 오히려 활력이 도는 표정이었다. 멀리 꽁무니를 빼는 '베르칸 공작'의 모습이 보였다.

[제한 시간이 5분 남았습니다.]

"현성 씨, 날 던져요."

"안 됩니다. 또 그런 짓을……!"

"안전핀을 뽑은 수류탄은 던져야 해요."

나는 흔들리는 이현성의 눈을 바라보며 말했다.

"그리고, 여기서 죽는다고 진짜로 죽지도 않는다고요."

진짜로 죽는 것은 이 선발전에서 패배했을 때다.

잠시 나를 보던 이현성이 눈을 질끈 감았다 떴다. 이현성의 눈동자는 어느새 군인의 그것으로 돌아와 있었다.

"그런 거짓말을 또 믿을 수는 없습니다!"

"아니, 지금은 억지를 부릴 때가—"

"죽을 때는 같이 죽는 겁니다!"

[성좌, '악마 같은 불의 심판자'가 이현성의 전우애에 감동합니다!]

그 말과 함께, 이현성이 나를 업은 채 달려가기 시작했다. 돌진하는 이현성에게 부딪힌 마누가 볼링핀처럼 바닥을 굴렀다.

[커억! 건방진 화신 따위가……!]

폭주하는 이현성을 막아설 수 있는 자는 아무도 없었다. 적어도, 잠깐은 그렇게 보였다.

[교만한 아이야. 아까도 말했듯이 겨우 그런 '역사'로는 무리다.]

강력한 '격'이 만들어낸 힘에 이현성의 움직임이 멈칫했다. 어느새 힘을 회복한 '지고한 빛의 신' 수르야가 앞을 막아서고 있었다.

[제3의 눈]을 제대로 못 쓰더라도 그는 〈베다〉의 로카팔라. 우리를 막을 권능은 수없이 많이 가지고 있다.

네 개의 팔이 움직이자, 이현성이 달리던 대지가 통째로 밀려났다. 달려도 달려도, 오직 제자리걸음만을 반복할 뿐인 땅.

[지금 네가 선 그곳이 인간에게 어울리는 장소다. 똑같은 실수를 반복하는 인간에게 말이지.]

나는 이현성 등 뒤에서 [전인화]의 힘을 발동했다. 휘두른 주먹에서 뻗어나간 섬전이 수르야의 몸통에 적중했다.

하지만 수르야는 꿈쩍도 하지 않았다. 네 개의 팔에서, 수레바퀴 형상을 띤 방어막이 내 공격을 모두 무화하고 있었다.

[정말 이 정도인가? 너는 정말 겨우 이 정도로 '이 시나리오의 끝'을 보고자 하는 것이냐?]

내가 쌓아온 모든 역사를 부정하는 힘이었다.

[전인화]도 [백청강기]도 먹히지 않는다.

[시대가 많이 변했구나. 겨우 그 정도 역사로…….]

고작 30퍼센트의 힘이 개방된 상황인데도 이렇게 격차가 난다. 만약 100퍼센트의 힘이 개방된다면 어떻게 될까.

새된 목소리가 들려온 것은 그때였다.

"아저씨를 무시하지 마!"

날아오른 키메라 드래곤의 머리 위에서 신유승이 외치고 있었다.

고오오오오!

신호와 함께 쏟아지는 브레스. 가소롭다는 듯이 수르야가 팔을 휘저어 브레스를 흩어버렸다. 그 틈을 이용해 이현성이 도약했다.

콰아아아앙!

이현성의 강철 외갑이 수르야와 정면으로 충돌했다. 강력한 공격을 받고도 끄떡없던 수르야의 몸이 처음으로 움찔 떨렸다.

"으아아아아아!"

이현성은 미친 사람처럼 수르야를 향해 주먹을 휘둘렀다. [강철화]와 [태산 부수기]를 동시에 발동한 주먹이 갈라지고,

피가 쏟아졌다. 부서진 뼛조각이 튀는데도 이현성은 멈추지 않았다.

쩌저저저적.

['73번째 마계'가 당신과 조력자들의 의지에 반응합니다.]

[당신에 관한 새로운 설화가 만들어지고 있습니다.]

신에게 도전하는 인간의 의지가 저 지고한 신의 방어벽에 균열을 일으키고 있었다.

약간의 틈.

인간의 역사가 만들어낸, 아주 미세한 균열이었다.

"현성 씨."

나와 이현성은 그 균열을 놓치지 않았다. 마치 수류탄을 던지듯, 이현성이 [소형화]를 통해 작아진 내 몸을 힘껏 던졌다. 나는 수르야의 팔이 형성하던 방벽을 돌파해 그대로 베르칸 공작을 향해 쇄도했다.

놀란 공작이 고개를 돌린 것과, 내가 [전인화]를 발동해 녀석의 목에 검을 꽂은 것은 거의 동시였다.

[참가자 '구원의 마왕'이 참가자 '베르칸 공작'을 살해했습니다!]

……해냈다.

아찔한 승리감과 동시에 머릿속으로 무수한 시스템 메시지가 흘러들었다. 그러나 메시지를 다 읽기도 전에, 나를 쥐어 터뜨린 힘이 있었다. 마지막 순간, 얼핏 스쳐 간 것은 수르야의 얼굴이었다.

[당신은 살해당했습니다.]

✦

3

순간적으로 시야가 암전되었다가 되돌아왔다.

의식이 정전된 느낌이었다. 멍하니 눈을 깜빡였지만 보이는 것은 새카만 천장뿐이었다.

……어떻게 된 거지?

천천히 심호흡한 후 무거운 머리로 사고를 시작했다.

나는 마왕 선발전 2차전에 참가 중이었다.

마지막 순간 베르칸 공작을 죽였고, 그와 거의 동시에 수르야의 일격을 맞아 사망했다. 이후 쏟아지는 시스템 메시지를 듣긴 들었는데…….

2차전은 이긴 건가?

아니면…… 진 건가?

곰곰이 생각해보았지만 확신이 들지 않았다.

[적의 문장을 빼앗아 게임에 승리했습니다!]

라는 메시지를 들은 것 같기도 하고.

[문장을 빼앗겨 게임에 패배했습니다!]

라는 메시지를 들은 것 같기도 했다.

어쩌면 둘 다인지도 모른다. 그럼 어느 쪽이 먼저였을까.

알 방도가 없었다.

[당신은 살해당했습니다.]

확실한 것은 이 메시지 하나뿐이었다.

내가 게임에서 죽었다는 것.

그리고 지금 이 장소에서 눈을 떴다는 것.

"윽……."

천천히 자리에서 몸을 일으키자 내가 누워 있던 공간이 조금 더 명료하게 눈에 들어왔다. 수많은 등잔이 벽감 사이사이에 설치되어 있어, 드넓은 어둠을 은은하게 밝히고 있었다. 한 번도 와본 적 없는 낯선 장소였다.

내가 선 곳에는 [000~100]이라는 팻말이 있고, 팻말을 중심으로 큼직큼직한 책장이 끝없이 늘어서 있었다. 퀴퀴한 책

냄새. 대학 장서관을 연상시키는 광경이었다.

……도서관? 내가 왜 여기 있지?

나는 가장 가까운 서가에서 책 한 권을 꺼내 아무 페이지나 펼쳐보았다.

「이설화가 죽은 뒤, 유중혁은 몇 번이고 죽어야겠다는 생각을 했다. 가진 특성과 스킬만으로는 절대로 놈들을 이길 수 없었다. 시나리오의 끝은 보이지 않았고, 성좌들의 힘은 터무니없을 정도로 강했다. 이설화의 복수도, 이지혜의 복수도 할 수 없었다. 절망 속에서 유중혁은 생각했다.」

익숙한 문체의 문장이 줄지어 이어졌고, 나는 빨려 들어가듯 그 문장을 읽었다.

「만약 내게도 '배후성'이 있다면 어땠을까.」

멸살법에 나오는 장면은 아니었다. 그럼에도 나는 이 장면을 알고 있었다. 왜냐하면 내 상상 속에서 몇십 번이고 몇백 번이고 반복된 장면이니까.

「[성좌, '???'이 당신을 화신으로 삼고 싶어합니다.]」

이것은 유중혁이 처음으로 배후성을 얻던 순간이었다.

배후성 없는 화신으로 한계치까지 수련을 반복했으나, 끝내 시나리오 앞에 무릎을 꿇어야 했던 0회차의 유중혁.

「새로운 특성, '회귀자'가 개화합니다!」

그런 유중혁이 처음으로 '회귀자'가 되던 순간의 이야기.

나는 반사적으로 책을 덮고 제목을 살폈다.

[유중혁, 0회차 56권의 기록]

왜인지 나는 이곳이 어디인지 알 것 같았다. 눈이 조금 더 어둠에 익숙해지자 주변이 한결 잘 보였다.

이곳은 멸살법의 모든 기록이 모인 도서관이었다.

나는 살짝 질려서 중얼거렸다.

"……이 정도면 3,149화보다 훨씬 많을 것 같은데."

멸살법이 길기는 하지만, 이 정도는 아니다. 이렇게 넓은 공간을 다 채울 정도의 책이라니. 평생을 바쳐도 이 서가의 절반이나 읽을 수 있을지 확신이 들지 않았다.

찌릿.

두통이 시작된 것은 그때였다. 웅크려 있던 기억들이 껍데기를 깨고 내 안에서 밀고 나오려 했다. 방금 전까지 낯설던 이 장소가 낯설지 않게 느껴졌다. 저 벽감의 등잔도, 이 서가의 책들도.

팔뚝에 서서히 소름이 돋으며 강렬한 기시감이 머릿속을 스쳤다.

나는 이 장소에 이미 한 번 온 적이 있었다.

언제였지? 대체 언제…….

「김 독 자.」

도서관 전체에 메아리치듯 울려 퍼지는 목소리.

내가 익히 아는 말투였다.

"……제4의 벽?"

그러자 도서관 전체가 희미하게 진동했다.

「영혼 체 가 위험 했 다.」

"위험해?"

「내 가 불렀 다아…….」

[제4의 벽]이 나를 이곳으로 불렀다. 나는 그 말이 뜻하는 바를 어렵지 않게 알아챘다.

"혹시, 여긴 네 안이야?"

「맞 아.」

"여기서 어떻게 나가? 출구는?"

「…….」

"……이봐?"

몇 번 더 불러보았지만 [제4의 벽]은 대답이 없었다.

걸핏하면 졸리다며 잠들어버리는 녀석이니 이번에도 그런 것일지 모른다. 별수 없이 스스로 방법을 찾아야 했다.

[해당 장소에서는 '전지적 독자 시점'을 사용할 수 없습니다.]

[해당 장소에서는 '책갈피'를 사용할 수 없습니다.]

사용할 수 있는 스킬은 모두 막혀 있었다. 아무리 걸어도 장서관의 끝은 보이지 않았다. 동서남북은 물론이거니와 위아래 어디에도, 출구 비슷한 것조차 보이지 않았다.

탈출이 불가능하다는 확신이 들자 오히려 마약 같은 안락감이 찾아왔다.

"……천국이네."

동서남북 어디를 둘러봐도 멸살법.

오직 멸살법으로 가득 찬 세계. 시나리오가 시작되기 전에 이곳에 왔다면 나는 행복했을지 모른다.

아무리 읽어도 끝나지 않을 이야기가 있다.

영혼체니까 배도 고프지 않다.

어차피 이대로는 여기서 나갈 방법도 없으니 책이나 좀 더 읽어볼까.

혹시 모른다. 책 속에 방법이 있을 수도 있고.

나는 책장에서 책을 꺼내 옆에 쌓아놓고 한 권씩 읽기 시작했다. 오랜만에 봐도 멸살법은 멸살법이었다.

"……뭔 설명이 이렇게 많아."

주변이 고요하기 때문일까. 평소보다 책 읽는 속도가 더 빨랐다. 하지만 대충 읽지는 않았다. 한 점의 고기를 썰기 위해 오래도록 굶어온 미식가처럼, 나는 문장 하나하나를 잘게 썰고 음미하고 삼켰다.

"자식, 이때는 귀여웠네."

"……젠장, 초반에 좀 더 기를 죽여놨어야 하는데."

어떤 이야기는 이미 아는 것이고, 어떤 이야기는 제대로 알지 못하는 것이었다.

"이 정보는 까먹고 있었네……."

"뭐야, 이런 일도 있었어?"

이곳에 아무도 없다는 안도감 때문인지 자연스레 혼잣말이 나왔다. 듣는 사람을 전혀 의식하지 않는, 진짜 혼잣말이었다.

그렇게 몇 권이나 더 읽었을까.

마음 한구석에 뿌듯함과 함께 온기 같은 것이 스몄다.

그냥 다 포기하고 여기 머무르는 것은 어떨까. 언제까지고 깨어나지 않을 수 있다면, 그것도 나쁘지 않을 텐데. 여기서는 시나리오 때문에 죽을 일도 없고, 성좌들 눈치를 볼 필요도 없는데.

한 칸의 책을 후루룩 읽고 난 뒤에는, 적당히 책장을 건너뛰어 읽거나 중간부터 책을 펼치기도 했다.

「유중혁은 가끔 생각했다.」

「'만약 그때, 그 다리 위에서 녀석을 만나지 않았더라면 어떻게 되었을까? 혹은 녀석을 그곳에서 죽였더라면…… 내 남은 삶은 어떻게 되었을까?'」

뭔가 익숙한 구절에, 나는 반사적으로 책 제목을 살폈다.

[유중혁, 3회차 12권의 기록]

……역시나, 3회차였나.

나는 몇 권을 더 펼쳐보았다.

어떤 책에는 내 욕이 적혀 있었고.

「'빌어먹을 김독자.'」

그리고 어떤 책에는.

「"김독자, 정신 차려라! 김독자!"」

조금은 고마운 말도 적혀 있었다. 그리고 어떤 책에는 아무 것도 적혀 있지 않았다.

「■■」

필터링이 된 것처럼 읽을 수 없는 문장. 아예 에피소드 일부가 백지인 책도 있었다.

아직 그 이야기는 기록되지 않았다는 것처럼.

모든 책은 회차 순번에 맞춰 가지런히 정리되어 있었다. 누군가가 필요할 때 찾기 쉽도록 일부러 정리해놓은 것 같았다.

하지만 누가…….

건너편 서가에서 인기척이 들린 것은 그때였다.

파스슷.

반사적으로 책을 덮고 그쪽을 바라보았다. 아주 짧은 순간이지만 사람 그림자 같은 것이 일렁였다.

"……거기 누구 있습니까?"

우당탕탕, 하는 소리가 들리더니 발소리가 멀어졌다. 나는 소리를 쫓아 달리기 시작했다. 바닥에 굴러다니는 책에 몇 번인가 걸려 넘어질 뻔했지만, 집요하게 그림자를 뒤쫓았다.

서가의 팻말은 빠르게 바뀌었다.

[000~100]에서 [100~200]으로.

다시, [200~300]으로.

[유중혁, 373회차 24권의 기록]

[유중혁, 473회차 31권의 기록]

무수한 서가가 빠르게 스쳐 갔다.

[유중혁, 573회차 27권의 기록]

[유중혁, 681회차 12권의 기록]

(…)

숨이 조금씩 벅찼고, 여전히 서가의 끝은 보이지 않았다. 분명 영혼체 상태일 텐데도 호흡이 가팔랐다.

그래도 나는 계속 달렸다. 모처럼 찾아온 기회였다. 여기서 놓치면 다시는 못 잡을 것만 같았다.

그렇게 얼마나 더 달렸을까.

인기척이 조금 가까워졌다.

"잠깐만!"

외치는 순간, 갑자기 앞쪽 바닥이 쑥 꺼졌다. 비명과 함께 관성을 이기지 못한 몸이 앞으로 고꾸라졌다. 반사적으로 옆에 있는 책장을 붙잡지 않았더라면 그대로 추락했을지도 모른다.

[유중혁, 1,863회차 22권의 기록]

[유중혁, 1,863회차 23권의 기록]

[유중혁, 1,863회차 26권의 기록]

(…)

책들이 머리 위로 우당탕 쏟아졌다. 유중혁 주먹에 맞는 것처럼 아팠다. 간신히 책더미를 헤치고 나오니 내가 쫓던 그림자는 이미 사라지고 없었다.

"아……."

그 대신 눈앞에 새카만 낭떠러지가 있었다. 바닥이 보이지 않는 낭떠러지.

나는 홀린 듯 그 낭떠러지를 들여다보았다.

이곳이 이 도서관의 끝.

모든 이야기의 끝이었다.

가만히 보고 있으려니 몸을 던지고 싶은 충동이 일었다.

내가 오랫동안 궁금해하던 뭔가를 알 수 있을 것만 같은 느낌이 들었다.

저곳으로 가면, 저 안으로 들어가볼 수만 있다면…….

서서히 기울어진 몸이 낭떠러지 쪽으로 가까워지려던 바로 그 순간.

누군가가 내 어깨를 꽉 잡으며 말했다.

「(떨어지면 죽어. 거긴 진짜로 벽 '너머'거든.)」

⌘ ⌘ ⌘

찰싹! 찰싹! 찰싹! 찰싹!

"정신 차려라."

찰싹! 찰싹! 찰싹! 찰싹!

"유중혁 씨, 그만 때려요! 독자 씨 얼굴이 퉁퉁 부었잖아요!"

"대체 왜 안 일어나는 거지?"

"숨은 아직 붙어 있어요. 뭔가 영혼에 충격을 받은 것 같은데……."

유상아의 말에 유중혁이 인상을 찌푸리며 자리에서 일어났다. 바닥에는 뺨이 탱탱 부은 김독자가 축 늘어져 있었다. 곁에서 곰만 한 덩치의 이현성이 몸을 웅크린 채 정신 나간 얼굴로 김독자의 전신을 주물렀다.

"독자 씨…… 정신 차리십시오. 제발……."

2차전 종료와 동시에 '신화의 전장'이 갑작스럽게 해체되었다.

'유중혁-김독자 공단' 참가자 및 조력자는 모두 공단의 황무지 앞에 내버려졌다.

유상아는 같은 진영에 선 이들을 바라보았다.

개 두 마리, 예쁘장한 미소년 하나. 그리고 한명오…….

"용케 살아 계셨네요. 한 부장님."

"유, 유상아 씨……."

한명오가 식은땀을 흘리며 뒷걸음질을 쳤다.

유상아는 곧장 곁에 있던 장하영을 바라보았다.

"그쪽 분은…… 우리 편이신가요?"

"아, 저는……."

유상아의 투명한 눈과 마주치자 장하영이 말을 더듬었다. 자신을 뭐라 소개해야 할지 몰라 당황한 투였다. 그때 장하영의 눈에 신유승이 들어왔다.

"앗, 너는 혹시 그 영상의……?"

"……저를 아세요?"

신유승 덕분에 73번째 마왕 시나리오를 떠올린 장하영은, 뒤늦게 이들이 누구인지 알아챈 듯했다.

"저 진짜 팬이에요! 우와, 이렇게 지구의 화신분들을 만나게 될 줄은……."

화색을 띤 장하영이 눈을 반짝이며 유상아의 손을 잡고 마구 흔들었다. 유상아는 곤란하다는 듯 웃고는 고개를 들어 하늘에 떠오른 메시지를 읽었다.

[현재 2차전의 승자 팀을 판별 중입니다.]

승자를 판별 중이라는 것은, 결과가 누구나 납득할 수 있을 만큼 명백하지는 않았다는 뜻이리라. 유상아가 중얼거렸다.

"우린 이긴 걸까요, 아니면 진 걸까요."

장하영이 대답했다.

"김독자가 먼저 죽인 거 같은데, 그럼 우리 승리 아닐까요?"

"하지만 곧바로 우리 문장도 빼앗겨서……."

그러자 유중혁이 고개를 저었다.

"김독자가 더 빨랐다."

강한 확신이 담긴 그 말에 장하영과 유상아도 안색이 밝아졌다. 유중혁이 그렇게 말한다면 정말로 그럴 가능성이 컸다.

그때, 황무지 건너편에서 새카만 먼지구름이 일어났다.

쿠구구구구!

강력한 '격'이 파도처럼 밀려오는 광경.

다가오는 존재들이 무엇일지는 물을 필요도 없었다.

표정이 굳은 유중혁이 하늘을 올려다보았다.

[현재 2차전의 승자 팀을 판별 중입니다.]

여전히 하늘에 떠올라 있는 문구는 그것뿐이었다.

정확히는 삼십 분째 그대로였다.

"다들 준비해라."

"네?"

"뭔가 잘못됐어."

메인 시나리오에 한해서는 일 처리 속도가 빠른 관리국 녀석들이, 겨우 승자 판별 하나에 삼십 분이나 시간을 지체할 턱이 없었다.

즉 이 상황은 누군가에 의해 의도된 것이었다.

누군가가 '시나리오'가 이대로 끝나길 바라지 않는다는 것.

츠츠츠츠츳!

현재 73번째 마계는 '신화의 전장'을 현현할 막대한 개연성으로 가득 찬 상황. 유중혁은 흑천마도를 뽑아 쥐며 말했다.

"이번엔 게임이 아니다."

'우레를 먹는 새'의 포효가 하늘을 뒤덮었다. 게임 페널티를 받지 않는 성좌들이, 하늘을 건너 이쪽으로 날아오고 있었다.

4

어깨를 잡은 억센 손. 나는 반사적으로 몸을 돌리며 주먹을 뻗었다. 터억, 하는 소리와 함께 내 주먹은 커다란 손에 붙잡혔다.

「(아해여, 싸우러 온 건 아닐 텐데?)」

어둠이 만든 짙은 음영이 걷히며 새하얀 얼굴이 드러났다.

「(전에도 한 번 살려주었지. 벌써 잊었나 보군.)」

아는 얼굴이었다.
"네가 왜 여기에 있냐?"

「(……**정말 몰라서 묻는 거냐?**)」

여성체인지 남성체인지 알 수 없는 모호한 외모. 유려하게 떨어지는 얼굴선에서 느껴지는 불가해함. 이 존재는 이곳에 있어서는 안 되었다.

"니르바나 뫼비우스."

이미 오래전에 녀석은 [제4의 벽]에게 잡아먹혔으니까.

¤ ¤ ¤

[제4의 벽]에게 먹힌 존재는 어떻게 될까?

처음으로 [제4의 벽]이 뭔가 먹어치웠을 때, 그런 의문이 들었다.

「(**보는 그대로다. 이렇게 되는 것이지.**)」

니르바나가 조소하며 말했다.

오랜만에 만난 니르바나는 처음 만났을 때 모습 그대로였다. 차이가 있다면, 녀석의 몸에 멸살법을 이루는 활자들이 족쇄처럼 맴돌고 있다는 점이었다.

"여기서 계속 살아 있었던 건가?"

「(살아 있다고 보긴 힘들어.)」

자세히 보니 니르바나의 목소리는 니르바나의 입에서 흘러나오는 것이 아니었다. 목소리라고 말해도 될지조차 알 수 없었다. 니르바나가 허공을 올려다보며 말했다.

「(저 빌어먹을 벽에 기생해 연명하는 신세니까.)」

그 순간 [제4의 벽]의 경고가 울려 퍼졌다.

「*니 르* 바나 *말이* 너 무 *많* 아.」

니르바나가 피식 웃었다.

그의 눈빛은 쓸쓸했으나, 한편으로는 묘한 고양감으로 차 있었다. 나는 도서관을 둘러보는 니르바나의 시선을 따라갔다. 하나의 세계를 이루는 무수한 활자들. 이곳에는 멸살법의 모든 것이 있다.

"이제 원하던 걸 모두 알았겠네."

「(어떤 존재도 모든 걸 알지는 못한다, 아해야. 네가 그런 것처럼.)」

그렇게 말하는 니르바나는 정말로 불가의 현인賢人처럼 보였다. 기분이 이상했다. 등장인물 중 누군가가 처음으로, 이 세계의 비밀을 알게 됐다.

"어때? 자기가 소설 속 인물이라는 걸 알게 된 기분이."

내 도발에 니르바나의 표정이 변했다.

「(소설이라…… 정말 그렇게 생각하는 것이냐?)」

니르바나는 측은하다는 듯한 눈으로 나를 보더니 몇 번인가 입술을 달싹거렸다. 그러나 끝내 목소리는 나오지 않았다. 답답해진 내가 채근했다.

"뭔데? 말할 거면 끝까지 해."

니르바나가 가만히 미소 지었다.

「(나는 너의 이야기를 좋아한다.)」

나는 뜻밖의 말에 당황했다.

「(정확히 말하면 네가 바꾸는 이야기를 좋아하지. 네 의지가 느껴지는 문장들, 말하지 않는 것을 담는 맥락들을…….)」

"……뭐라는 거야."

나는 괜히 기분이 찜찜해져서 한 걸음 물러섰다. 그러고 보니 이 자식, 죽기 직전까지 하나가 되자느니 어쩌니 지껄이던 놈이었지.

「(나뿐만 아니라 이곳의 모든 존재가 네 이야기를 좋아한다.)」

"여기 너 말고 또 누가 있어?"

허공에서 진동이 일어나더니 천장에서 새카만 파편 몇 개가 떨어졌다. 거대한 뭔가가 이쪽으로 굴을 파며 다가오는 듯한 진동.

파편을 주워 든 니르바나가 인상을 찌푸린 채 말했다.

「(시간이 없으니 어서 움직이는 게 좋겠군. 여기서 너무 많은 이야기를 하는 건 좋지 않아. 무시무시한 일이 벌어지니까.)」

뭐라 묻기도 전에 니르바나는 앞장서서 걷기 시작했다. 나는 니르바나의 뒤를 쫓으며, 아까 떨어질 뻔한 낭떠러지를 돌아보았다. 도서관의 진동은 그 낭떠러지를 주축으로 퍼지고 있었다.

"잠깐만, 어디로 가는 건데?"

「(너를 제일 만나고 싶어하는 자가 있다.)」

"뭐? 누구?"

「(000번대의 서가를 정리하는 존재다.)」

……서가를 정리해?

「(**우리라고 여기서 놀기만 하는 것은 아니다. 우리가 제대로 정리를 안 하면, 네놈도 기억을 제대로 떠올리지 못하게 되니까.**)」

"잠깐만, 그게 뭔 소리야?"

「(**못 알아들었으면 됐다.**)」

방향을 틀자, 새로운 서가가 줄지어 나타났다.

도서관은 정말 넓었다. 멸살법은 후반부로 갈수록 생략하는 회차가 늘어나는데, 이 도서관은 그런 생략 회차까지 모두 정리해놓은 모양이었다. 곧 [000~100]이라 적힌 팻말이 눈앞에 나타났다.

「(**다 왔군. 그럼 이야기 잘 나누도록.**)」

코너를 돌아서자 익숙한 생명체가 그곳에 있었다.

언젠가 본 크기에 비하면 그야말로 '미니멀 사이즈'이지만, 그럼에도 틀림없이 내가 아는 그 생명체였다.

바닥에 떨어진 책을 수거하는 열두 개의 촉수.

그 촉수를 통제하는 오징어 같은 몸통.

눈으로 추정되는 작은 구멍 위에는 뿔테 안경 같은 것이 얹혀 있었다.

"……당신도 있었군요."

그러자 오징어가 이쪽을 돌아보았다. 열두 개의 촉수가 동시에 끄륵끄륵 소리를 냈다.

「(가엾은 구도자가 왔구나.)」

'꿈을 먹는 자'.

언젠가 암흑성에서 척준경과 [제4의 벽]의 도움을 받아 물리친 존재.

[제4의 벽]에게 삼켜진 그 또한 이 공간 안에 있었다.

"저를 보고 싶다고 하셨습니까?"

「(너를 도와주고 싶다.)」

오징어의 입으로 보이는 뭔가가 흐뭇한 미소 같은 형상을 띠었다. 정말이지 이 범종족적인 제스처에는 어떻게 반응해야 할지 모르겠다.

"갑자기 무슨 말씀이신지 모르겠군요. 저한테도 상황을 파악할 시간을 좀……."

「(시간이 많지 않다.)」

"왜 저를 도우시려는 겁니까?"

「(네 덕분에 나는 우주의 진리에 도달했다. 숭고한 존재는 반드시 그 빚을 갚는다.)」

숭고한 존재라. 사실 '꿈을 먹는 자'쯤 되면 본인을 그렇게 칭해도 이상하지는 않았다. 이 오징어는 바깥에서 난동을 피우고 있을 성좌들을 씹어 먹을 정도로 강하니까.

"그럼 하나 물어볼 게 있습니다."

「(말하라.)」

"이 도서관을 만든 사람은 누구입니까?"

순간 엄청난 스파크가 튀며 내 몸이 책장과 충돌했다. 열두 개의 촉수가 동시에 뻗어나와 책장과 나를 동시에 붙들었다. 우수수 떨어지는 책들을 보며 '꿈을 먹는 자'가 안경을 밀어 올렸다.

「(그것은 질문으로 성립되지 않는다. 다른 질문을 하라.)」

나는 입술을 꾹 깨문 채 생각했다.

지금 멸살법과 관련된 질문을 하는 것은 별 의미가 없었다.

그것은 2차 수정본을 읽어도 알 수 있고, 여차하면 다시 이 공간에 와서 관련된 기록을 읽는 방법도 있을 테니까.

즉 멸살법에 기록되지 않은 질문을 해야 했다.

그것도 이 '이계의 신격'이 대답할 수 있는 것으로.

질문을 찾기는 어렵지 않았다.

"'은밀한 모략가'는 누구입니까?"

이번에도 강력한 스파크가 튀었다. 나는 또 몸이 튕겨나갈까 걱정했으나 다행히 이전보다는 약한 스파크였다.

「(위대한 모략이 궁금한가?)」

촉수가 아주 느리게 흐느적거렸다.

「(그는 이 우주에서 가장 오래된 존재 중 하나…….)」

처음으로 듣는 '은밀한 모략가'에 대한 정보였다.

「(이 우주에서 가장 고독한 존재이며, 가장 오래된 꿈과 맞서 싸우는 자.)」

"그렇게만 말씀하시면 제가 어떻게 압니까? 제대로 된 수식언이라도 알려—"

「(그에게 수식언 같은 건 무의미하다. 다만 네가 원한다면 그는 너를 도울 것이다.)」

"돕는다고요? 어떻게……."

「(그와 '이계의 언약'을 맺어라.)」

이계의 언약. 그게 무엇인지는 알고 있다. 다섯 번째 시나리오에서 내가 부순 절대왕좌 또한 그런 언약의 일종이었다.

하지만 멸살법에서 언약의 끝이 좋은 적은 한 번도 없었다.

"그럴 수는 없습니다."

촉수 몇 개가 고개처럼 끄덕거렸다.

「(그렇게 말할 것 같았다. 너는 상위 차원의 존재를 싫어하니까.)」

"당신들의 힘을 빌리면 제가 원하는 이야기를 만들 수 없습니다."

「(너는 이제 누군가에게 종속될 만한 격이 아니다.)」

기분이 이상했다. 저 지고한 '이계의 신격'이 그렇게 말할 줄은 몰랐기 때문이다.

「(너는 너의 분노에 대해 다시 생각할 필요가 있다. 마지막에 도달하기 위해, 네가 이용할 수 있는 것을 제대로 고찰할 필요가 있어.)」

다시 한번 도서관이 커다란 소리를 내며 흔들렸다. 이어지는 진동의 간극이 점차 짧아졌다. 마치 도서관 깊은 곳에 숨은 거대한 괴물이 꿈틀거리는 듯한 진동이었다. 그 진동을 감지한 듯 '꿈을 먹는 자'가 말이 빨라졌다.

「(세계가 ■■으로 향하고 있다. 그것은 아직 쓰여지지 않았지만, 이미 쓰여져 있기도 하다. 그리고 위대한 모략은 그런 너를 도울 수 있다. 네가 제대로 된 길을 찾을 수 있도록…….)」

"전 제가 쌓아온 이야기를 믿습니다."
내 완강한 의지에 체념한 듯, 꿈을 먹는 자가 말했다.

「(……아쉽게도 이번에는 시간이 없군. 언제나 모략께서 너를 기다리고 있음을 기억하라.)」

촉수 하나가 나를 휘감았다. 동시에 다른 촉수가 빠르게 움직여 서가에서 뭔가 찾기 시작했다. 이윽고 그가 찾아낸 것은 다음과 같은 책이었다.

[유중혁, 3회차 38권의 기록]

페이지가 빠르게 넘어갔다.
순간 무슨 일이 벌어질지 깨달은 나는 다급히 입을 열었다.

"잠깐만요. 아직 물어볼 것이 남았습니다!"

「(잘 가게, ■■의 사도여. 개연성이 허락한다면 다시 만나게 될 것이다.)」

책이 펼쳐지고, 백지 위에 실시간으로 문장이 떠오르기 시작했다.

「유중혁은 생각했다.」
「빨리 깨어나라, 김독자.」
「그러지 않으면 모두 죽는다.」

……빌어먹을. 이래서야 갈 수밖에 없잖아.
다음 순간, 나는 문장들의 맥락 사이로 빨려 들어갔다.

¤ ¤ ¤

전장은 폐허였다.
바닥을 뒹구는 화신들의 시체, 한 걸음씩 다가오는 성좌들의 대열을 바라보며 유중혁은 피 묻은 입술을 닦았다.

크르르렁!

초월견의 힘을 사용한 파천신군과, 위인급 성좌인 오수의 콤비는 놀라웠다. 그들은 몸이 망가지는 것도 개의치 않고, 달려드는 위인급 성좌들을 물고 뜯었다.

그 덕분에 최전방에서 달려오던 클레오파트라는 만신창이가 되었고, 오이디푸스 왕도 화신체 곳곳을 파먹힌 험악한 몰골이 되었다.

위인급 성좌를 상대할 때까진 제법 할 만한 것 같기도 했다.

[추하구나. 저런 벌레들조차 상대하지 못하면서 '성좌'라는 이름이 부끄럽지 않으냐?]

그러나 뒤쪽에서 사태를 관망하던 설화급 성좌들이 나서자 상황은 완전히 반전되었다.

오오오오오!

'우레를 먹는 새'가 내뿜은 전격에 신유승의 '키메라 드래곤'은 맥없이 추락했고.

"컥……!"

'바나라의 장군'이 내뻗은 주먹에 [강철화]가 산산이 부서진 이현성은 바닥을 나뒹굴었다. 몇 번이고 피를 토한 유상아는 어떻게든 전열을 유지했으나 그마저 한계인 것처럼 보였다.

커어엉!

'인류의 시조'의 창에 찔린 오수가 비틀거리며 바닥을 기었다. 오수의 화신체를 입에 문 파천신군이 비척비척 물러났다.

25번 시나리오의 개연성이 허락하는 한계치까지 개방된 격.

아무리 100퍼센트가 아니라 해도, 지금 일행들이 상대하기에는 턱없이 강력한 힘. 그 힘이 마계 전체를 눈부신 스파크의 백야白夜로 만들고 있었다.

이것이 성좌라는 존재들이었다. 이 우주의 가장 높은 곳에서 세상을 오시하는 존재.

유중혁이 물었다.

"왜 이런 짓을 하는 거지?"

[성좌, '지고한 빛의 신'이 고요히 웃습니다.]

"벌레들에게 패배한 '역사'는 갖기 싫은 모양이군그래."

순간 수르야의 뺨이 미묘하게 씰룩였다.

로카팔라의 격이 개방되자 일대의 성좌들도 표정이 급변했다. 과도한 힘의 개방에 수르야의 전신에도 강렬한 스파크가 튀었다. 하지만 수르야는 그 정도는 감당할 수 있다는 듯, 자신 있게 기합을 터트렸다.

단 한 번 '격'을 발산했을 뿐이었다.

하지만 그 후폭풍에 일대는 아수라장이 되었다. 인근 구조물은 잿더미로 변했고, 달아나던 화신들은 그대로 영혼을 파괴당했으며, 전방의 일행들은 칠공에서 피를 쏟으며 무너졌다.

[일부 성좌가 시나리오 진행에 불만을 갖습니다!]

[성좌, '악마 같은 불의 심판자'가 크게 분개합니다!]

[마왕, '악마성의 대군주'가 기뻐합니다.]

[마왕, '불화의 조성자'가 흥분합니다!]

[상당수의 성좌가 오랜만의 대격전에 들떠 있습니다!]

최전방에서 격을 받아낸 이현성이 귀와 입에서 동시에 피를 쏟으면서도 버티고 있었다. 유중혁은 그런 이현성의 어깨를 짚으며 말했다.

"물러서라, 이현성. 네가 감당할 수 있는 상대가 아니다."

이현성은 반사적으로 뭐라 소리치려 했지만 그마저 힘겨워 보였다. 비틀거리는 이현성을 뒤로하고, 유중혁이 피 묻은 흑천마도를 닦으며 걸어나갔다.

절망적인 상황.

그가 가진 [현자의 눈]은 실시간으로 전황을 분석하고 있었다. 당장 눈에 보이는 성좌 수만도 거의 스물. 위인급 일부를 전력에서 제한다 해도, 도저히 이길 수 있는 규모가 아니었다.

「사제여, 안 된다. 그 힘을 개방하면 너는 죽을 수도 있다!」

파천신군은 본능적으로 유중혁이 무엇을 하려는지 깨달았다. 하지만 유중혁의 의지는 완강했다. 천천히 힘을 끌어올리는 전신에서 막대한 스파크가 튀었다.

상대가 안 될 것을 안다.

이길 수 없을 거라는 사실도 안다.

하지만 그건 늘 그랬다.

—초월형 3단계에 도달하면, 너는 성좌를 능멸할 힘을 얻을 수 있다.

스승이 남긴 말이 지금 유중혁이 믿을 유일한 위안이었다. 이번에는 편법으로 올라선 경지. 하지만 편법이라 해서 그 힘까지 거짓은 아니었다.

유중혁의 몸에서 눈부신 아우라가 터져나왔다. 섬연한 머리카락이 폭포처럼 쏟아졌고, 커다랗던 덩치는 좀 더 작지만 단단하고 날렵한 체구로 변했다. [파천검도]의 궁극을 실천할 수 있는, 완성형의 몸이었다. 뒤쪽에서 그 광경을 보던 유상아가 저도 모르게 입을 열었다.

"……유중혁 씨?"

유중혁이 천천히 뒤를 돌아보았다. 흑천마도에 의해 잘려나가는 긴 머리카락. 얼굴선이 바뀌었지만 분명 유중혁의 얼굴이었다. 아니, 그 어느 때보다 더 유중혁이었다. 유중혁의 시선이 아주 잠깐 김독자 얼굴에 머물렀다.

"데리고 도망쳐라."

고개를 돌린 유중혁이 다시 흑천마도 칼날을 정성껏 닦아냈다.

그런 그를 비웃는 듯한 성좌들이 다가오고 있었다. 오이디푸스 왕이 입을 열었다.

[어리석은 초월좌여. 이것이 성좌들 축제에 낀 대가다. 너는 이곳에서 죽는다.]

여전히 칼날을 닦으며 유중혁이 대답했다.

"그렇겠지. 하지만 너희 중 누군가도 죽을 거다."

[하하하, 소용없다! 어차피 화신체의 소멸은…….]

유중혁은 그 말을 듣지 않았다. 대신 유중혁은 김독자의 말을 떠올렸다.

이번 생을 포기하지 말라던 그 말.

"그리고 다음 생에는, 너희 중 절반이 죽을 것이다."

고요히 전장을 울리는 유중혁의 목소리. 짙은 어둠을 머금은 흑천마도와 함께 유중혁이 고개를 들었다.

성좌들이 처음으로 멈춰 섰다.

사납게 타오른 초월좌의 마력이 위협적으로 주변을 잠식해갔다.

"그다음 생에는, 너희 모두가 죽을 것이다."

하늘에 닿을 듯 거대해진 흑천마도가 울었다. 완전히 표정이 굳은 성좌들을 향해 유중혁이 말을 맺었다.

"너희는, 영원히 죽게 될 것이다."

5

[오만한 초월좌여, 무슨 헛소리를……!]

결전의 시작과 동시에 유중혁이 움직였다.

성좌들의 비웃음도, 압도적으로 불리한 전황도 지금 유중혁에게는 중요치 않았다. 그는 3회차에 돌입한 뒤 처음으로, 오직 눈앞의 적을 죽이는 데 모든 정신을 집중하고 있었다.

유중혁의 전신에서 흘러나오는 가공할 살기에 최전방의 위인급 성좌들이 긴장하며 물러났다. 하지만 대부분의 성좌는 여전히 유중혁을 얕보고 있었다.

아무리 초월좌라 해도 고작 인간. 수적으로 압도하는 상황에서 성좌들이 질 턱이 없었다.

그리고 그것이 '바나라의 장군'이 떠올린 마지막 생각이 되었다.

[전용 스킬, '거신화 Lv.6'를 발동합니다!]

찰나에 발동된 [거신화]가 성좌들과 유중혁 사이의 거리를 순식간에 좁혔다.

콰콰콰콰콰!

유성처럼 쏘아진 유중혁의 신형.

'바나라의 장군'이 황급히 거검巨劍을 들었을 때, 그의 머리통은 이미 흑천마도에 베여 허공을 날고 있었다.

[감히……!]

눈을 부릅뜬 '바나라의 장군'은 목이 잘린 상태로도 경악성을 내뱉었다. 유중혁은 그대로 흑천마도를 그어 날아가는 장군의 머리통을 쪼개버렸다.

방심이 낳은 어처구니없는 최후였다.

ㅊㅊㅊㅊ!

육체를 변화시키지 않은 채 근력만을 높인 [거신화]의 공능. 과도하게 집약된 마력이 유중혁의 모든 기혈을 녹이고 있었다. 초월형 3단계를 극한까지 발동한 결과였다. 이 상태로 운신할 수 있는 최대 시간은 십 분. 그 십 분에 유중혁은 모든 것을 걸었다.

"다음."

'바나라의 장군'의 죽음은 성좌들에게 커다란 충격을 안겨주었다.

성좌는 화신체가 죽는다고 해서 소멸하지 않는다. 그렇다고 화신체를 헛되이 잃어도 무방한 성좌는 없다. 화신체 소멸은 자칫하면 성좌의 격에 영구적인 손상을 줄 수 있기 때문이다.

모든 성좌가 경직된 찰나, 짧은 틈새를 이용해 유중혁은 두 번째 공격을 시도했다. 섬전처럼 움직인 흑천마도가 검은 궤적을 남기며 거대한 새의 날개를 베었다. '우레를 먹는 새'가 거센 울음을 토했다.

그제야 성좌들도 움직이기 시작했다.

[네놈!]

'인류의 시조'의 '원시의 창'이 유중혁을 노렸다. 보통의 화신이라면 단번에 가루가 되어버렸을 일격이었다.

콰가가가각!

그러나 유중혁은 그 일격을 받아냈다. 오른쪽 전완근이 파열되는 충격과, 상반신 전체를 짓누르는 거력. 입으로 피를 쏟아내면서도 유중혁은 집중력을 잃지 않았다.

[과도한 집중이 '특성'의 적용 범주를 확장시킵니다!]

[전용 특성, '유희의 지배자'가 발동합니다!]

무서운 집중력이 특성의 힘을 깨웠다. 다가오는 성좌들의 기척이 모두 데이터가 되어 유중혁의 뇌리에 흘러들었다. 그 순간 유중혁에게 이 세계는 게임이었다.

유중혁은 절제된 동작으로 공격을 피해내고, 마력을 사용해 반격했다.

[크아아아앗!]

흑천마도에 손가락이 베인 '인류의 시조'가 괴성을 질렀다. 빈틈을 파고든 유중혁의 발차기가 '인류의 시조'의 신형을 허공으로 띄웠다. 그리고 거의 동시에, 유중혁의 검이 천공을 가리켰다.

파천검도.

절기絕技.

파천유성결破天流星決.

땅에서 하늘로 솟구친 검강이, 벼락처럼 밤하늘을 내찔렀다. 먹구름 사이로 숨어버린 검강의 갈래가 천둥을 만들었고, 번쩍이는 밤하늘 속에서 쏟아진 검뢰劍雷가 운석처럼 성좌들에게 직격했다.

꽈르르르릉!

허공에서 떨어지는 수십 갈래 검뢰에 성좌들의 화신체가 꿰뚫렸다. 초월형 3단계의 모든 것을 담은 혼신의 일격이었다.

[크아아아아아!]

고통에 몸부림치는 성좌들을 보며 유중혁은 죽어가는 자신을 느꼈다. 3회차의 시간이 머릿속을 흘러갔다. 짧은 회차였다. 그럼에도 많은 일이 있었다.

[설화, '패왕의 이름을 계승한 자'가 울부짖습니다.]

그의 감정에 반응하듯, 칼끝에 깃든 설화들이 이야기를 시작했다.

마치 모든 설화 하나하나가 의지를 가진 것처럼.

대부분 혼자서 쌓은 설화는 아니었다.

[설화, '이적에 맞서는 자'가 이야기를 시작합니다.]

귀환자에게 맞선 설화.

[설화, '절망의 낙원'이 이야기를 시작합니다.]

버림받은 낙원을 지키고 얻은 설화.

[설화, '이계의 신격에 맞서 싸운 자'가 이야기를 시작합니다.]

이계의 신격과 맞선 설화.

[설화, '공단의 지배자'가 이야기를 시작합니다.]

평소라면 결코 하지 않을 짓을 하고 얻은 설화도 있었다. 지금 이 상황과는 관계없는 설화들이었다. 하지만 모두 누군가와 관계된 설화이고, 혼자서는 결코 얻을 수 없는 설화였다.

그 설화들이 동시에 이야기를 시작했다. 마치 여기서 이 이야기가 끝나기를 원치 않는 것처럼.

후두두둑.

쓰라린 통증과 함께 유중혁의 가슴팍에서 피가 쏟아졌다. 언제 다쳤는지조차 알 수 없는 상처들. 쓰러진 화신체 몇이 주변을 나뒹굴고 있었다. 그 모습을 보며, '지고한 빛의 신' 수르야가 말했다.

[대단하다. 이미 너는 '인간'이라 부를 수 없겠구나, 아이야.]

유중혁의 설화들이 환한 빛을 내뿜었다.

[설화, '재앙의 왕을 사냥한 자'가 포효합니다.]

유중혁은 초월좌다.

설화는 성좌들의 전유물이기에, 그것을 가졌다 하여 밤하늘의 별들과 동등한 격을 누릴 수는 없었다. 그럼에도 그 순간 유중혁의 몸에서 뿜어져나오는 설화의 빛은 그 자리에 있는 누구의 것보다 눈부셨다.

유중혁은 자신의 몸에서 흘러나오는 설화들을 바라보았다. 어떤 것은 알고 있지만 어떤 것은 낯설었다. 다시는 얻을 수 없을 것 같은 설화도 있었다.

[설화, '생과 사의 동료'가 이야기를 계속하고 싶어합니다.]

어느새 저만치 달아난 유상아와 일행들이 보였다. 이현성의 등에 업힌 김독자의 모습도 보였다. 유중혁은 손에서 미끄러지는 흑천마도를 꾹 쥐었다.

……죽을 수는 없다.

여기서, 고작 이런 곳에서 죽을 수는 없다.

덜덜 떨리는 그의 검이 마지막 힘을 다해 수르야를 가리켰다. 그 광경이 재미있다는 듯 수르야가 빙긋 웃었다.

[그러나 고작 인간의 설화.]

환한 빛을 산란하는 수르야의 뒤로, 수천 년에 걸친 설화들이 떠올랐다. 항거할 수 없는 격. 가공할 세월 앞에, 유중혁의 짧은 역사가 위태롭게 떨리고 있었다.

[어리석은 인간이, 신의 권좌가 드높음을 모르도다.]

모든 것을 녹여버릴 태양 빛이 유중혁을 향해 쏟아졌다.

⌘ ⌘ ⌘

성좌들에 의해 파괴되는 공단의 정경.

반항 한 번 하지 못하고 죽어나가는 화신들. 갑작스러운 재앙에 절망한 사람들의 얼굴이 클로즈업되어 패널 화면을 채운다. 그중에도 가장 눈에 띄는 것은, 한쪽 팔을 잃고 신체의 절반이 넝마가 된 후에도 싸움을 지속하는 한 사내의 모습이었다.

[성좌, '악마 같은 불의 심판자'가 대로합니다!]

[성좌, '가장 어두운 봄의 여왕'이 화신 '유중혁'을 안타까워합니다.]

[성좌, '긴고아의 죄수'가 비겁한 성좌들에게 손가락질합니다!]

[다수의 성좌가 전장의 성좌들을 향해 불만을 쏟아냅니다!]

성좌들의 간접 메시지가 쏟아졌고, 도깨비들 또한 그것을 듣고 있었다. 개중에는 이번 '마왕 선발전'을 담당하는 도깨비 비형도 있었다.

[이게 대체 뭐 하자는 겁니까?]

좀처럼 화를 내거나 흥분하지 않는 비형도, 이 순간만큼은 채널의 성좌들과 같은 마음이었다.

[2차전은 '유중혁-김독자 공단'의 승리입니다! 간발의 차이긴 했지만 고민할 필요도 없었다고요. 그런데 왜 승자 발표를 하지 않느냔 말입니다!]

2차전이 끝난 직후, 비형은 곧장 관리국 승인팀에 연락을 취했다. 하지만 돌아오는 것은 '준비 중'이라는 답변뿐. 결국 비형이 찾은 마지막 연줄은 차기 대도깨비 후보인 '바람'이었다.

치지직, 하는 소리와 함께 패널 화면 위로 바람의 얼굴이 떠올랐다.

[관리국의 결정일세.]

관리국의 결정. 마법 같은 말이었다.

이것도 '관리국의 결정'. 저것도 '관리국의 결정'.

[바람 님. 이건 '메인 시나리오'입니다.]

아무리 관리국이라도, 건드려선 안 될 것은 있다.

[관리국이 언제부터 메인 시나리오의 전개에 본격적으로 간섭했습니까? 그것도 '거대 설화'가 얽힌 시나리오에…… 이런 짓을 하면 어떤 일이 벌어지는지, 바람 님께서도 잘 아시지 않습니까?]

바람은 대답이 없었다.

[말씀해주십시오. 대체 누가 이런 짓을 벌인 겁니까? 윗분들 중 하나입니까?]

비형은 화면 속에 언뜻언뜻 비치는 독각을 일별했다. 분명 독각도 이 사태와 연관되어 있을 것이었다. 하지만 이번 일은 겨우 저런 상급 도깨비 한둘이 움직여서 조작할 수 있는 규모가 아니었다.

침묵하던 바람이 입을 열었다.

[……지금 '대도깨비'를 의심하는 건가?]

[그분들 말고 이런 짓을 벌일 이야기꾼이 있겠습니까?]

[비형, 정신 차리게. 그분들이 왜 이런 짓을 벌이겠는가?]

[거야 저도 모르죠. 뒷돈이라도 받아 드셨는지.]

바람이 인상을 찌푸렸다.

[대도깨비쯤 되면 그런 사사로운 이해에는 얽매이지 않네.]

[그럼 왜 이런 일이 벌어지는 겁니까? 바람 님께서는 뭔가 알고 계실 것 아닙니까.]

[비형.]

비형은 순간적으로 움찔했다. 바람의 목소리에 분노가 깃들고 있었다.

필시 엄한 나무람이 떨어질 것이라 생각했는데, 뜻밖에도 바람은 금방 표정을 풀었다. 마치 비형을 이해한다는 듯이.

화면 속 바람은 패널을 통해 '마왕 선발전'의 정경을 보고 있었다.

[그래, 어쩌면 자네 말대로 대도깨비 중 하나가 이런 '지연'을 만들어냈을지도 모르지.]

[그럼 역시…….]

[하지만 거기까지가 고작일세. 이 정도 규모의 시나리오에 개입한 후 닥쳐올 후폭풍은 설령 대도깨비라도 견뎌낼 수 없단 말일세.]

[그럼 누가 저런 짓을 한단 말입니까?]

순간, 굉음과 함께 관리국 천장이 흔들렸다. 거대한 용이 지나가는 듯한 소리. 개연성이 움직이는 소리였다.

비형의 표정이 딱딱하게 굳어졌다.

[설마…… 그런 말도 안 되는…….]

[이제 알겠는가?]

이만한 개연성을 움직일 수 있는 존재. 그런 존재는 스타 스트림에 하나뿐이다. 애초에 그것을 '존재'라 칭해도 좋을지 알 수 없지만.

쐐기를 꽂듯 바람이 말했다.

[스타 스트림의 의지가 이걸 원한 걸세.]

[말도 안 됩니다!]

[그것 말고는 설명할 방법이 없네.]

원망할 곳조차 앗아가는 듯한 그 말에, 비형은 멍하니 패널을 돌아보았다. 화면에 김독자 일행들이 비쳤다.

본래라면 승리에 들떠 있어야 할 이들이었다.

그러나 그들은 끔찍한 몰골로 바닥을 나뒹굴고 있었다.

무려 거대 성운 소속 성좌들과 대결. 처음부터 말이 안 되는 싸움이었는데도 일행들은 잘 싸웠다. 정당한 규칙에 따라 게임을 치렀고, 마침내 '거대 설화'를 내건 선발전에서 승리를 거두었다. 그러나 지금 그들은 단지 '승자 발표'가 이루어지지 않았다는 이유로 패자가 될 참이었다.

그저 스타 스트림이 이것을 원했기 때문에.

망연히 입술을 빼끔거리는 비형의 눈빛에, 원망 섞인 분노가 깃들었다.

[그럼…… '이야기꾼'이 대체 왜 존재하는 겁니까?]

도깨비가 된 이후 처음으로 비형은 압도적인 무력감을 느꼈다. 덜덜 떨리는 손끝에서 그가 매만지던 시나리오의 부속이 떨어졌다.

[저런 말도 안 되는 전개도 막지 못한다면…… 이 세계의 '이야기꾼'은 대체 무슨 가치가 있느냔 말입니다.]

[비형.]

슬픈 비형의 눈을 보며 바람이 천천히 말을 덧붙였다.

[이야기꾼도 이야기의 일부일 뿐일세.]

절망한 비형이 화면을 바라보았다.

눈부신 빛살 속에 조금씩 녹아내리는 유중혁의 모습.

이제 이 '이야기'는 이야기꾼의 손조차 떠나갔다.

그럼 이제 믿을 존재는 하나뿐이었다.

[다수의 성좌가 한 성좌를 바라봅니다.]

이현성 등에 업힌 채 흔들리는 한 사내의 모습. 화면 속 그 사내가 서서히 눈을 뜨고 있었다.

¤ ¤ ¤

[바앗! 바아앗! 바바바바밧!]

뺨이 아팠다.

[바아아아아앗!]

조금 많이 아팠다.

품속에서 뭔가 격렬하게 꿈틀대는 것이 느껴졌다.

격한 대지의 울림에 눈을 떴다. 반사적으로 고개를 들자 보이는 것은 눈부신 섬광의 산란. 하늘을 물들인 개연성의 스파크가 마계 곳곳에 벼락처럼 떨어지고 있었다.

"독자 씨?"

유상아의 목소리와 동시에 정신이 번쩍 들었다. 끊어졌던 전류가 다시 연결된 것처럼, 머릿속에 사고가 흐르기 시작했다. 곳곳에 너부러진 화신들이 보였다. 아무리 봐도 '신화의 전장' 무대는 아니었다.

쓰러진 화신은 모두 살아 있는 인간들. '우레를 먹는 새'에 의해 반쯤 부서진 공단이 보였다.

"성좌들이 왔습니까?"

뭔가 말하려던 유상아가 뺨에 묻은 피를 닦으며 고개를 끄덕였다.

"……네."

허공에 떠오른 시스템 메시지. 그리고 만신창이가 되어 있는 일행들.

"아직도 승자 발표가 안 됐군요."

바깥에서 사달이 났을 거라 예상은 했다. '도서관'에서 본 유중혁의 마지막 메시지도 그런 것이었으니까. 하지만 이렇게까지 상황이 심각할 줄은 몰랐다.

"큭……."

옆구리에 심한 상처를 입은 이현성이 비틀거렸다. 나는 재빨리 이현성 등에서 내려, '도깨비 보따리'에서 회복 아이템을 몇 가지 구입했다.

가장 부상이 심한 이현성과 유상아에게 '대환단'을 쪼개어 먹였고, 상처는 없지만 마력이 고갈된 신유승에게는 상급 마력 회복제를 다량 먹였다. 한명오와 파천신군, 장하영에게도 외상약을 주었다. 도합 40만 코인이 넘게 들었지만 그런 걸 따질 계제가 아니었다.

"아저씨……."

포션을 마신 신유승이 바위에 몸을 기댄 채 헐떡거리며 나를 올려다보았다. 나는 잠시 신유승을 바라보다가 말했다.

"일단 여기서 쉬고 있어. 그런데……."

먼 곳에서 성좌들이 만들어내는 굉음이 지축을 흔들었다. 얼핏 느껴지는 '격'으로도 십여 개체가 훌쩍 넘었다. 순간 불길한 예감이 들었다.

이만한 성좌들이 몰려왔는데, 일행들이 여기까지 도망칠 수 있었다고?

"유중혁은……."

누구도 대답은 없었다. 나는 폭음이 연달아 터지는 전장을 돌아보았다. 유중혁을 제외한 모두가 이곳에 있다.

그리고 누군가가 저곳에 남아 성좌들과 싸우고 있다.

['제4의 벽'이 희미하게 흔들립니다.]

"이 바보 같은 자식이……."

"아저씨! 안 돼요!"

달려나가려는 내 허리에 신유승이 매달렸다.

"죽어요, 아저씨. 저기 가면 죽는다고요."

언제나 올곧고 용감한 아이. 그런 아이의 눈에 공포가 깊이 스며 있었다. 버둥거리는 신유승을 떼어놓자 울음이 쏟아졌다. 전장의 포화 속에서, 울음은 먼지처럼 흩어졌다.

아마도 이 아이는 본 것이다.

인간이 결코 넘을 수 없을, 거대한 '설화'의 공포를.

"유승이를 부탁해."

나는 그나마 상태가 괜찮은 장하영에게 신유승을 맡긴 뒤 [바람의 길]을 발동했다. 뒤쪽에서 나를 부르는 소리가 들려왔지만 돌아볼 시간이 없었다.

쿠구구구구!

발걸음을 재촉할수록 전장의 중심에서 터져나오는 '격'의 압박이 강해졌다. 이제껏 겪어본 적 없는 무시무시한 마력의 폭풍.

저 중심에 분명 유중혁이 있었다.

「김독자는 생각했다. 방법이 있을까?」

머릿속에서 멸살법의 페이지가 넘어갔다.

「이건 안 돼.」

마력 폭풍의 간격이 점점 더 짧아졌다.

「그 방법도, 무리야.」

나는 입술을 꾹 깨물었다. 언젠가 이런 상황이 올 것을 대비하고는 있었다. 하지만 시기가 너무 빨랐고, 나는 너무 오래 잠들어 있었다.

이대로면 늦는다.

유중혁은 여전히 멀고, 바람은 내 편이 아니었다. '도깨비 보따리'에서 새로운 스킬을 구입한다 해도 활용 여부를 장담할 수 없었다.

나는 결단을 내렸다.

"300만 코인을 체력, 근력, 민첩, 마력에 모두 투자한다."

[당신의 모든 종합 능력치가 비정상적으로 성장합니다!]

[당신이 투자한 코인이 해당 시나리오의 능력치 제약을 넘어섰습니다.]

[충만한 개연성이 해당 시나리오의 능력치 제약을 일부분 해제합니다.]

[투자 코인 대비 능력치의 성장이 임의로 조정됩니다.]

엄청난 스파크가 전신에서 튀어 올랐다. 근육이 찢어지는 느낌과 키가 조금 자라는 듯한 느낌, 골밀도가 변하는 느낌이 동시에 찾아오며 일순간 끔찍한 통증이 덮쳤다.

"커헉……."

가성비가 좋지 않아 최후의 최후까지 미룬 일이지만, 지금은 이 방법밖에 없었다.

[당신의 정신이 화신체의 진화를 감당할 수 없습니다.]

[전용 스킬, '제4의 벽'이 발동합니다!]

[당신의 화신체가 새로운 단계로 진화하고 있습니다!]

초반 시나리오 이후로 종합 능력치는 전투에 큰 영향을 미치지 않는다. 설화나 성흔, 스킬 등의 영향력이 훨씬 크기 때문이다.

게다가 100레벨 이상으로 종합 능력치를 높이는 경우, 구간당 코인 증가 폭이 기하급수적으로 커져서 같은 양의 코인을 사용한다면 당연히 스킬을 구매하는 쪽이 이득이었다.

하지만 지금 같은 상황이라면 이야기가 다르다.

[당신의 모든 종합 능력치가 200레벨을 돌파했습니다!]

[당신의 화신체가 더 커다란 '격'을 감당할 수 있게 됐습니다.]

지금 내게 필요한 것은 강력한 스킬이 아니라 튼튼한 육신이니까.

[당신의 민첩이 공기 저항을 완화합니다.]

[당신의 마력이 막혀 있던 혈도를 개방합니다.]

엄청난 양의 코인이 고스란히 나의 화신체로 변모하고 있었다.

[당신의 근력이 폭발적인 변화를 일으킵니다!]

발걸음을 내딛는 폭도, 곁을 흘러가는 전경의 속도도 완연히 달라졌다.

"유중혁!"

물론 이런 돈지랄로도 성좌들을 능가하거나 초월좌를 넘어서는 건 무리였다. 하지만 잠시나마, 그들에게 맞설 정도의 육신은 가질 수 있을 것이다.

[상당수의 성좌가 당신의 화신체를 부러워합니다.]

엄청난 속도로 황야를 가로지르자 마침내 전장의 중심이 눈에 들어오기 시작했다. 그리고 그곳에서 죽어가는 한 사내의 모습이 보였다.

"멍청아! 뭐 하는 거야!"

이글거리는 빛을 발산하는 수르야 앞에서 유중혁이 죽어가고 있었다. 왼쪽 팔은 어디로 갔는지 보이지 않고, 새카맣게 타버린 전신에서 김이 솟아오르고 있었다.

그럼에도 유중혁은 흑천마도를 움켜쥔 채 한 발짝도 움직이지 않았다. 유중혁은 천천히 고개를 들어 나를 돌아보았다. 입술을 뗄 힘도 남지 않은 듯, 목소리는 들리지 않았다.

['제4의 벽'이 크게 흔들립니다.]

양산형 제작자의 말이 떠올랐다. 성좌들 또한 이 거대한 이야기의 일부일 뿐이라고. 그들 역시 너무나 외롭고 고독해서 이런 짓을 벌이는 것이라고.

……개소리.

[물러서라!]

'원시의 창'을 휘두르는 마누가 내 앞을 막아섰다.

[전용 스킬, '전인화 Lv.12(+2)'가 활성화됐습니다!]

백청의 전격이 주먹 끝에서 폭발하자 전장이 푸른 빛으로 물들었다.

[크아아앗!]

당황한 성좌들이 튕겨나가는 마누를 뒤쪽에서 부축하며 격을 발산했다. 폭포처럼 쏟아진 성좌들의 마력이 해일처럼 내게 밀려들었다.

콰지지지직!

강화된 신체가 성좌들의 광폭한 마력을 견뎌냈다. 주먹의 살갗이 갈라지고 터진 살점에서 피가 흘러나왔지만 그래도 견딜 만했다. 먼지가 가라앉은 자리에 성좌들이 눈을 부릅뜨고 있었다. 내가 이 정도 힘을 가졌을 줄은 몰랐는지 경악한 기색들이었다.

[막아라!]

달려드는 성좌들을 향해 백청의 강기를 날렸다. 순식간에 등허리와 허벅지에 찰과상이 생겼고 옆구리에는 긴 자상이 남았다.

"유중혁!"

내 외침이 제대로 닿지 않았다. 무릎을 꿇은 유중혁의 생명은 이제 경각을 다퉜다. 한 줌의 마력도 느껴지지 않는 상황.

유중혁이 죽는다.

나는 숨을 힘껏 들이마신 뒤, 내가 외칠 수 있는 가장 커다란 진언을 발했다.

[아스모데우스!]

사자후처럼 터진 진언에 성좌들이 귀를 막았다. 격에 밀려난 위인급 성좌들은 인상을 찌푸렸다. 나는 다시 한번 외쳤다.

[네놈도 '마왕'이라면 약속을 지켜라!]

상황이 이렇게 됐으니 큰 기대는 하지 않는다. 약삭빠른 녀석이라면 지금 내 편을 드는 게 얼마나 위험한 일인지 알 테니까.

하지만, 그 '아스모데우스'라면.

기다렸다는 듯이 하늘에서 섬광이 번뜩였다. 새카만 폭풍이 몰아치며 무언가 강림하기 시작했다.

[마왕, '정욕과 격노의 마신'이 마계에 현신합니다!]

엄청난 개연성이 흘러 들어가며, 어마어마한 존재가 내 눈앞에 화신으로 현현하고 있었다.

어둠 속에서, 새카만 아우라를 풍기는 작은 여자아이가 고개를 들었다. 초월형을 각성한 유중혁마저 단숨에 제압한 마계의 왕. 훗날 이 세계 최대 최악의 단체인 '종말의 구도자'의 수좌로 거듭날 존재.

[마, 마왕이다!]

32번째 마계의 왕, 아스모데우스가 날뛰기 시작했다.

[아하하하하하하핫!]

웃음소리와 함께, 거대한 갈퀴가 마왕의 손끝에서 자라났다. 아스모데우스의 성흔인 '핏빛 손아귀'가 공간 전체를 긁으며 성좌들을 찢어댔다.

[크아아아아악! 미친 마왕 놈이!]

[이게 대체 무슨 짓이냐!]

성좌들이 놀라 그쪽으로 시선을 돌리는 순간, 나는 [바람의 길]을 발동해 유중혁을 낚아챘다.

[쫓아라!]

뿔난 성좌들이 거리를 좁히며 달려왔지만, 강화된 내 화신체가 녀석들보다 조금 더 빨랐다. 나는 유중혁을 어깨에 들쳐 멘 채 온 힘을 다해 달렸다.

"정신 차려라, 제발."

유중혁은 호흡이 미약했다.

평소보다 가벼워진 몸무게.

얼마나 심한 고통을 겪었는지 골격까지 뒤틀린 것 같았다. 점점 희미해지는 녀석의 심장 소리를 들으며, 나는 발악하듯 외쳤다.

"야, 장난치지 마! 기사회생 발동할 수 있잖아! 뭐라도 해보라고!"

그러나 유중혁은 움직이지 않았다.

나는 달리면서 비유를 불러 또다시 '대환단' 몇 알을 구매했다. 왼손으로 녀석의 육신을 지탱한 채, 오른손으로 입 속에 환단을 흘려 넣었다. 차도는 보이지 않았다. 지금 놈에게는 그걸 삼킬 힘조차 남지 않은 것이다.

서서히 멀어지는 숨소리. 발끝이 부스러지며 녀석의 몸이 사라지기 시작했다. 나는 [바람의 길]을 이용해 그 부스러기들이 빠져나가지 않게 감쌌다. 그러나 녀석의 심장 어귀에서 희미한 빛이 떠오르는 것까지 막을 수는 없었다.

나는 그게 무슨 현상인지 잘 알고 있었다. 이 장면을 몇백 번이나 보았기에 모를 수가 없었다.

「유중혁은 생각했다.」

"생각하지 마."

「이번 생은 여기까지라고.」

"빌어먹을! 생각하지 말라고!"

유중혁 뺨에서 설화가 떨어져나왔다. 나는 허겁지겁 그 설화를 수습해 도로 뺨에 붙이며 허공을 향해 외쳤다.

"제기랄! 회귀시키지 마! 이 자식 좀 가만히 놔두란 말이야!"

[화신 '유중혁'의 배후성이 당신을 바라봅니다.]

"아직 살아날 수 있어! 이번 회차 안 끝났어! 이놈 다시 싸울 수 있다고! 내가 살릴 수 있단 말이다!"

유중혁의 배후성은 말이 없었다. 녀석이 하는 일은 언제나 같았다. 죽음 속에서 고통받는 유중혁을 지켜보고, 무참히 망가진 녀석의 영혼을 다시 과거의 세계선에 욱여넣는 것.

[성흔, '회귀 Lv.3'가 발동합니다!]

잔혹하다. 정말 이렇게 끝나는 건가?

내가 어떻게 여기까지 왔는데. 유중혁이 여기서 죽는다고?

한 줄의 메시지가 떠오른 것은 그때였다.

[화신 '유중혁'이 자신의 배후성을 바라봅니다.]

"……유중혁?"

형체를 알아볼 수 없을 정도로 넝마가 된 유중혁이, 피 칠갑을 한 눈으로 자신의 배후성을 보고 있었다.

사라지던 녀석의 육체가 스파크 속에서 빛을 발하기 시작했다.

[화신 '유중혁'이 자신의 배후성에게 저항합니다.]

[화신 '유중혁'의 모든 설화가 죽음에 저항합니다.]

그리고 내가 본 어떤 회차에서도 없던 일이 벌어졌다.

[화신 '유중혁'이 회귀를 거부합니다.]

6

파르르 떨리는 유중혁의 전신.

「……**죽을 수 없다.**」
「**결코 여기선 죽지 않는다.**」

필사적인 유중혁의 의지가 [전지적 독자 시점]을 통해 전해졌다.

"야, 너……."

그 유중혁이 '회귀'를 거부했다.

[화신 '유중혁'의 배후성이 자신의 화신을 바라봅니다.]

처음 벌어진 사태 앞에서 유중혁의 배후성은 침묵했다.

알 수 없는 침묵이었다.

화를 내는 것 같기도 했고, 슬퍼하는 것 같기도 했다. 혹은 아무런 반응을 보이지 않는 것 같기도 했다. 그리고 얼마 지나지 않아 유중혁을 바라보던 시선은 씻은 듯 사라졌다.

[성흔, '회귀 Lv.3'의 발동이 취소됩니다.]

마치 할 수 있으면 해보라는 것처럼.

성흔의 빛이 사라지자 유중혁은 다시 축 늘어졌다. 간신히 떴던 눈은 감았지만, 입을 천천히 우물거리고 있었다. 필생의 의지가 느껴졌다. 어떻게든 살아남고야 말겠다는, 유중혁 특유의 집념.

머릿속으로 녀석의 생각이 들려왔다.

「더 잘게 부숴라. 내가 먹을 수 있게.」

나는 울컥하는 마음을 내리누른 채 대환단을 한 알 꺼내 가루를 낸 뒤 녀석의 입에 털어 넣어주었다. 무너지던 녀석의 설화가 서서히 붕괴를 멈추고 있었다.

"……멀쩡하네."

유중혁은 이번 회차에 자신의 모든 것을 걸었다.

몇 번이고 실패해도 괜찮았을 회귀자 녀석이, 그 모든 기회를 버리고 이 세계에 남기로 했다.

의식을 잃었는지 유중혁은 말이 없었다.

그 대신 유중혁의 몸을 감싼 설화가 환하게 빛났다.

[설화, '생과 사의 동료'가 이야기를 지속합니다.]

생과 사의 동료. 원작의 유중혁에게는 없던 설화였다.

「"유중혁과 무슨 관계지?"

"생사를 따로 한 동료입니다."」

충무로역에서였던가.

분명 공필두와 그런 대화를 나눈 적이 있다.

헛웃음이 나왔다.

빌어먹게도, 이제는 정말로 같이 살거나 같이 죽겠구나.

흔들리는 유중혁을 꽉 움켜쥔 채 달렸다.

멀리서 뭐라고 소리치는 일행들이 보이기 시작했다.

쿠구구구구!

뒤쪽에서 뜨거운 열기가 느껴졌다. 바람을 가르는 맹렬한 파공성과 함께, 불덩이들이 머리 위를 아슬아슬하게 스쳤다. 성좌들이 어느새 바로 뒤까지 추격해왔다.

[다른 마왕을 부르다니! 네놈이 무슨 일을 벌였는지 알고 있느냐?]

성좌들이 가공할 기세를 내뿜으며 노호를 토해냈다.

[바보 같은 놈. 이제 73번째 마계는 멸망할 것이다!]

나는 녀석들에게 대거리하는 대신 전방의 이현성을 향해 소리쳤다.

"이현성 씨!"

유중혁의 몸이 허공을 날았고, 달려온 이현성이 유중혁을 받았다. 나는 거의 동시에 허리를 틀며, 반사적으로 주먹을 내질렀다.

꽈아아아앙!

달려오던 성좌 하나가 나와 충돌하며 비명을 질렀다.

[전인화]의 전격이 '전갈의 여신'의 꼬리와 부딪쳤고, 이어서 휘두른 '부러지지 않는 신념'이 '우레를 먹는 새'의 전격을 받아냈다. 힘을 흡수한 '신념의 칼날'이 폭발할 것처럼 환하게 빛났다.

나는 올라오는 울혈을 참으며, 받아낸 전격을 [전인화]의 힘으로 밀어냈다.

콰드드드드!

쫓아온 성좌는 총 일곱. 혼자서는 감당할 수 없는 숫자였다.

더 큰 문제는 먹구름이 짙어지고 있다는 것이었다.

불길한 전조처럼 몰려든 암운暗雲에, 73번째 마계를 비추던 별들이 하나둘 자취를 감추었다. 사실 지금까지 '아스모데우스'를 부르지 않은 이유는 이것 때문이었다.

하늘에서 새카만 전격이 연달아 내리꽂혔고, 기겁한 성좌들이 펄쩍 뛰며 물러났다.

허공에 튀는 스파크와 함께, 개연성을 얻은 마왕들이 강림하고 있었다.

아스모데우스가 이곳에 현신한 이상 다른 마왕도 거리낄 것이 없었다.

그리고 불행하게도 그 마왕들은 내 편이 아니었다.

[마왕, '불화의 조성자'가 마계에 현신합니다!]

[마왕, '시체를 철학하는 군주'가 마계에 현신합니다!]

화신체 소환만으로도 다른 성좌를 능가하는 격이 느껴졌다.

이제 나를 도와줄 존재는 없다.

['73번째 마계'가 당신의 설화에 반응하고 있습니다.]

믿을 것은 내가 쌓아온 이야기뿐이었다.

"모두 뒤로 물러나요! 제가 시간을 끌 동안 최대한 체력을 비축하세요!"

일행 중 하나가 기행을 벌인 것은 그때였다.

두두두두두두!

굉음과 함께 내 곁을 스쳐 가는 인영.

"부장님? 무슨……."

[외발 준족]을 발동한 한명오가 엄청난 속도로 어딘가를 향

해 달려갔다. 정확히 내가 도망쳤던 방향으로.

마왕 아스모데우스가 있던 쪽이었다.

¤ ¤ ¤

[아하하하하하핫!]

마왕 아스모데우스는 즐거워 보였다.

화신체 곳곳에 빛의 화살이 박히고, 찢어진 팔에서 피가 철철 흐르는데도 소녀의 얼굴에 떠오른 것은 오직 쾌락과 환희의 감정뿐이었다.

[즐거워! 즐겁구나!]

미친 듯이 휘두르는 '핏빛 손아귀'에 다수의 성좌가 화신체를 잃었다. 하지만 여전히 남은 성좌는 많았다.

마왕은 기본적으로 설화급 성좌와 동등한 격을 가진 존재. 평범한 성좌들이 상대라면 모르겠으나, 무려 '로카팔라' 중 하나인 수르야가 있는 지금 아스모데우스에게 승산은 없었다.

의아한 목소리로 수르야가 입을 열었다.

[이유가 궁금하구나, 격노와 정욕의 마신이여.]

먼 곳에서 커다란 북이 터지는 듯한 소리가 들렸다. '구원의 마왕'을 쫓아간 성좌들이 마지막 결전을 치르는 모양이었다.

수르야는 이해할 수 없었다. 저 인간들은 왜 아직도 저항하는가. 그리고 이 마왕은 왜 그런 인간들의 편을 드는가.

살짝 지쳤는지 숨을 몰아쉬던 아스모데우스가 웃었다. 수르야가 왼손을 들어 올리자 성좌들의 공격이 멎었다.

[아스모데우스, 어째서 하찮은 인간들 편을 드는 것이냐?]

[편이라…… 난 누구 편을 드는 게 아니야.]

아스모데우스가 히죽 웃더니 핏빛 손아귀에 묻은 혈흔을 핥으며 말했다.

[그냥 재미있을 것 같으니 저질러보는 것뿐.]

[……재미?]

[너는 몰라. '구원의 마왕'이 가진 설화가 어떤 건지 말이야.]

[나도 보았다. 흔한 설화였지.]

그 말에 아스모데우스가 대소했다.

[하하하핫! 수르야! 그렇게 빛을 뿜어대더니 드디어 눈도 멀어버린 모양이네. 내가 전에도 얘기했을 텐데. 설화를 오래 누리고 싶다면 시력 관리 잘 하라고.]

[……그 아이가 신성新星 중 괜찮은 편이라는 건 인정한다. 하지만 스타 스트림 전체로 따지면 평범한 수준일 뿐이야. 아직 신화급 설화 하나 가지지 못한 녀석이다.]

인상을 찌푸린 수르야의 전신에서 격이 퍼져나오기 시작했다. 아스모데우스는 여전히 웃고 있었다.

[신화급 설화라…… 그렇게 오랜 세월을 살았으면서 아직도 그딴 급수로 설화를 평가하는 거야?]

[인간의 역사일 뿐이다. 평가조차 필요하지 않지.]

[모든 설화는 결국 그 '역사'에서 출발하는 법이라고.]

[……아스모데우스. 미식협 놈들과 놀아나더니 말만 번지

르르해졌구나. 그래서 나를 계속 막을 셈인가? 너는 결국 화신체를 잃고 자멸할 것이다.]

[뭐, 그렇게 되겠지. 그렇기는 한데…….]

한 걸음씩 포위망을 좁히는 성좌들을 보며 아스모데우스가 말을 이었다.

[수르야, 너는 왜 '구원의 마왕'에게 집착하는 거지?]

[……집착? 무슨 헛소리냐?]

[정확히는 너뿐 아니라 너희 성운 전체가 그러던데. 아닌가?]

[눈이 먼 건 너인 것 같군.]

[고작 인간의 역사니 뭐니 잘도 지껄여대면서, 너희 〈베다〉는 '구원의 마왕'을 포섭하려 했지. 심지어 그게 실패했다는 이유로, 옹졸하게 녀석을 죽이려 하고 있고. 거대 성운답지 않은 짓이야.]

[…….]

[이쯤 되면 내가 묻고 싶어. 대체 왜 그러는 거냐?]

수르야는 잠시 말이 없었다. 얼굴에 미묘한 감정이 번지고 있었다. 그러자 그 감정을 감추려는 듯 황급히 오른손을 쳐들었다. 성좌들에게 공격 신호를 내리기 위함이었다. 그 순간, 아스모데우스가 말했다.

[잠깐만, 아하하…… 하하하핫. 그렇구나. 수르야…….]

[…….]

[너…… 미식협에서 있었던 일을 들은 거야.]

높이 치켜든 수르야의 손이 멈칫했다.

['구원의 마왕'은 '마지막 시나리오'를 추구하는 존재. 그래서 너는 그를 싫어하는 거야. 그렇지?]

파르르 떨리는 손가락이 수르야의 동요를 대변하고 있었다. 그 동요를 비웃듯 아스모데우스가 덧붙였다.

[왜냐하면, 수르야 너는 '끝의 자격'을 얻지 못했으니까.]

섬전 같은 빛의 창이 아스모데우스의 몸을 꿰뚫었다. 짙은 조소를 머금은 아스모데우스의 입술이 비죽였고, 빛의 창은 쉴 새 없이 전신에 꽂혔다.

후두둑 떨어지는 핏방울. 급하게 구현한 화신체는 평소보다 훨씬 연약했다. 아스모데우스는 찢어진 뱃가죽 사이로 흘러나오려는 내장을 틀어막았다.

[……인간의 몸은 정말 불편하다니까.]

다가오는 성좌들을 일별한 아스모데우스가 하늘을 올려다보았다.

새카만 먹구름 사이로 도드라지는 별들의 모습. 하늘의 빛과 어둠이 세를 겨루고 있었다. 73번째 마계를 둘러싸고, 그동안 숨죽이던 강자들이 움직이기 시작한 것이다.

마왕 아스모데우스조차 저런 광경을 보는 것은 오랜만이었다.

오늘, 이 마계에는 엄청난 일이 벌어질 것이다.

수르야의 빛의 창이 움직였고, 성좌들이 아스모데우스를 향해 마력을 쏟아냈다. 그렇게 아스모데우스의 화신체가 소멸하려는 바로 그 순간, 어디선가 밀려온 뿌연 먼지구름이 성좌들의 시야를 가렸다.

성좌들이 잠시 당황하는 사이에 누군가가 아스모데우스의 작은 몸을 낚아챘다. 아스모데우스조차 이번만큼은 놀랐다. 그토록 오랜 세월을 살았지만 한 번도 누군가에게 구해진 적은 없었다.

[너는……?]

헐떡거리는 한명오가 그를 안은 채 달렸다. 성좌들의 공격을 받은 한명오는 한쪽 귀와 왼팔 일부가 사라져 있었다.

아스모데우스가 멍한 얼굴로 중얼거렸다.

[어째서…….]

이자가 누구인지는 알고 있다. 하지만 이자가 왜 이곳에 왔는지는 이해할 수 없었다. 아무리 권속이라 해도, 이렇게 자신에게 충성할 이유는…….

꾸욱.

한명오가 아무 대답도 없이 아스모데우스를 강하게 끌어안았다.

권속에게서 느껴지는 맹목적이고 커다란 마음. 그 감정은 자신을 향한 감정이 아니었다.

한명오 품에 안긴 아스모데우스가 아득한 미소를 지었다.

[정말, 이번 시나리오는 재미있다니까…….]

⌑ ⌑ ⌑

"……미안합니다, 여러분. 함께해주셔야 할 것 같습니다."

김독자가 그렇게 말했을 때, 가장 먼저 일어선 이는 장구류 손질을 끝낸 이현성이었다.

"준비 끝났습니다."

유상아와 파천신군이 뒤를 이었고, 겁에 질린 신유승은 주먹을 불끈 쥐었다. 기니피그처럼 변한 오수가 작게 짖었다.

초라한 전력이지만 모두 굳은 결의였다. 성좌들의 격 앞에서 인간들은 물러서지 않았다.

[끝까지 어리석은 놈들이구나.]

폭음과 함께 전투가 시작되었다.

한 방을 맞으면 뼈가 부러졌고, 두 방을 맞으면 치명상을 입었으며, 세 방을 맞으면 목숨을 장담할 수 없었다.

마왕들이 나타나면서 전세는 더욱 혼란해졌다. 마왕에게 당한 일행들이 줄 끊어진 연처럼 허공을 날았다.

"크허헉!"

제일 먼저 이현성이 주저앉았고.

갸아아아악!

키메라 드래곤이 비명을 지르며 날개를 꺾었다. 그리고 장하영은 주저앉아 그 모든 것을 보고 있었다.

"아, 아아. 아……."

압도적인 무력감에 장하영은 몸을 가누지 못했다. 장하영이 배운 [파천검도]는 하늘을 부수기에는 너무나 약했다. 벽을 통해 배운 절기는 지고한 별들을 상대하기에는 역부족이었다.

마왕에게 얻어맞은 배를 붙잡은 채 장하영은 최전방에서 맞서 싸우는 김독자를 보았다.

콰드드드드!

그토록 만나고 싶던 '구원의 마왕'이 싸우고 있었다. 옆구리가 터지고 오른쪽 팔이 부러지는 부상을 당하면서도.

함께 싸우고 싶었다.

하늘의 별들만이 무심하게 빛났다. 저토록 많은 별이 있음에도, 어째서 그들을 돕는 별은 단 하나도 없는 걸까.

[전용 스킬, '정체불명의 벽'을 발동합니다!]

사실 이미 몇 번이나 해본 일이었다.

김독자가 말해준 수식언들에 몇 번이고 메시지를 보냈지만 답장은 없었다. 그럼에도 장하영은 답 없는 기도를 하듯 성좌들을 찾았다.

제발, 제발 단 한 명이라도 좋으니.

['정체불명의 벽'이 묻습니다. '정말로 돕고 싶은 거냐?']

열은 진동과 함께, 벽이 묻고 있었다.

['정체불명의 벽'이 묻습니다. '정말 돕고 싶은 거냐고.']

고개를 끄덕인다. 돕고 싶다고. 무슨 대가를 감수해도 좋으니, 제발.

그러자 다음 순간, 장하영의 눈앞에 무수한 메시지가 떠올랐다.

—저, 안녕하세요. 혹시 '김독자'라고 아시나요? 그 녀석이 성좌님을 찾는데…….

—안녕하세요 성좌님. 다름이 아니라, 부탁드릴 게 하나 있어서…… 혹시 '김독자'라고…….

—성좌님, 제발 도와주세요. 김독자가 위험해요.

—제발, 도와주세요. 제발…….

(…)

장하영은 멍한 얼굴로 수백 개의 메시지를 읽었다.

모두 자신이 보낸 메시지였다.

[현재 발신 대기 중인 메시지가 124통 있습니다.]

정확히는, 보냈다고 믿은 메시지였다.

"왜, 왜……?"

서서히 소름이 돋는다.

그 많은 성좌들에게서 답장이 오지 않은 이유.

['정체불명의 벽'이 말합니다. '보내지 말라고 했으니까.']

"누가?"

['정체불명의 벽'이 말합니다. '나보다 더 높은 격을 가진 존재.']

그게 누구인지는 알 수 없었다. 다만 장하영은 지금 자신이 뭘 해야 하는지는 알 수 있었다.

"보내줘. 지금 당장! 다 보내라고!"

[정체불명의 벽]은 잠시 말이 없었다.

['정체불명의 벽'이 한숨을 쉬며 말합니다. '후회하지 마라.']

그리고 다음 순간, 머리가 터질 듯한 통증이 뇌리를 덮었다.

[124통의 메시지를 발송했습니다.]

댐 안에 저수되어 있던 막대한 양의 물이 방류되듯, 수많은 메시지가 장하영에게서 풀려나 천공을 날았다. 그리고 시간이 흘렀다. 일 분, 이 분…… 장하영은 희망의 끈을 놓지 않고 하늘을 바라보았다.

[성좌, '외눈 미륵'이 채널에 입장했습니다.]

그리고, 누군가가 응답했다.
유성우의 폭격처럼, 쉴 새 없이 울려 퍼지는 채널 입장음.

[성좌, '성급한 늪의 포식자'가 채널에 입장했습니다.]

[성좌, '서애일필'이 채널에 입장했습니다.]

[성좌, '조선제일술사'가 채널에 입장했습니다.]

[성좌, '고려제일검'이 채널에 입장했습니다.]

[작은 행성의 작은 성좌가 채널에 입장했습니다.]

일그러진 하늘의 균형이 변하는 것을 보며, 장하영은 환희와 절망 속에 그 모든 메시지를 들었다.

[성좌, '은밀한 모략가'가 채널에 입장했습니다.]

7

하늘에서 몰아치는 성좌들의 입장음에 나는 고개를 들었다.

[당신에게 호의를 품은 성좌들이 당신을 바라보고 있습니다.]

모두 한 번씩은 내 편을 들어준 성좌들이었다.

[성좌, '서애일필'이 당신을 바라봅니다.]

[성좌, '조선제일술사'가 당신을 바라봅니다.]

지구의 성좌도 있었고.

[성좌, '고려제일검'이 당신을 바라봅니다.]

한동안 연락이 되지 않던 척준경도 있었다.
하지만 가장 반가운 존재는 따로 있었다.

[성좌, '은밀한 모략가'가 당신을 바라봅니다.]

은밀한 모략가. 녀석이 정확히 누구인지는 모른다. 내가 아는 것은 녀석이 호의를 갖고 내 시나리오를 꿋꿋이 지켜봐주었다는 사실뿐.

[성좌, '악마 같은 불의 심판자'가 양손을 조심스레 모읍니다.]
[성좌, '긴고아의 죄수'가 힘내라며 주먹을 불끈 쥡니다.]
[성좌, '심연의 흑염룡'이 툴툴대며 당신을 바라봅니다.]

이걸로 나와 함께한 초기 성좌 네 명이 모두 모였다.

['73번째 마계'에 당신의 설화가 만들어지고 있습니다.]

충만하게 쏟아지는 시선 속에, 나는 모든 이야기의 처음으로 돌아간 느낌이 들었다. 수르야가 말했다.
[아이야. 네 기대는 잘 알겠지만, 성좌들은 돕지 않을 것이다. 별들은 영리하기에 결코 미련한 선택은 하지 않는다.]
나는 간신히 서 있는 동료들의 모습을 보았다. 그들은 쓰러

진 유중혁을 중심으로 방진을 치고 있었다.

수르야가 웃었다.

[그들 중 누구도 성운의 적의를 사고 싶지는 않을 테니…….]

말이 떨어지기 무섭게 수르야와 나 사이에 지진이 일어났다. 땅은 순식간에 습기를 머금더니 이내 눅눅하고 끈적한 늪으로 변했다.

츠츠츠츠…….

한 걸음이라도 내디디면 빨려들 것만 같은 늪에서, 누군가가 깨어나고 있었다. 나는 그게 누구인지 곧바로 알아차렸다.

[성좌, '성급한 늪의 포식자'가 마계에 현현합니다!]

'성급한 늪의 포식자'. 나와 미식협에서 다툰 성좌였다. 나한테 당해 빚더미에 앉은, 그래서 집행부에 끌려간 녀석.

그오오오오오!

30미터를 훌쩍 넘는 체고의 도마뱀. 늪에서 깨어난 태고의 도마뱀이 전율적인 포효를 터뜨렸다.

'성급한 늪의 포식자'를 알아본 파천신군이 내 곁으로 붙어서며 으르렁거렸다. 하지만 내 생각이 맞는다면, 이번에 녀석은 우리의 적이 아니었다. 나는 씩 웃으며 물었다.

"빚을 갚으러 오신 겁니까?"

언젠가 '양산형 제작자'는 내게 조언했었다.

적을 너무 많이 만들지 말라고.

[……그깟 몇 푼쯤 네가 도와주지 않아도 갚을 수 있었다.]

홱 고개를 돌린 도마뱀의 거대한 아가리가 성좌들을 향해 위협적인 적의를 드러냈다.

[나는 저 녀석들을 별로 좋아하지 않는다. 그래서 온 것뿐이다!]

짧은 말을 마친 거대 도마뱀이 성좌들을 향해 돌진했다. 굉음을 내며 달려든 괴물에 성좌들이 소리를 지르며 물러났다.

'성급한 늪의 포식자'는 저래 봬도 설화급 성좌.

적일 때는 그토록 무섭던 존재가 같은 편이 되니 이렇게 든든할 수 없었다. 분노한 수르야가 일갈을 내질렀다.

[미식협의 졸개여. 성운이 두렵지 않은가?]

[성운? 하하하핫! 미식협이 언제 그런 것 따위에 신경을 썼던가!]

미식협의 성좌 중 상당수는 스타 스트림의 이단아다.

소속된 성운이 있든 없든, 그런 데 아랑곳하지 않고 자기 의지를 관철하는 존재. 소속 성운이 없는 '성급한 늪의 포식자'는 그런 미식협의 성좌 중에서도 유독 자유분방한 편이었다.

[그아아아앗!]

거대 도마뱀이 꼬리를 휘두르자 지표면이 갈라지고 거대한 파편들이 튀어 올랐다. '우레를 먹는 새'와 '나일강의 괴조'가 그에 맞서 달려들었다. 거대 괴수들이 육탄전을 벌이자 주변은 순식간에 아수라장이 되었다. 그 아수라장의 중심에서, 하늘로 떠오른 수르야가 나를 내려다보고 있었다.

[쓰레기 하나가 끼었다고 결과는 달라지지 않는다.]

수르야의 빛살이 나를 향해 쇄도했다. [전인화]에 [바람의 길]까지 사용했음에도 피하기 쉽지 않은 속도였다. 지고한 로카팔라의 격에 내가 맞설 수 있을 리 없지만, 그래도 순순히 죽어줄 수는 없었다.

츠ㅇㅇㅇ읏!

살갗이 찢기며 뼈가 드러났다. 통증이 엄습하는 와중에도 어떻게든 시간을 벌기 위해 애썼다. 내 신경은 허공의 시스템 메시지에 집중되어 있었다.

[곧 2차전의 승자가 발표됩니다.]

어차피 게임의 승자는 이쪽. 아무리 강력한 존재가 시나리오를 지연시키더라도 한계가 있는 법이다. 즉 시간만 벌면 이 승부는 우리가 이길 수밖에 없다.

[아이야, 뜻대로는 되지 않을 것이다.]

아까보다 훨씬 많은 양의 개연성이 움직이는 것이 느껴졌다. 본래 이 시나리오에 허락되어 있던 개연성이 아니었다. 〈베다〉에서 제공하는 개연성이 움직이는 것이다.

하늘의 천칭이 뒤바뀌듯, 개연성의 저울이 기울고 있었다.

[〈베다〉의 뜻이 이곳에 임하리라.]

수르야 뒤쪽으로 환한 태양이 강림하고 있었다. 온몸이 녹아버릴 것처럼 땀이 흘러내렸다. 하나, 둘, 셋, 넷…… 하나하나가 지상을 불태워버리기에 족한 광원光源들. 쳐다보는 것만으로 눈이 멀어버릴 듯한 격에 나는 차마 수르야를 보지 못하고 이글거리는 놈의 그림자에 집중했다.

[설화, '열두 태양의 왕'이 빛을 발합니다.]

그는 〈베다〉의 수르야. 열두 태양신을 통합한 태양의 왕이다.

[이제 격의 차이를 알겠느냐?]

탈진한 일행들이 곳곳에서 쓰러진 채 신음을 흘렸다.

"아으, 으으으……."

그아아아아!

'성급한 늪의 포식자'가 고통스러운 듯 몸부림 쳤고, 전투를 치르던 다른 성좌들도 수르야를 경외심 어린 눈으로 올려다보고 있었다.

수르야는 지금도 강력하지만 〈베다〉의 '멸망 시나리오'가 끝나면 더욱 강력해지는 성좌. 훗날 태양신 사비트리와 비바스바트의 힘을 모두 흡수한 수르야는, 멸살법 265회차의 지구를 불지옥으로 만드는 괴물이 된다.

하지만 적이 아무리 강해도 발악은 해봐야 했다.

[성흔, '칼의 노래 Lv.3'를 발동합니다!]

[충무공이 남긴 소절이 당신의 검에 무작위로 깃듭니다.]

「야밤에 신인께서 꿈에 나타나 말씀하시길 "이렇게 하면 크게 이길 것이요, 저렇게 하면 패할 것이니라"라고 하셨다.」

언젠가 레서 드래곤을 상대할 때 들은 적 있는 구절이었다.

[위인급 성좌의 성흔인가. 하찮은 재주를 쓰는구나.]

스킬 덕분인지 선글라스를 낀 것처럼 광원을 정면으로 볼 수 있게 되었다. 내가 기억하기로 이 구절은 적의 약점을 색깔로 알려주는 효과가 있었다. 초록색은 강한 부분이고 붉은색은 약한 부분이었다.

나는 눈을 가늘게 뜬 채 수르야를 노려보았다. 노려보고 또 노려보았다. 등에서 식은땀이 흘렀다.

[그래, 무엇을 보았느냐?]

고요히 웃는 수르야가 천천히 내 쪽으로 다가왔다.

[훔친 성흔으로 날뛰어봤자다. 성좌위에 올랐다 해도 너는 태생이 인간인 존재.]

수르야는 전신이 초록빛. 어디에도 약점 따위는 보이지 않았다.

[인간의 역사로는 신을 넘을 수 없다. 이 스타 스트림 어디에도 그런 존재는 없었으니까.]

수르야는 나 혼자서는 상대할 수 없다.

'성급한 늪의 포식자'가 돕는다고 해도 무리다.

나는 찢어진 코트를 던지며 말했다.

"……개연성의 저울이 기울었어. 우리도 추를 더 올려놓을 수 있다는 뜻이야."

[누가 온들 저울은 평형을 이룰 수 없을 것이다.]

내 이야기는 신화가 아니다. 나는 신도 영웅도 아니니까.

스타 스트림 전체를 뒤지면 내 이야기 정도는 흔한 것일지도 모른다.

[밤하늘의 성좌들이 결단을 내립니다.]

그럼에도 이 세계의 누군가는, 그런 내 이야기를 열심히 들어주었다.

"그건 달아봐야 알겠지. 오십시오, 고려제일검!"

파츠츠츠츳!

폭발적인 스파크와 함께, 먹구름을 꿰뚫고 한 줄기 유성이 떨어졌다.

[성좌, '고려제일검'이 당신의 부름에 응답합니다.]

화려한 검식이 하늘을 찢었다. 언젠가 본 적이 있는 삼검식이었다.

[누가 나 척준경을 불렀는가!]

벼락처럼 내리꽂힌 검이 수르야의 태양 하나에 깊은 상처를 입혔다. 눈이 멀어버릴 듯한 폭발과 함께, 수르야의 고함이 들려왔다.

[감히, 하찮은 위인급 따위가……!]

뜨거운 섬광이 지상을 향해 쏟아지는 순간, 뭔가가 지반을 쿵 내리찍으며 나와 동료들을 뒤쪽으로 날려 보냈다. 정신을 차렸을 때 나는 한 사내의 품속에 있었다. 크기로만 치면 파천검성 못지않은 거한.

[오랜만이구나, 후인이여.]

웅장한 격을 뿜어대는 고려제일검의 본신이 눈앞에 있었다.

"오랜만입니다, 어르신. 격이 변하셨군요."

분명 위인급 성좌였던 척준경은 이제 완연한 설화급 격을 내뿜고 있었다.

[그대 덕분이지. 그간 일들이 있었다.]

과연. 마지막으로 척준경을 보았을 때 그는 '이계의 신격'과의 싸움에 동참했다. 분명 나 못지않게 강력한 설화를 얻었을 테고, 그로 인해 한 단계 높은 격으로 상승할 수 있었겠지.

[마침내 그대에게 빚을 갚을 수 있겠구나.]

척준경이 눈치를 주듯 하늘을 올려다보자 성좌들의 간접 메시지가 이어졌다.

[성좌, '긴고아의 죄수'가 분하다는 듯 침음합니다.]

[성좌, '악마 같은 불의 심판자'가 우울한 눈빛을 합니다.]

아마 이곳에 오고 싶은 것은 다른 성좌도 마찬가지였던 모양이다.

하지만 개연성 제약도 있고, 성운들 눈치도 있으니 움직이지 못했겠지.

특히 우리엘은 〈에덴〉 소속이니 문제가 더욱 복잡할 것이다. 잘못하면 '성마대전'이 벌어질 수도 있는 일이니까. 우리엘한테는 지금까지도 충분히 많은 도움을 받았으니 섭섭하지 않았다.

"옵니다."

콰아아아아!

수르야가 쏘아 보낸 빛살들이 파도를 이루어 덮쳐왔다.

[……인도 쪽 신격들이 장난이 아니라는 건 알고 있었지만, 과연 괴물이구나.]

척준경은 나를 보호하며 밀려드는 빛살들을 베어갔다. 하지만 척준경의 칼날도 조금씩 녹거나 부식되고 있었다.

[태산도 바다도 갈라보았지만 태양을 베어본 적은 아직 없다. 저런 괴물이 있는 줄 알았더라면 '예'를 데려왔을 것을.]

'예'라면 중국 신화의 '태양 사냥꾼' 예를 말하는 것이겠지. 척준경은 그쪽과도 친분이 있는 모양이다. 하지만 '예'는 어차피 〈황제〉 소속 성좌이니 수르야를 상대하려 하지는 않을 것이다.

[그대는 내가 상대하겠다!]

'인류의 시조'가 척준경을 향해 달려들었다. 희대의 무장들이 격전을 벌이자 주변은 순식간에 마력 폭풍의 잔흔으로 폐허가 되어갔다.

['73번째 마계'의 문장이 당신의 설화를 기웃거립니다.]

그때, 내 품속에서 흘러나온 뭔가가 두둥실 하늘로 떠올랐다. 내가 지난 게임에서 얻은 '문장'들이었다. 수르야가 벽력 같은 목소리로 외쳤다.

[뭣들 하고 있지? 시간이 없다! 빨리 저들을 죽여라!]

이 문장들은 '거대 설화'를 이루는 재료. 마침내 이 세계의 '거대 설화'가 준동하기 시작한 것이다.

[마왕, '불화의 조성자'가 당신을 향해 적의를 드러냅니다.]

방관하며 소극적인 움직임만 보이던 마왕들이 마침내 움직였다.

'불화의 조성자'가 날려 보낸 가벼운 열풍에, 나는 온몸이 갈기갈기 찢기는 듯한 통증을 느끼며 허공을 날았다. 우군이 두 명이나 왔는데도 전황은 터무니없이 불리했다.

마왕들이 힘을 개방하자 개연성의 저울이 다시 한번 삐걱거렸다.

더 많은 이의 도움이 필요했다. 하지만 누가 저 강력한 마왕들을 상대할 수 있을까. 아무리 애써도 당장 도움을 청할 만한 성좌는 떠오르지 않았다.

다가오던 마왕들이 일순 주춤한 것은 그때였다.

"전군 발포하라!"

어디선가 들려오는 대포 소리와 함께 익숙한 여자애의 목소리가 들렸다.

"아저씨! 나야!"

[성좌, '해상전신'이 당신을 바라봅니다.]

"늦어서 미안해!"

멀리 떨어진 공단의 해자垓字 쪽에서, 이지혜의 유령함대가 이쪽을 향해 발포하고 있었다. 분노한 마왕들의 간접 메시지가 허공을 가득 메웠다.

이지혜를 향해 두 명의 마왕이 몸을 돌리는 것이 보였다.

"지혜야!"

도와주러 온 것은 좋지만 이지혜 혼자서는 무리였다.

상대는 마왕 둘.

저런 무모한 짓을 하면 순식간에 살해당할 뿐이다.

"도망쳐!"

발을 끌며 걸음을 재촉했지만, 먼젓번에 당한 상처 때문에 운신이 쉽지 않았다. 마왕들은 포화를 맞아가며 어느새 이지혜의 근방까지 접근하고 있었다. 이대로는 안 된다. 이대로는…… [바람의 길]을 사용하지 않으면.

누군가가 내 어깨를 붙잡은 것은 그때였다.

"독자 씨, 또 혼자 하려고 하네. 그러지 말라고 했잖아요."

수르야의 빛을 너무 오래 쬔 탓일까. 스쳐 가는 여인의 얼굴이 제대로 보이지 않았다. 하지만 목소리만으로도 누구인지 알 수 있었다.

"동전 던지기 져서 늦게 온 거니까 너무 섭섭해하진 마요."

여인은 마왕들을 향해 걸어갔다.

"잠깐만요! 희원 씨!"

정희원은 강하다. 아마 개인 시나리오를 수행하며 더욱 강해졌겠지.

하지만 마왕을 상대하는 것은 무리였다.

아무리 '심판의 시간'을 발동하더라도 마왕을 상대로는…….

"무슨 생각 하는지 알겠는데, 걱정 마요."

착각일까. 정희원의 등 뒤로 천사의 날개 같은 것이 겹쳐 보였다.

"싸우는 건 내가 아니니까."

이제껏 느껴보지 못한 엄청난 격이 눈앞에서 발현하고 있었다. 이지혜를 향해 돌진하던 마왕들이 경악한 얼굴로 이쪽을 돌아보았다.

정희원에게 강림한 성좌의 힘이 마계 전역을 뒤덮으며, 한순간 세계가 은빛으로 물들었다.

[성좌, '악마 같은 불의 심판자'가 '73번째 마계'에 현현했습니다.]

51

Episode

거대 설화

Omniscient Reader's Viewpoint

1

대천사 우리엘이 73번째 마계에 등장했다.

원작에서도 후반부로 가면 우리엘이 화신체에 직접 강림하는 경우가 왕왕 있었다. 하지만 지금은 겨우 25번째 시나리오였다.

당황한 마왕과 성좌들이 중얼거리는 소리가 들렸다.

[무, 무슨 말도 안 되는…….]

고요히 눈을 감은 정희원 뒤쪽으로, 우리엘의 투명한 형상이 비치는 것 같았다. 화려한 아우라와 함께 우리엘의 긴 금발이 허공에 물결쳤다.

츠츠츠츠츠츳!

개연성의 저울이 다시 기울기 시작했다. 완전히 균형이 무너졌던 저울이, 우리엘 하나의 출현으로 서서히 평형을 이루었다. 아니, 오히려 이쪽이 더 무거워진 것 같기도 했다.

더 놀라운 것은 저게 우리엘의 전력이 아니라는 점이었다.

전장의 모든 싸움이 중단되었다. 수르야가 긴장한 눈으로 이쪽을 주시했고, 난투극을 벌이던 성좌들도 격전을 멈추었다. 대천사 강림은 성좌에게도 엄청난 사건이었다.

올빼미 얼굴에 불타는 검을 쥔 마왕이 먼저 입을 열었다.

[대천사! 감히 여기가 어디라고 나타난 것이냐!]

나는 녀석을 알고 있었다.

'불화의 조성자'. 63번째 마계의 마왕인 '안드라스'. 놈은 자신의 권속을 죽인 한수영에게 저주를 내린 적도 있었다.

이어서 곁에 있던 다른 마왕도 입을 열었다.

[시, 시, 시체가 되고 싶은 모양이군, 대천사.]

녹색 갑주에 왕관을 쓴 해골. '시체를 철학하는 군주'. 54번째 마계의 마왕인 '무르무르'였다.

비록 하위권 마왕이라 해도, 둘 다 나와는 차원이 다른 강자였다. 그런데 그런 강자들 표정에 낯선 감정이 묻어나왔다.

그것은 두려움이었다.

강림을 마친 우리엘이 천천히 눈을 떴다. 섬연한 에메랄드빛 눈동자가 세상을 오시하자, 세계의 색깔이 뒤집히는 것 같았다. 시선을 마주치지 않은 나조차 심장이 얼어붙는 느낌이었다.

[성좌, '악마 같은 불의 심판자'가 '73번째 마계'를 바라봅니다.]

대천사의 시선은 멸망을 함의한다. 세계의 정화를 위해 마지막으로 모든 산 것들을 바라보는 응시의 눈빛. 그녀의 시선에 73번째 마계가 떨고 있었다.

[■■들아. 오랜만이다?]

두 마왕이 서너 걸음 물러섰다. 정희원의 한쪽 입꼬리가 미묘하게 올라갔다.

[너…… 내가 전에 그 칼 들고 다니지 말라고 했지? 나랑 캐릭터 겹치니까 짜증 난다고.]

그 말에, 마왕 안드라스가 불타는 검을 스르륵 내렸다. 안드라스의 올빼미 눈이 빠르게 깜빡였고, 무르무르의 해골 턱이 격렬하게 떨렸다.

먼저 한 발짝 앞으로 나온 것은 무르무르였다.

[어리석은 대천사여! 지금 네 행동이 무엇을 의미하는지 아는가! 아니면…… 서, 설마 〈에덴〉이 '선발전'에 개입하기로 한……]

[■까. 내 멋대로 온 거니까.]

나는 새삼 우리엘의 설정을 떠올렸다. 그동안 우리엘이 살갑게 군 까닭에 까맣게 잊고 있었지만, 그녀는 〈에덴〉의 가장 무시무시한 대천사 중 하나였다.

'악마 같은 불의 심판자'.

그 어떤 대천사보다 잔혹한 전투광이며, 가장 많은 악마를 학살한 대천사.

그녀가 손을 치켜들자 흰색 불꽃으로 일렁이는 검이 나타났다. 주변 모든 불길이 그 검 앞에 경의를 표하듯 꺼졌다.

[지옥염화]의 가장 지고한 불꽃을 담은 검.

우리엘의 성유물인 '업화의 불꽃'이었다.

그녀가 검까지 빼 들자 마왕들의 표정이 다급해졌다.

[협정을 잊은 건가?]

[■ 먹어. ■ 같은 ■■들아.]

[뭐, 뭣.]

[아, ■발, ■ 같은 필터링이…….]

〈에덴〉의 대천사는 품격 유지를 위해 성운 측에서 자체 필터링을 걸어놓는다는 설정이 떠올랐다.

그런 우리엘의 눈동자가 나를 바라본 것은 그때였다.

[김독자?]

내가 너무 당황한 표정을 지었을까. 우리엘이 어색하게 웃으며 내 쪽을 돌아보았다.

[……아, 안녕?]

그런 모습을 보여준 게 창피한 듯 어색한 인사였다.

[다수의 성좌가 할 말을 잃습니다.]

[성좌, '심연의 흑염룡'이 '뻘짓' 말라며 손가락질을 합니다.]

방금 전까지 어마어마한 위협을 당하던 마왕들이 어처구니 없다는 듯한 눈으로 이쪽을 보았다. 나는 제정신을 차리고 꾸벅 인사를 했다.

"오랜만입니다, 우리엘."

[응!]

우리엘이 방긋 웃었다.

[당신은 대천사의 사랑을 받고 있습니다!]

[새로운 설화를 획득했습니다!]

[설화, '대천사의 사랑을 받는 자'를 획득했습니다!]

내가 무서워할까 심려했는지 배려심 가득 담긴 간접 메시지의 폭탄이 쏟아졌다. 솔직히 조금 감동받고 말았다. 지금까지 내게 호의를 표한 성좌는 꽤 있었다. 하지만 우리엘만큼 열심히 나를 도와준 성좌는 없었다.

나는 이제껏 그녀에게 해준 것이 없었다. 그럼에도 우리엘은 나를 위해 오늘 이곳에 와주었다.

정희원의 양팔을 걷어붙인 우리엘이 의기양양하게 외쳤다.

[걱정 마, 김독자! 내가 다 죽여줄게!]

저것이 퍼포먼스라는 사실은 알고 있다.

이곳은 마계. 대천사가 정말로 여기서 힘을 발휘하면, 어떤 일이 벌어질지는 불을 보듯 뻔했다.

하지만 우리엘이 저렇게 말해주는 것만으로 충분히…….

"……우리엘?"

콰아아아아아!

"잠깐만요! 우리엘!"

우리엘의 칼끝에서 솟아난 염화가 끊임없이 뻗어나가 하늘까지 도달하고 있었다. 저것이 바로 진정한 [지옥염화]. 일격으로 하나의 세계를 불바다로 만들어버릴 수 있는, 우리엘의 진짜 힘이었다.

[대, 대천사가 미쳤다! 도망쳐!]

[미친년이다!]

기겁한 성좌들이 달아나기 시작했다. 나도 우리엘이 진짜 힘을 발휘할 줄은 몰랐다. 급기야 어딘가에 숨어 있던 독각까지 나타났다.

[자, 잠깐만요. 대천사님. 진정 좀 하시고……!]

그 간사한 모습에 열불이 났다. 승자 발표까지 지연시키면서 시나리오를 내팽개칠 때는 언제고, 이제 와서…….

내 마음을 읽기라도 한 것처럼, 우리엘이 말했다.

[■까.]

[예, 예?]

[시나리오 ■까! 도깨비 ■까! ■발, ■ 같은 놈들아.]

우리엘은 정말로 화가 난 표정이었다.

그녀의 분노에 마계의 하늘이 울부짖고 있었다.

쿠구구구구구구구!

대천사의 검이 지상을 내려찍으려는 그 순간.

[마왕, '헤아릴 수 없는 엄격'이 분노를 토합니다.]

하늘에서 검은 마력이 격렬하게 몰아쳤다.

[마왕, '지옥 동부의 지배자'가 대천사를 응시합니다.]
[마왕, '강령의 마신'이 자신의 격을 드높입니다.]
[마왕, '검은 갈기의 사자'가 <에덴>을 향해 일갈을 터뜨립니다.]

수식언만으로도 무시무시한 최고위 격 마왕들이, 하나둘 이쪽 채널에 등장하고 있었다.
빌어먹을, 자칫하면 여기서 성마대전이 일어나게 생겼다.
그런데 나타난 것은 마왕만이 아니었다.

[성좌, '젊은이와 여행의 수호자'가 채널에 입장했습니다.]
[성좌, '물병자리에 핀 백합'이 채널에 입장했습니다.]
[성좌, '붉은 코스모스의 지휘관'이 채널에 입장했습니다.]

등장만으로 모두를 긴장하게 만들 수 있는 최상위 격 성좌들. 〈에덴〉의 주요 성좌가 입장하자 채널 부피가 급격하게 커졌다. 품속의 비유가 고통스러운 듯 몸을 떨었다.

[성좌, '하늘의 서기관'이 지엄한 눈으로 성좌, '악마 같은 불의 심판

자'를 바라봅니다.]

우리엘의 검이 움찔 떨렸다. 시간이 얼어붙는 느낌이었다. 모든 마왕과 대천사가 우리엘의 검에 집중하고 있었다. 그 검의 향방에 마계와 〈에덴〉의 미래가 달려 있었다.

[마계의 마왕과 <에덴>의 대천사가 긴급 회동을 열었습니다.]

[현 시간부로 해당 시나리오의 마왕과 대천사가 전원 긴급 소집됩니다.]

거대한 개연성이 움직이는 소리와 함께 우리엘의 검이 허공에서 흩어졌다. 정희원의 몸이 흔들리며, 대천사의 기척이 마계에서 떠나가고 있었다.

우리엘이 옅은 미소로 나를 보며 말했다.

[끝까지 도와주고 싶었는데.]

뒤늦게야 우리엘의 의도를 깨달았다.

[이, 이런! 이럴 수는 없다!]

사라지는 것은 우리엘만이 아니었다. 미리 강림해 있던 마왕들 또한 개연성의 스파크 속에 서서히 사라지고 있었다.

우리엘은 자신을 희생해 이곳에 온 모든 마왕의 손발을 묶었다.

[……놀라운 일이로군.]

감탄했다는 듯 척준경이 중얼거렸다.

[지엄한 대천사가 그대를 위해 이토록 큰 희생을 할 줄이야…….]

우리엘이 감당할 징벌에 대해서는 예상할 수 없었다. 자기 의지로 성마대전의 협약을 위반한 대천사. 아마 〈에덴〉에서 무지막지한 제재를 당하게 될 것이다.

[꼭 이겨, 김독자.]

사라지는 우리엘을 향해 손을 뻗었지만 이미 그녀의 모습은 잿빛 속에 흩어진 뒤였다. 나는 쓰러지는 정희원을 재빨리 품에 안았다. 우리엘의 격을 그대로 감당한 정희원은 몹시 고단한 얼굴로 잠들어 있었다.

우리엘 덕분에 마왕들의 참전은 걱정할 필요가 없게 되었다. 하지만 그로 인해 더 나빠진 것도 있었다.

[내 판단이 틀렸군. 설마 대천사를 불러낼 정도의 성좌였을 줄은 몰랐다.]

대천사와 마왕이 사라진 하늘에, 이 모든 사태를 지켜본 수르야가 있었다. 줄곧 나를 은근히 깔보던 수르야의 눈빛은 이제 더없이 진지한 빛을 띠고 있었다. 수르야의 좌우를 지키는 오이디푸스 왕과 마누도 마찬가지였다.

[지금부터는 진심으로 임하겠다.]

수르야의 신형이 쏜살같이 창공을 뚫고 솟았다. 주변 공기가 변한다 싶더니 일대를 중심으로 엄청난 풍압이 몰아치기 시작했다.

그리고 잠시 후.

쿠과과과과과과!

"이, 이게 무슨 소리야?"

떨어져 있던 일행들이 하나둘 곁으로 다가왔다. 제일 먼저 입을 연 사람은 지칠 대로 지친 장하영이었다.

"미친……."

찬란한 태양 너머, 먼 우주를 뚫고 뭔가가 날아오고 있었다. 대기를 모조리 찢어발기는 파공음.

운석이 추락할 때나 들을 수 있을 듯한 소리였다.

자세히 보니, 거대한 마차가 이쪽을 향해 날아오고 있었다. 무지막지한 크기의 황금빛 암말이 가속을 거듭할 때마다 마계 전체가 터질 것처럼 뒤흔들렸다.

"……마차?"

저런 것을 마차라고 할 수 있을까. 아니면 기관차라고 해야 할까. 어떤 단어도 어울리지 않았다. 확실한 점은 인간 상식으로는 납득할 수 없는 크기의 물체가 지상으로 낙하하고 있다는 것.

그리고 그게 이 세계의 재앙이 될 거라는 사실이었다.

유상아가 입을 열었다.

"수르야의 마차. 신화사 책에서 본 적 있어요. 길이가 13만 킬로미터가 넘는다고……."

"13만? 그게 말이 돼요?"

장하영이 묻자 유상아가 고개를 내저으며 말했다.

"그러니까 신화겠죠."

거대한 거북이와 코끼리가 지구를 떠받친 우주를 신봉하는 게 저 인도 신화의 신격들이다. 그러니 저런 어마어마한 스케일의 기관차가 나타난다 해도 딱히 이상한 일은 아니었다.

쿠구구구구구구!

다만 저 재앙을 우리가 상대해야 한다는 게 문제였다.

[거대 설화, '베다Vedas'의 일부를 목도했습니다.]

[당신의 설화 이해력이 상승합니다.]

……수르야가 말한 진심이 이런 것이었나.

나는 전신의 솜털이 곤두서게 만드는 격에 감탄했다.

저게 이쪽을 향해 다가온다는 것만으로 나는 압도적인 절망감을 느끼고 있었다. 고작 일부를 목도했음에도 보통의 설화와는 차원이 다른 경험. 저것이 바로 내가 '거대 설화'를 손에 넣어야만 하는 이유였다.

[제길, 달아나라!]

창공을 뚫고 돌진해 오는 마차의 위용에 벌써 성좌들이 꽁무니를 빼기 시작했다. 성좌든 뭐든, 저것과 충돌하고도 무사할 수 있는 존재는 없을 것이다.

척준경이 침음하며 말했다.

[일이 정말 곤란하게 됐군. 저놈은 이 세계를 멸망시킬 생각인 것 같다.]

"……겁먹으신 겁니까?"

[아니, 재밌겠군.]

척준경은 진심으로 즐겁다는 듯 웃었다.

내가 일행을 향해 뭐라 말하려는 순간, 누군가가 내 곁에 우뚝 섰다.

척준경도, 성좌도 아니었다.

"……겠냐?"

돌아본 그곳에는 흑천마도를 짚고 일어선 유중혁이 있었다.

[등장인물 '유중혁'이 '기사회생 Lv.10'을 발동합니다!]

유중혁의 몸이 마침내 '기사회생'을 쓸 수 있을 정도로 회복된 것이다. 녀석의 마지막 생명력이 새카만 검 위에서 환하게 불타오르고 있었다.

입과 성대는 회복이 더딘지 뭐라고 말은 하지 않았다.

그 대신 [전지적 독자 시점]을 통해 유중혁의 생각이 들려왔다.

「**김독자.**」

"어."

아마도 이것이 마계의 마지막 싸움이 될 것이다.

['73번째 마계'가 당신의 선택에 주목합니다.]

이번만큼은 나 또한 무엇 하나 장담할 수 없었다. 이곳의 누군가가 죽을 수도 있고, 어쩌면 나나 유중혁이 죽을 수도 있었다.

그럼에도 나는 말했다.

"갑시다."

유상아와 이현성이 고개를 끄덕였고, 키메라 드래곤에 올라탄 신유승이 내 곁에 섰다. 해자 쪽에서 하늘을 보던 이지혜도 고개를 끄덕였다.

우리를 도울 성좌는 없었다. 이곳에는 오직 우리 인간뿐이었다.

하지만 승산이 없는 싸움은 아니었다. 시간은 이미 충분히 끌었으니까.

모두 우리엘 덕분이었다.

['73번째 마계'의 의지가 당신의 선택에 반응합니다.]

어쩌면 수르야가 진심을 발휘한 것은 실수일지 모른다.

다가오는 재앙 앞에서 최후를 맞게 되는 것은 우리만이 아니니까.

멸망 시나리오를 앞둔 제1 무림이 그랬듯, 73번째 마계 또한 선택의 시간을 맞이했다.

['73번째 마계'의 '거대 설화'가 발아합니다.]

그리고 자신을 파괴하려는 존재를 주인으로 삼으려는 세계는 없다.

['73번째 마계'가 자신의 주인을 택했습니다.]

당황한 도깨비와 성좌들이 메시지를 터뜨렸다. 그러나 나는 그중 어떤 이의 목소리도 듣지 않았다.

지금 나는 이야기를 듣는 쪽이 아니라, 이야기를 하는 쪽이었다.

[당신의 '거대 설화'가 이야기를 시작합니다.]

2

천공으로 도약한 수르야는 착잡한 눈빛으로 지상을 내려다보고 있었다.

환한 빛에 휩싸인 73번째 마계가, 자신이 엮어온 문장들을 하나의 존재에게 흘려보내고 있었다. 우주에서 날아오는 거대한 멸망 앞에, 세계가 자신의 주인을 선택하고 있는 광경.

수르야가 중얼거렸다.

[겨우 25번째 시나리오에 '거대 설화'를 얻은 존재…… 그런 이가 스타 스트림에 있었던가.]

그토록 오래 살아온 수르야에게도 떠오르는 이름이 없었다. 얼핏 스치는 것은 〈올림포스〉의 헤라클레스 정도. 하지만 그 역시 온전한 인간이 아니라 반신半神이었다. 오이디푸스 왕이 외쳤다.

[수르야, 괜찮습니다. 막 발아한 지금이라면 얼마든지 짓눌러버릴 수 있습니다!]

'거대 설화'는 다른 설화와는 차원을 달리하는 이야기다.

무수한 설화의 합산인 동시에 그 자체로 어마어마한 개연성을 담보하는 이야기.

하지만 아무리 '거대 설화'라 해도, 저 설화는 이제 막 움튼 이야기에 불과했다. 그리고 그것을 가지게 될 '구원의 마왕' 또한 운 좋게 성좌위에 오른 천박한 인간일 뿐이다.

그럼에도 왜일까. 수르야는 쉽사리 확신할 수 없었다.

[수르야, 왜 그러십니까? 어서 끝내시는 게…….]

모든 '거대 설화'는 '끝의 시작'을 함의한다.

이 장대한 시나리오의 마침표를 향하는 이야기.

하지만 '거대 설화'를 얻는다고 해서, 모두가 '끝의 자격'을 얻는 것은 아니었다. 어떤 '거대 설화'는 ■■과 연결되어 있지만, 어떤 거대 설화는 ■■ 근처에도 가보지 못하고 소멸하기 때문이다.

—왜냐하면 수르야 너는, '끝의 자격'을 얻지 못했으니까.

아스모데우스가 남긴 말이 쉽게 잊히지 않았다. 고요한 분노에 잠긴 수르야의 귓가에 메시지가 들려왔다.

[당신에게 새로운 시나리오가 부여됐습니다!]

[당신은 '73번째 마계의 멸망'이 될 것입니다.]

원치 않던 역할 배정에 수르야가 인상을 찌푸렸다.

'스타 스트림이여. 늙은 이 몸에게 무엇을 바라는가.'

척준경에게 열두 태양 중 하나를 잃었고, 아스모데우스를 상대하며 심력을 상당 부분 낭비했다. 거기다 이미 그에게 허락된 개연성을 대부분 소진한 상황.

[수르야. 꼭 정석대로 갈 필요는 없습니다. 제게 생각이 있습니다. 싸우지 않고도 녀석들을 무참히 굴복시킬 방법이—]

수르야가 인상을 찌푸렸다.

[오이디푸스. 또 비열한 수를 쓸 참인가? 고작 인간들을 상대로?]

[그, 그것이 아니오라…….]

[나는 '지고한 빛의 신' 수르야다.]

위대한 〈베다〉의 문장들이 수르야의 후광 속에서 빛나고 있었다.

[온전한 힘을 쓸 수 없다 해도 결코 인간에게 패배하지는 않는다.]

압도적인 격의 향연에, 뭐라 말하려던 오이디푸스가 입을 다물었다. 수르야가 손을 들어 올리자 잠깐 주춤거리던 마차가 다시 맹렬하게 돌진을 시작했다.

¤ ¤ ¤

콰콰콰콰콰콰콰!

창공을 뚫고 대기권에 진입한 기관차가 굉음을 냈다. 발갛게 익은 선두에서 붉고 푸른 불꽃이 튀었다. 제일 먼저 입을 연 것은 성대가 회복된 유중혁이었다.

"13만 5000킬로미터는 아닌 듯하군."

하기야 정말 그만한 규모의 열차가 나타났다면 거대한 행성이 충돌해오는 것처럼 보였겠지. 척준경이 말을 받았다.

[후인의 말이 옳다. 길어봐야 팔십 리里 남짓이다. 하지만 이곳을 멸망시키기엔 충분한 크기로군. '구원의 마왕'이여, '거대 설화'는 어떻게 됐지?]

"이제 막 이야기를 시작했습니다. 문장이 모이는 속도가 느려요."

73번째 마계의 '거대 설화'는 무사히 얻었다. 그러나 얻었다고 다 끝난 게 아니었다.

"제대로 힘을 쓰려면 시간이 더 필요합니다. 열차 속도를 늦춰야 해요."

아마도 저 열차는 지금 수르야가 동원할 수 있는 전부일 것이다. 저 열차만 막아낸다면 우리에게도 승산은 있다.

이미 척준경이 도약을 준비하고 있었다.

"부탁합니다, 고려제일검."

[믿게.]

힘차게 발돋움한 척준경이 허공으로 포탄처럼 쏘아져나갔다. 나와 유중혁이 뒤를 따랐고, 나머지 일행도 신유승의 키메라 드래곤을 타고 쫓아왔다.

'우레를 먹는 새'와 '나일강의 괴조'가 방해하기 위해 날아올랐지만, '성급한 늪의 포식자'가 그들의 날갯죽지를 물어뜯었다.

[이놈들은 내게 맡겨라.]

열차 선두에 근접할수록 〈베다〉의 어마어마한 스케일이 실감 나기 시작했다. 선두 너비만 수백 미터. 어지간한 '이계의 신격'도 넘볼 수 있을 수준이었다.

[흐아아아아아아압!]

기합과 함께 척준경의 삼검식이 발휘되었다.

제이식, 이검참산.

산을 베어 가르는 척준경의 검식이 열차를 직격했다. 척준경의 '격'과 부딪힌 열차 선두가 기이한 음색을 토했다.

선두의 말들이 놀라 궤도를 이탈했으나, 열차의 속도는 조금도 줄어들지 않았다. 가공할 열기 속에서 오히려 척준경의 칼끝이 녹아내렸다.

하지만 척준경은 멈추지 않고 삼검식을 이어갔다.

제삼식, 삼검참해.

바다를 참하는 일격. 해일의 포말이 산란하는 듯한 느낌과 함께, 처음으로 열차의 속도가 미미하게 줄어들었다. 무엇보다 큰 성과는 폭발을 통해 선두 칸의 내부 진입로를 만들었다는 점이었다.

[내부에서 전진하는 쪽이 더 쉬울 거다! 나는 바깥에서 속도를 줄이겠다!]

열차 선두에서 강맹한 마력을 토해내는 척준경이 보였다. 하지만 아무리 척준경이라도 이 정도 속력의 물체를 혼자서 감당하기는 힘들었다.

"저도 도울게요, 아저씨!"

신유승의 키메라 드래곤이 척준경과 함께 열차 선두에 붙었다. 2급 괴수종인 키메라 드래곤이 강렬한 풍압을 일으키자 열차 속도가 더욱 줄어들었다. 척준경이 외쳤다.

[이십 분 정도는 어떻게든 벌 수 있겠군. 후미 마지막 칸에 수르야가 있을 거다. 놈을 쓰러뜨려야 이 설화도 사라진다! 어서 가라!]

우리는 고개를 끄덕인 후 열차 내부로 진입했다.

열차는 마치 거인족을 위해 만들어진 지하철 같은 모양새였다. 관성에 어느 정도 적응한 우리는 곧장 다음 칸으로 향하는 버튼을 눌렀다.

[문이 열리지 않습니다.]

[해당 열차는 <베다>의 성좌만 이용할 수 있습니다.]

[파천검도]를 발동한 유중혁이 망설이지 않고 문짝을 타격했다. 그러나 움푹 들어가기만 할 뿐이었다.

"……단단하군."

척준경의 예상과 달리 열차 내부의 강도도 만만치 않았다. 나나 유중혁이 제대로 격을 발휘하면 못 뚫을 정도는 아니지만, 열차 길이는 무려 30킬로미터나 된다. 힘의 분배를 고려하지 않을 수 없었다.

'거대 설화'의 첫 번째 문장이 들려온 것은 그때였다.

「그 이야기는, 지하철에서 시작되었다.」

츠츠츠츠츳!

밀려오는 스파크와 함께 내가 가진 설화들이 허공에 풀려나오고 있었다. 먼 곳에서 파도가 밀려오는 느낌이 들었다. 그것은 아주 오래된 이야기의 흔적이었다. 돌아보니 일행들도 비슷하게 느끼는 듯했다.

[당신의 '거대 설화'가 첫 번째 이야기를 시작합니다.]

유중혁, 이현성, 유상아가 동시에 나를 보았다. 밀물처럼 흘러온 스파크가 주변 풍광을 고스란히 바꾸어놓고 있었다. 이현성이 감탄하며 중얼거렸다.

"이, 이곳은……."

모든 '거대 설화'는 제각기 다른 이야기를 품고 있다.

어떤 이야기는 영웅의 탄생 서사를, 어떤 이야기는 세계의 탄생 설화를 내포한다. 하지만 우리 이야기는 영웅 일대기도, 창세 설화도 아니었다.

이 이야기는 우리의 '생존 기록'이었다.

열차 뒤쪽 문에 적힌 [3807]이라는 번호.

주위를 둘러보던 유상아가 탄식하며 말했다.

"……그 지하철이군요."

모든 설화는 그 설화와 관계된 장소나 인물이 충돌할 때 '무대화'를 발동한다.

—불광행 3434호 열차 3807칸.

나는 이곳에서 유상아와 이현성을 동료로 맞이했고, 유중혁을 만났다. 우리의 모든 이야기는 바로 여기서 출발했다.

곁에서 주먹을 불끈 쥐던 이현성이 긴장한 얼굴로 입을 열었다.

"……그때 생각이 나는군요."

"결코 좋은 기억은 아니지만……."

유상아도 희미하게 미소를 지은 채 나를 보고 있었다.

"그래도 종종 이날을 떠올리곤 했어요."

즐겁게 회상할 수 있는 기억은 아니다. 사람들의 죽음, 부조리한 시나리오의 지옥. 그리움도 추억도 될 수 없는 시간이지만…… 그럼에도 분명 우리가 살아남은 역사였다.

울 것 같은 미소를 띤 이현성이 문에 손을 얹었다.

"왠지 할 수 있을 것 같습니다."

「그곳에, 정의롭고 싶었던 군인이 있었다.」

결국 모든 것은 이야기가 된다. 힘든 일, 슬픈 일, 잊고 싶던 일조차. 지난 후에는 모두 이야기가 되는 것이다.

"흐아아아아아압!"

그것이 지금 우리에게 위로가 될지 아닐지는 알 수 없었다.

다만 우리가 알 수 있는 것은 하나뿐이었다.

[성좌, '긴고아의 죄수'가 당신의 일행을 지켜봅니다.]

[성좌, '은밀한 모략가'가 당신의 설화를 듣습니다.]

슬픔도 기쁨도 무용한 세계에서, 우리가 그 이야기를 계속해야만 한다는 것.

콰드드드드!

유중혁의 [파천검도]에도 끄떡 않던 문이 이현성의 괴력에 열리기 시작했다. 이현성의 전신에 깃든 '거대 설화'가 힘을 발휘한 것이다.

[등장인물 '이현성'이 성흔 '태산 밀기 Lv.10'를 발동합니다!]

생각해보면 그때도 탈출의 문을 연 사람은 이현성이었다.

"가십시오. 빨리!"

이현성이 열어젖힌 틈새로 일행이 달렸다. 그러나 이제 겨우 문 한 짝을 열었을 뿐이고, 열차는 여전히 길었다. 이번에 앞장선 사람은 유중혁이었다.

"다음은 내가 뚫겠다."

다시금 그날 기억이 떠올랐다.

열차 내 다른 화신을 전멸시키고, 비정한 탱크처럼 돌격해오던 그날의 회귀자. 유중혁이 내 앞에 있었다.

「세상에서 가장 강하고 고독한 사내가 있었고,」

검을 집어넣은 유중혁이 모든 마력을 주먹에 집중하고 있었다. 그러고 보니 이 녀석은 그때 맨주먹으로 문을 부쉈다.

콰아아아앙!

검에도 끄떡없던 열차 칸의 문이 맨주먹에 종잇장처럼 찢겨나갔다.

이것이 바로 '무대화' 효과였다.

주력 설화가 '열차'인 것이 수르야에게는 불행인 셈이었다.

"독자 씨! 이번 칸은 안 부숴도 될 것 같아요!"

뭔가 알아냈는지 유상아가 외쳤다. 문 개폐 장치를 찾아낸 그때처럼, 유상아는 이번에도 무력 없이 문을 열 방법을 찾아냈다.

「타인을 위해 자신을 숨겨왔던 여인도, 그곳에 있었다.」

한 칸, 한 칸. 우리는 전진하기 시작했다.

마치 우리가 살아온 역사를 다시 살아내듯이.

바깥에서 열차를 두들기는 함포 소리가 들려왔다. 열차 속도를 줄이기 위해 이지혜도 분투하는 모양이었다.

「인연을 잃고 상처받은 검귀를 만났고.」

키메라 드래곤이 울부짖는 소리가 들렸다. 품속에 있던 비유가 고개를 들어 열차 창밖을 보았다. 정확히 신유승이 있는 방향이었다.

「과거와 미래의 틈새에서 태어난 아이가 울었다.」

다음 순간, 키메라 드래곤이 가공할 포효를 터뜨리며 힘을 냈다.

일순 열차가 기우뚱, 하는 느낌과 함께 속도가 한층 줄어들었다.

그오오오오오!

잘은 모르지만, 비유가 이곳의 신유승에게 뭔가 전했을 수도 있다는 생각이 들었다.

"아직 절반도 오지 못했다. 서둘러야 한다."

유중혁 말처럼, 분전에도 열차 끝은 멀었다.

벌써 십 분 이상 시간이 지체되었다. 아무리 속도를 줄였다지만 이 기세라면 공단 일대의 시공간은 완전히 파괴되어버릴 것이다.

설상가상으로 그다음 칸을 열었을 때 우리는 난관에 봉착했다.

섬광처럼 날아든 한 줄기 창. 나를 막아섰던 이현성이 어깨를 붙잡은 채 주저앉았다.

[더 이상은 못 간다.]

'인류의 시조' 마누와 몇몇 성좌가 기다리고 있었다.

곧장 [파천검도]를 발휘한 유중혁이 녀석들과 맞섰지만, 수세를 취한 성좌들을 뚫기에는 역부족이었다.

츠츠츠츠츳!

이곳에서 시간만 끌면 된다는 것을 아는 듯했다.

이를 악문 내가 아껴둔 마력을 사용하려는 순간, 열차 천장이 우그러지기 시작했다.

누군가 외부에서 엄청난 마력으로 열차를 파괴하고 있었다.

[무, 무슨…… 대체 뭐냐!]

최소한 설화급 성좌. 척준경에 준하는 힘을 가진 존재가 아니라면 열차 외피는 파괴할 수 없었다.

"비켜어어어어어어어!"

열차 바깥에서 장하영 목소리가 들려왔다.

"김독자! 왔어! 그분들이 왔다고!"

그리고 다음 순간, 천장이 통째로 뜯겨나가며 장하영과 함께 두 존재가 나타났다.

[작은 행성의 작은 성좌가 당신을 바라봅니다.]

백청의 광휘를 전신에 휘감은 작은 사내와, 검푸른 아우라를 풀풀 흘려대는 거대한 여인이었다. 우습게도, 나는 순간 시야가 흐려질 것 같았다.

"내 제자는 어디에 있느냐?"

「세상에서 가장 강한 소인을 스승으로 두었고.」

"조금 늦은 모양이구나."

「세상에서 가장 강한 거인의 세계를 구했다.」

척준경에 못지않은 힘을 가진 강자이면서 우리를 도와줄

만한 존재.

[초월좌……!]

이를 가는 마누의 눈앞에, 제1 무림 최강을 다투는 두 명의 초월좌가 강림했다.

파천검성 남궁민영. 역설의 백청 키리오스 로드그라임.

우리 쪽을 흘끗 본 파천검성이 말했다.

"끝까지 제대로 해라. 그러지 않으면 엉덩이를 맞게 될 테니."

키리오스도 나를 노려보더니 말했다.

"날 속인 대가를 치르게 될 것이다. 그전까진 네 죽음을 허락하지 않겠다."

키리오스와 파천검성이 다음 칸으로 이어지는 문을 향해 무공을 일으켰다. [파천검도]와 [전인화]의 기운이 모여들며 가공할 풍압이 발생했다.

한순간 성좌들조차 기세에 위축될 정도였다.

콰콰콰콰콰콰콰!

무시무시한 마력파가 앞을 가로막고 있던 문을 일제히 박살 내며 전진했다. 일시에 마련된 직선 가도. 시선이 마주친 순간, 나와 유중혁은 이미 달리고 있었다.

[전용 스킬, '바람의 길 Lv.11(+1)'이 활성화됐습니다!]

전력으로 운용한 [바람의 길]과 [주작신보]로 서로 보조하며, 우리는 달렸다. 그리고 얼마 지나지 않아 열차 마지막 칸에 도달했다.

「그리고, 이 모든 세계의 결말을 아는 한 사내가 있었다.」

이것은 멸살법에는 없던 설화였다.
이제껏 한 번도 존재한 적 없었던 이야기.
그렇기에 비로소 내가 원하는 결말로 갈 수 있는 설화.

나는 열차의 마지막 문을 열어젖혔다.

3

수르야는 마지막 문 너머에 있었다.

유중혁의 주먹이 문짝을 때려 부수자, 휑한 바람과 함께 뻥 뚫린 천공의 정경이 보였다. 수르야가 있는 마지막 칸은 뭔가에 뜯겨나간 것처럼 뒷부분이 잘려 있었다.

[예상보다 빨리 왔구나.]

등을 보인 채 수르야가 말했다.

잘린 객차 너머로 보이는 네모난 우주. 지고한 신의 시선이 그 어둠의 깊이를 헤아리고 있었다. 마치 광활한 해변에서 손바닥으로 모래알을 헤집듯이.

나는 일부러 공손한 투로 입을 열었다.

"수르야, 여기까지 하시죠."

우주의 섭리에 닿지 못하는 신의 눈빛이 나를 돌아보았다.

그 눈빛이 분명한 언어로 말하고 있었다. 스타 스트림은 이해할 수 없어도, 네깟 것 하나 읽어내지 못할 리 없다고.

[이 모든 세계의 결말을 아는 사내라…… 실로 광오한 설화다.]

수르야도 내 '거대 설화'의 문장을 들은 모양이었다.

채 대답하기도 전, 수르야 곁에 서 있던 오이디푸스 왕이 대꾸했다.

[비유일 뿐입니다. 말장난이지요.]

그렇게 생각해준다면 차라리 다행이었다.

안 그래도 설화 내용에 나에 관한 정보가 직접적으로 나와서 좀 껄끄럽던 참이니까.

[성좌, '양산형 제작자'가 당신의 문장에 궁금증을 가집니다.]

[성좌, '술과 황홀경의 신'이 당신의 '거대 설화'를 궁금해합니다.]

나를 보는 수르야의 눈빛이 달라지고 있었다.

[성좌, '긴고아의 죄수'가 긴장하라고 말합니다.]

[성좌, '해상전신'이 불끈 주먹을 쥡니다.]

[성좌, '은밀한 모략가'가 당신을 바라봅니다.]

여기서 무슨 말을 해도 그를 멈출 수는 없을 것이다.

[아이야, 덤벼보거라. 네게 주어진 시간은 십 분이다.]

수르야의 네 팔이 전투 자세를 취했다. 격을 개방하는 수르야의 몸집이 서서히 커졌다. 그는 어떤 무기도 사용하지 않았다. 오직 순수한 설화의 힘으로 나를 배제하겠다는 의도였다.

[십 분 뒤에 이 마차는 마계와 충돌할 것이다.]

더 지체할 필요도 없다는 듯 유중혁이 먼저 달려들었다.

유중혁의 전신에서 파천검성을 연상시키는 검푸른 아우라가 피어올랐다. 경지에 이른 [파천검도]가 불온한 빛살을 뿌리며 개화했다.

'거대 설화'의 영향을 받는 것은 나뿐만이 아니었다.

유중혁 또한 설화에 지분이 있는 존재. 온전치 못한 몸으로도 유중혁은 이제 성좌에 준하는 힘을 낼 수 있었다.

콰가가가각!

칼날과 장봉이 부딪치는 파찰음. 유중혁의 공격을 받아낸 것은 수르야가 아니었다.

[크으으읏……!]

오이디푸스 왕이 고통스러운 신음을 흘리며 유중혁에 맞서고 있었다.

[그아아아아아앗!]

과열된 화신체로 전력을 쥐어짜는데도 오이디푸스는 유중혁을 상대하기 힘겨워 보였다.

"김독자!"

유중혁의 외침과 동시에, 나는 오이디푸스의 수세를 뚫고 수르야를 향해 도약했다. 열차의 허공에서, 몸집을 몇 배로 불린 수르야가 나를 맞이했다.

[전용 스킬, '전인화 Lv.12(+2)'가 활성화됐습니다!]

전인화의 빛살이 나를 휘감으며, 백청의 전격이 수르야의 가슴팍에 적중했다. 일전에 수르야는 한 손만으로 내 [전인화]를 막아냈다.

하지만 이번에는 달랐다.

백청의 전격에 닿은 수르야의 피부가 그을고 있었다. 조금이지만 타격이 있었다.

놀란 수르야의 눈썹이 꿈틀거렸고, 광휘 어린 주먹이 내 주먹과 충돌했다. 10톤 트럭에 치인 것처럼 몸이 뒤쪽으로 튕겨나갔다. 심장이 진탕되는 듯한 충격이 있었지만, 아직 버틸 만했다.

['거대 설화'의 힘이 당신을 가호합니다.]

세계의 문장들이 내 주변에서 소용돌이치고 있었다.

저 강대한 설화급 성좌와 겨룰 수 있게 만드는 힘. 이것이 바로 '거대 설화'였다.

그러나 수르야는 여전히 건재했다.

[……말했을 텐데. 훔쳐 배운 스킬로는 이길 수 없다고.]

어쩌면 수르야의 말대로일 것이다. 나는 언제나 타인의 기술로 싸워왔으니까.

"이건 훔쳐 배운 게 아닙니다. 읽은 거죠."

[읽어?]

페르세포네의 말처럼, 존재는 곧 이야기다.

오랜 세월 하루도 빠짐없이 읽은 문장의 기억.

내가 읽고 보아온 모든 것이 지금의 내가 되었다.

[전용 스킬, '제4의 벽'이 강하게 활성화됩니다!]

[제4의 벽] 위로 '거대 설화'의 문장들이 떠올랐다.

「이것은 독자讀者의 설화.」

나는 수르야를 향해 달렸다. 달려가는 궤적 속에, 홀로 이야기를 읽던 무수한 시간이 함께 흘러갔다.

평범한 삶이었다.

어두컴컴한 방에 틀어박혀 홀로 멸살법을 읽던 시간.

아르바이트가 끝난 후 버스 안에서, 군대 '사지방'에서, 공강 시간 강의실에서, 퇴근길 지하철에서…….

「동시에, 독자獨子의 설화.」

나는 혼자 그 세계에서 살았다.

무수한 등장인물에게 이입하며, 몇 번이고 다른 존재가 되었다.

[고작 이런 설화로…….]

그러므로 나는 회귀를 해본 적 없는 회귀자였고.

[전용 스킬, '바람의 길 Lv.11(+1)'이 활성화됐습니다!]

귀환을 겪은 적 없는 귀환자였으며.

[3번 책갈피가 활성화됐습니다.]

[전용 스킬, '야수왕의 감수성 Lv.10(+1)'이 발동 중입니다!]

어쩌면, 환생자이기도 했다.

콰아아아아앙!

내 격을 마주한 수르야의 얼굴이 조금씩 일그러졌다. 격과 격이 부딪칠 때마다 서로 화신체가 망가지는 것이 느껴졌다. 수르야도 나도, 끌어올 수 있는 모든 힘을 끌어내 부딪치고 있었다.

[이 정도로는 무리다. '끝의 자격'을 얻기엔 터무니없이 부족해!]

나는 고개를 저었다.

"뭔가 착각하는 모양인데, '위대한 설화'만이 '끝'에 도달할 수 있는 게 아냐."

아마 수르야는 이해하지 못할 것이다. 나 역시 유중혁의 무수한 실패를 통해 얻은 깨달음이니까.

얼굴을 굳힌 수르야가 네 개의 팔에 강대한 힘을 집중했다. 아마 저것이 수르야의 마지막 공격이 되리라.

현란하게 움직인 네 개의 손바닥이 빛을 조형하자, 한순간 주변이 진공 상태가 된 양 소리가 사라졌다. 수르야 손끝에서 작은 태양이 탄생하고 있었다. 모든 것을 녹여버릴 아득한 열기가 내 오감을 모두 사로잡았다.

[성운, <베다>의 '거대 설화'가 성좌, '지고한 빛의 신'의 손끝에 임합니다.]

말하자면 그것은 '신의 설화'로 빚어진 일격. 그들의 피조물인 인간의 역사가 맞설 수 없는 세상의 첫 번째 빛.

밀린다. 저런 걸 정면으로 상대하면 반드시 패배한다.

그리고 빛이 임했다.

느릿하지도 빠르지도 않은 속도지만, 반드시 모든 것을 파멸시키고야 말 정확한 종말의 빛이었다.

나는 물러서지 않고 '부러지지 않는 신념'을 꽉 쥐었다. 백청의 강기에 설화의 힘이 보태진 칼날이, 빛을 향해 일직선을 그었다. 빛을 가른 칼끝에서 격렬한 스파크가 터져나오더니 손이 위태롭게 흔들렸다. 이를 악문 채 양손으로 검을 부여잡았다.

역부족이었다.

한 걸음, 두 걸음. 순식간에 걸음이 뒤로 밀려나더니, 피투성이가 된 양손이 결국 버티지 못하고 검을 놓쳐버렸다. 나는 포기하지 않고 양손에 마력을 집중했다.

[전인화]의 전격이 수르야의 섬광과 정면으로 충돌하자 사지가 뒤틀리는 듯한 충격이 밀려왔다. 쉴 새 없이 터지는 스파크. 그 중심에서 신과 인간의 설화가 팽팽하게 맞서고 있었다. 버틴다. 버텨야 한다. 빛살 너머에서 수르야가 웃고 있었다.

[……고작해야—]

ㅊㅊㅊㅊㅊㅊ!

[인간의 역사……!]

……버틸 수 없나.

회심의 미소를 지은 수르야가 다시 한번 격을 일으키는 순간, 어마어마한 빛의 폭풍 속에 시야가 지워졌다. 마치 존재 자체가 사라지는 느낌이었다. 나는 간신히 눈을 깜빡이며 기합을 터뜨렸다. 시야가 돌아왔고, 놀랍게도 나는 여전히 버티는 중이었다.

경악한 성좌들의 진언, 수르야의 고함. 그 틈새에서 피어난 강력한 설화의 힘이 느껴졌다. 자세히 보니, 거칠고 고독한 설화가 내 전신을 감싸며 함께 빛을 견뎌내고 있었다. 누구의 설화인지는 구태여 묻지 않아도 알 수 있었다.

수르야와 나 사이에서 번쩍이는 스파크가 한층 더 광폭해지며, 다시 한번 전장의 균형이 변하기 시작했다.

밀려나던 걸음이 서서히 멎었다.

그리고 나는 처음으로 한 걸음을 앞으로 내디뎠다.

[성좌, '강철의 주인'이 당신을 바라봅니다.]

[성좌, '하늘 걸음의 주인'이 당신을 바라봅니다.]

이현성과 유상아. 거기에 정희원의 설화가 느껴졌다. 살아남기 위해 발버둥 친 모두의 역사가, 내게 고스란히 깃들고 있었다.

「오랜 웅크림에서 깨어나, 멸악의 칼을 쥔 여인이 웃었다.」

이곳에는 없지만 역사를 공유한 이들도 있었다.

「어미를 잃고 곤충을 손에 쥔 소년이 울었고」

「돌아오지 않을 가족을 위해 성을 구축한 사내가 포효했다.」

이길영과 공필두.

「거짓으로 진실을 쌓아 올린 여인이 기꺼이 그의 그림자가 되었다.」

거기에 한수영까지.

[전용 특성, '시나리오의 해석자'가 발동합니다!]

내가 살아온 모든 궤적이 이야기가 되어 길을 만들었고, 나는 그 길을 걸어 앞으로 나아갔다.

어느새 눈앞에 경악한 수르야의 화신체가 있었다.

충무공의 성흔으로도 읽을 수 없었던 수르야의 약점. 이상하게도 그 순간, 나는 수르야의 어디를 찔러야 할지 알 것 같았다.

[전용 스킬, '독해력'이 발동합니다!]

'부러지지 않는 신념'이 환하게 빛나며, 집약된 백청의 전격이 수르야의 가슴을 꿰뚫었다.

뭔가 으깨지는 듯한 폭음이 터지는 동시에 마력을 모두 쏟아낸 내 몸이 하늘을 날았다. 분수처럼 허공으로 쏟아지는 설화 파편 사이로, 무너지는 수르야의 거체가 보였다.

[수르야! 지고한 빛의 신이여!]

오이디푸스의 고함과 함께 정경이 무너지고 있었다.

대기권과 부딪친 운석이 산화하듯 수르야의 열차가 붕괴하기 시작했다.

나는 지상을 향해 낙하했다.

"김독자!"

바람처럼 날아온 유중혁이 나를 붙잡았고, 떨어지는 일행들을 키메라 드래곤이 태웠다. 그야말로 간발의 차였다. 부스러진 마지막 칸의 파편 몇 개가 긴 꼬리를 남기며 지상으로 향했다.

쿠구구구!

지면을 직격한 파편이 폭음을 남기며 울었다. 다행히 공단에 타격을 줄 정도는 아니었다. 키메라 드래곤의 머리 위에서, 신유승이 나를 보고 있었다.

"아저씨!"

일행들 표정에서 완연히 드러나는 기쁨. 다음 순간, 뿌연 지상의 먼지 사이에서 목소리가 들려왔다.

[아직! 아직이다!]

오이디푸스 왕이었다.

쓰러진 성좌들 곁에서, 그는 비참한 몰골로 우리를 향해 외쳤다.

['구원의 마왕'! 아직 '거대 설화' 계승이 끝나지 않았다는 것을 안다! 지금이라도 우리에게 설화를 양도한다면 여기서 물러가겠다.]

이미 승부는 끝났는데 녀석은 포기하지 않았다. 나를 대신해서 유중혁이 대답했다.

"우리가 왜 그래야 하지?"

지상에 착지한 유중혁은 나를 바닥에 내려둔 뒤, 흑천마도를 꺼내며 으르렁거렸다. 오이디푸스 왕이 말했다.

[그러지 않으면 너희의 소중한 세계가 사라질 것이다.]

"또 운명 타령이라도 할 셈인가? 너희가 마계에 투자할 개연성이 남지 않았다는 것쯤은 알고 있다."

[마계가 아니라면?]

오이디푸스 왕이 손가락을 튕기자 허공에 거대한 패널이 나타났다.

그곳에는 우리가 익히 아는 푸른 행성이 있었다.

유중혁이 눈살을 찌푸렸다.

"성좌의 자존심 따위는 다 팔아치운 모양이군. 마지막 발악인가?"

이 시점에서 〈올림포스〉가 가진 개연성 전체를 다 쏟아부어도 지구를 멸망시킬 수는 없다. 유중혁도 그 점을 알고 있었기에 전혀 당황한 표정이 아니었다. 그러자 오이디푸스 왕이 웃었다.

[지구를 날리는 건 무리지. 하지만 이 정도라면 어떨까?]

다시 손가락을 튕기자 화면이 바뀌었다. 떠오른 정경에 유중혁과 일행들 표정이 굳었다.

그곳에는 화마에 휩싸인 한반도가 있었다.

¤ ¤ ¤

"……이럴 줄 알았으면 나도 마계나 갈 걸 그랬나."

붉고 푸른 불길로 타오르는 경기도를 바라보며 한수영이 인상을 찌푸렸다. 사실 한수영이 마계를 가지 않은 데는 이유가 있었다.

[당신은 현재 마왕 '안드라스'의 저주에 걸려 있습니다.]

한수영은 김독자의 계략에 걸려 마왕의 저주에 걸린 적이 있다. 이 때문에 섣불리 마계에 방문했다가는 그대로 마왕의 한 끼 식사가 되는 수가 있었다. 곁에서 발을 동동 구르던 이길영이 외쳤다.

"지금쯤이면 다들 독자 형이랑 같이 있겠죠? 좋겠다 신유승……."

"그렇겠지. 근데 거기가 여기보다 더 힘들걸?"

화마 속에서 다가오는 재앙의 기척을 느끼며 한수영은 침을 삼켰다.

독자 일행들이 하나둘 마계로 '개인 시나리오'를 받아 떠난 뒤, 한반도에는 '재앙 시나리오'가 들이닥쳤다.

[재앙 시나리오의 제한 시간이 30분 남았습니다.]

문제는 이번에 들이닥친 '재앙'이 성좌라는 사실이었다.

"빌어먹을 〈올림포스〉."

관리국과 어떤 뒷거래가 있었는지 모르지만, 이번 '재앙 시나리오'의 '재앙'으로 온 것은 〈올림포스〉의 성좌들이었다.

난이도가 난이도인 까닭에, 삼십 분만 버티면 시나리오는 끝나게 되어 있었다. 지금으로서는 그 삼십 분 안에 한반도가 지구에서 없어질 가능성이 더 커 보였지만.

"……이제 어쩔 거냐?"

두툼한 입술로 담배 연기를 뿜어낸 공필두가 물었다.

그나마 경기 지역이 이만큼 버티는 것은 숙련도가 급상승한 공필두의 [무장 성채] 덕분이었다. 한수영이 답했다.

"조금만 더 버텨봐. 방법은 있으니까."

"상대는 성좌들의 화신체다. 숫자만 다섯이 넘어. 뭘 어떻게 이기겠다는 거냐? 이건 김독자 그놈이 와도 안 돼."

느껴지는 기운으로 볼 때 적은 전부 위인급 성좌. 〈올림포스〉 고대 영웅이거나, 최하급 신격에 준하는 존재일 것이다.

[이 작은 땅에는 배포 또한 작은 놈뿐인 모양이구나!]

쩌렁쩌렁 울리는 격만으로도 머릿속이 지끈지끈 아파왔다. 한수영은 침착하게 품속에서 새카만 돌을 몇 개 꺼냈다.

심연옥.

헤어지기 전 김독자가 모아놓으라고 말한 아이템이었다.

이 아이템 덕에 부족한 개연성으로도 일행을 마계로 보낼 수 있었다. 지금까지 세 알을 사용했고 남은 것은 여섯 알. 숫자가 좀 모자라기는 하지만 어차피 방법은 이것뿐이었다.

“이거…… 벌레 잡으려다가 초가삼간 다 태우는 거 아닌가 몰라.”

이길영의 벌레들이 성채를 보호하고 공필두의 성채에서 포격이 이어지는 동안, 한수영은 심연옥을 제물로 강림 의식을 시작했다. 딱 한 순간만, 이 비틀어진 저울의 평형을 맞출 존재를 부를 수 있다면.

ㅊㅊㅊㅊㅊ!

스파크가 튀며 심연옥이 하나둘 개연성의 제물로 사라지기 시작했다.

무려 여섯 알의 심연옥을 사용해야만 그 힘의 일부를 불러올 수 있는 무시무시한 존재.

경기도의 하늘이 새카맣게 물들며 우레가 쏟아졌다. 어마어마한 격이 한수영의 등 뒤로 그림자를 드러내고 있었다. 가볍게 한숨을 내쉰 한수영이 천천히 눈을 뜨며 말했다.

“염룡아. 네 마음대로 해도 돼.”

[성좌, ‘심연의 흑염룡’이 하얀 이를 드러내며 웃습니다.]

⌘ ⌘ ⌘

순식간에 성남시 인근을 쓸어버린 〈올림포스〉의 위인급 성좌들은, 천천히 공필두의 무장 성채 쪽으로 포위망을 좁혀가고 있었다.

[우리가 나서기엔 판이 너무 작은 것 같지 않나?]

성좌들은 하나같이 수치스럽다는 얼굴이었다. 그럴 법도 했다. 겨우 이런 시나리오의 소재가 되기 위해 격을 쌓은 성좌는 아무도 없다.

의욕 없는 그 모습에, 투박한 고대의 창과 방패를 쥐고 낡은 왕관을 쓴 성좌가 선심 쓰듯 입을 열었다.

[불평은 그만둬라. 이번 일만 끝내면 아버지께서 12신께 우리의 '승격'을 건의해본다고 하셨다.]

[오이디푸스께서? 정말인가?]

'눈먼 왕의 후계자'가 꺼낸 말에 성좌들 표정이 바뀌었다. 성운에서의 승격이란 성좌의 '거대 설화' 보유 지분이 향상된다는 의미였다.

[하아, 이제 우리도 소수점 첫째 자리로 갈 수 있는 건가?]

성운의 '거대 설화' 지분을 얼마나 갖느냐. 이는 곧 그 성좌의 강함을 방증하는 척도 중 하나였다. 더 많은 지분은 더 많은 개연성을 담보하고, 그것은 더 많은 시나리오에서 제약을 벗어나는 원천이 된다.

[얼른 끝내고 돌아가도록 하지.]

시시덕대던 성좌들이 마침내 무장 성채로 진군을 시작했다. 제각기 쥔 성유물이 허공에서 빛을 발하는 순간, 하늘이 새카만 돔으로 덮이듯 상공에서 빛이 사라지기 시작했다. 섬뜩하게 어둠이 내려앉자 성좌들이 동시에 멈춰 섰다.

[……뭐지?]

몰려온 먹구름에 일대의 빛이 모조리 꺼지고 있었다. 이 지역뿐만 아니라 한반도 일대를 덮어버리는 새카만 어둠. 어찌나 어둠이 깊은지 개연성의 스파크조차 가려질 정도였다.

'눈먼 왕의 후계자'가 당황한 눈빛으로 하늘을 올려다보며 중얼거렸다.

[혹시…… 명계의 여왕이십니까?]

현재 한반도에 강림할 수 있는 성운은 〈올림포스〉뿐.

그리고 〈올림포스〉의 성좌 중 적은 개연성으로 이 정도 이적을 부릴 수 있는 존재는 많지 않았다. 위인급 성좌 하나가 희미한 빛을 내뿜어 주변을 밝혔지만, 불은 순식간에 꺼졌다.

블랙홀이 강림하여 모든 빛을 빨아들인 듯 불길한 적요가 덮쳐왔다.

불안해진 성좌들이 외쳤다.

[여왕이시여! 오셨다면 부디 말씀을—]

돌연 한 성좌가 경고성을 발했다.

[뭔가 오고 있……!]

하늘에서 쏘아진 새카만 물체가 성좌 하나의 가슴을 꿰뚫었다.

[끄어어억……!]

용의 발톱처럼 생긴 물체였다. 당황한 성좌가 피를 흘리며 빼내려 했지만, 발톱은 점점 부피를 키우더니 이내 몸통 전체를 터뜨려버렸다.

꾸드득 소리를 내며 어둠 속 점이 되어버리는 성좌의 화신체. 기겁한 나머지 성좌들이 소리를 질렀다.

[으, 으어어어어!]

소리를 들었음에도 피하지 못했다. 그렇다는 것은…….

그들과는 완전히 차원이 다른 '격'을 가진 존재라는 뜻.

명계의 여왕도 이 정도는 아니었다.

[모두 도망……!]

상황을 눈치챈 '눈먼 왕의 후계자'가 후퇴 명령을 내렸다.

무장 성채 쪽에서 엄청난 스파크가 터져나온 것은 그때였다. 삼킬 수 없을 정도로 강렬한 빛이 한순간 도시의 암흑을 밝히자, 희뿜한 사위 속에서 성채의 문이 열리는 것이 보였다.

작은 체구의 여인이었다.

가장 먼저 그녀를 발견한 '눈먼 왕의 후계자'가 몸을 떨었다.

[어, 어째서 당신이……!]

여인의 너머로 넘실대는 흑염의 그림자. 이마를 덮은 흑발 사이로 적안赤眼을 빛내는 작은 소년의 얼굴이 언뜻 비쳤다.

쉬이이이익!

한쪽 팔에 붕대를 감은 소년이 손을 들어 올리자, 새카만 용의 그림자가 창공을 뒤덮었다.

새하얗고 가지런한 치열과 도드라진 송곳니.

소년이 웃자, 세상의 어둠이 숨을 죽였다.

그리고 학살이 시작되었다.

¤ ¤ ¤

오이디푸스 왕은 화면 너머에서 벌어지는 광경에 경악을 감추지 못했다.

[성좌, '눈먼 왕의 후계자'가 시나리오에서 퇴장했습니다.]

[성좌, '테베의 문지기'가 시나리오에서 퇴장했습니다.]

화면을 새카맣게 메운 용의 그림자가 달아나는 성좌들을 모조리 찢어발기고 있었다. 다행히 한수영은 늦지 않은 모양이었다.

[성좌, '심연의 흑염룡'이 광포한 웃음을 터뜨립니다.]

―아하하하하하핫!

한 손에 붕대를 둘둘 감고 얼굴을 반쯤 가린 채 괴이쩍은 웃음을 터뜨리는 한수영. 정말이지 흑염룡과 잘 어울리는 한 짝이었다. 저렇게 잘 놀 거면서 왜 지금까지는 싫어했는지 모르겠다.

뒤늦게 정신을 차린 오이디푸스 왕이 나를 보며 외쳤다.

[어떻게 이런…… 어째서 묵시록의 후보자가 네 녀석들 따위와……!]

묵시록의 후보자.

하긴 오이디푸스 왕 정도면 그 정도 정보 권한은 있겠지.

'심연의 흑염룡'은 '묵시록의 최후룡' 후보 중 하나였다.

[당신의 계책에 다수의 성좌가 경탄합니다.]

[성좌, '드러누운 드래곤'이 고개를 끄덕입니다.]

[성좌, '은밀한 모략가'가 순수하게 감탄합니다.]

[새로운 설화를 획득했습니다!]

[설화, '차도살인지계借刀殺人之計'를 획득했습니다.]

어둠으로 물들어가는 경기도를 보며, 나는 속으로 입맛을 다셨다.

'심연의 흑염룡'을 끌어들이는 것은 정말 최후의 수단이었다.

자칫하면 더 큰 재앙을 불러올 수도 있으니까. 그래도 한수영도 있고, 흑염룡과 맺은 약속도 있으니 놈이 한반도를 파괴하는 일은 없을 것이다.

[끄…… 으…….]

고개를 숙인 오이디푸스 왕이 알 수 없는 신음을 흘렸다.

그 심상치 않은 모습에, 나와 유중혁이 동시에 칼을 세워 들었다.

[네놈……!]

흑염룡에게 당한 성좌 중에는 오이디푸스 왕의 아들도 있었다. 격분해서 감정을 주체 못 하고 덤벼들 가능성을 고려해야 했다.

[죽여버리겠다!]

예상대로, 오이디푸스 왕과 함께 살아남은 성좌들이 동시에 격을 발출했다. '거대 설화'는 얻었지만, 여전히 저쪽도 만만한 전력은 아니었다. 그런데 내가 [전인화]를 재차 발동하려는 순간, 땅속에서 솟아오른 뭔가가 오이디푸스 왕의 목을 잡아챘다.

[커헉……!]

거대한 몸집의 수르야가, 네 개의 팔 중 하나를 움직여 오이디푸스 왕의 목줄기를 틀어쥐고 있었다. 오이디푸스 왕이 경악한 눈으로 수르야를 보았다.

[어, 어째서……!]

[……그만하라.]

수르야의 중후한 '격'이 다른 성좌들을 내리눌렀다.

[더 이상 추한 꼴을 보이지 말라.]

[싸움에서 진 개의 말을 듣진 않겠다! 이렇게 끝낼 수는……!]

다음 순간, 오이디푸스 왕의 몸이 폭발했다.

잔혹하게 터져나간 화신체가 수르야의 눈앞에 잿더미로 흩어지고 있었다. 충격받은 성좌들은 움직임이 굳었고, 긴장한 일행들은 한 걸음을 물러났다.

그렇게 중상을 입고도, 아직 저만한 힘이 남아 있다니…… 그야말로 경이로운 생명력이었다.

나는 남은 일행의 전력을 빠르게 계산했다.

만약 지금 당장 수르야와 부딪히게 된다면…….

[우리의 패배다.]

순간, 잘못 들었다고 생각했다. 하지만 분명 수르야의 입에서 나온 말이었다. 일순 가슴속 깊은 곳에서 들끓는 희열에 입술을 깨물었다.

저 위대한 로카팔라가 자기 입으로 패배를 인정했다.

['마왕 선발전'의 승자가 정해졌습니다.]

이어지는 시스템 메시지에, 멀리서 절규가 들려왔다.

'마왕 선발전'에 패배한 공작들의 비명이었다.

스스스스스…….

하나둘, 우리를 노려보던 성좌들의 화신체가 흩어져갔다.

시나리오가 끝나자 스타 스트림이 그들에게 허용되어 있던 개연성을 회수하기 시작한 것이다. 수르야의 몸도 천천히 사라지고 있었다.

나는 수르야의 몸이 완전히 사라지기 전에 입을 열었다. 묻고 싶었다. 왜 갑자기 마음을 바꿨느냐고.

['구원의 마왕'.]

하지만 수르야의 눈빛을 보는 순간, 도로 입을 다물었다.

생각해보면 수르야는 평범한 성좌가 아니었다. 다른 성좌도 아닌, 위대한 로카팔라의 일좌. 지고의 수식언을 가진 그 성좌가, 우리를 상대로 온갖 비겁한 술수를 써온 것 자체가 오히려 이상한 일이었다. 아마 이번 선발전은 그의 자존심에 지대한 타격을 입혔을 것이다.

천천히 눈을 깜빡인 수르야가 물었다.

['끝의 자격'은 얻었는가?]

"아마 얻게 될 겁니다. 그리고 당신도……."

하찮은 위로는 집어치우라는 듯 수르야의 눈빛이 무섭게 빛났다.

[내가 네 설화를 지켜볼 것이다.]

수르야 또한 언젠가는 '끝의 자격'을 얻게 될 것이다. 그렇다면 다시 만날 날이 올지도 모른다. 이곳이 아닌, 저 높은 '스타 스트림'의 후반부 시나리오에서.

[그리고…….]

짧은 순간, 수르야의 시선이 떨어진 열차 파편을 향했다. 나와 수르야가 부딪친 칸의 파편이었다. 그런데 그 파편 중 일부의 모양이 조금 이상했다. 나와의 전투로 망가진 흔적이 아니었다.

그 전부터 열차에 새겨져 있던 상흔. 무언가에 뜯어 먹힌 듯한 단면.

"알고 있습니다."

[그렇군. 알았다.]

수르야는 그 말을 마지막으로 자취를 감추었다. 주변을 압박하던 격들이 동시에 사라지자 묘한 적요가 자리 잡았다. 실감이 나지 않았다. 계획하던 것들을 침착하게 실천했고, 몇 가지는 운이 따랐다.

그리고 여기까지 왔다.

[메인 시나리오 #25 - '마왕 선발전'이 종료됐습니다!]

고개를 돌리자, 유중혁도 수르야가 사라진 자리를 보고 있었다.

[메인 시나리오를 클리어했습니다.]

[해당 선발전의 보상이 준비 중입니다.]

[마계에 새로운 마왕이 등장했습니다!]

[당신은 '73번째 마계'의 주인이 됐습니다!]

폭발적으로 쏟아지는 시스템 메시지. 나와 유중혁이 동시에 하늘을 올려다보았다. 허공에서 나를 굽어보는 무수한 존재들의 시선이 쏟아졌다.

[마왕, '지옥 동부의 지배자'가 당신을 바라봅니다.]

[마왕, '강령의 마신'이 당신에게 호기심을 갖습니다.]

[마왕, '검은 갈기의 사자'가 당신을 자신의 마계에 초대합니다.]

(…)

[성좌, '양산형 제작자'가 축하 인사를 보냅니다.]

[성좌, '가장 어두운 봄의 여왕'이 당신에게 선물을 보냈습니다.]

[성좌, '술과 황홀경의 신'이 건배사를 제의합니다.]

[성좌, '긴고아의 죄수'가 크게 기뻐합니다.]

[성좌, '붉은 코스모스의 지휘관'이 당신을 경계합니다.]

지금까지와는 비교할 수 없을 정도로 많은 시선이 있었다.

나와 비슷한 수준의 강자부터, 지금의 나는 발끝조차 볼 수 없을 아득한 존재까지.

털썩 주저앉은 장하영이 멍한 목소리로 말했다.

"……끝났다."

나는 고개를 끄덕이며 일행들을 둘러보았다.

정희원을 업은 이현성이 하늘을 보고 있었다. 다친 유상아를 부축한 이지혜가 나를 향해 손을 흔들고, 신유승이 내 소매를 붙잡은 채 나를 올려다보고 있었다.

축 늘어진 오수를 입에 문 파천신군이 가볍게 짖었다. 그리고 그 뒤에는, 언제부터 있었는지 아스모데우스의 화신체를 품에 안은 한명오가 지친 숨을 몰아쉬고 있었다.

조금 떨어진 바위 언덕에 파천검성과 키리오스의 모습도 보였다. 다친 몸을 웅크린 '성급한 늪의 포식자'와, 그의 등에 걸터앉은 척준경까지.

그중 하나라도 없었다면 결코 이겨낼 수 없을 시련이었다.

[당신들의 '성운'이 <스타 스트림>에 널리 알려집니다.]

[다수의 성좌가 성운, <김독자 컴퍼니(임시)>를 기억했습니다.]

메시지를 들은 유중혁이 인상을 찌푸렸다.

"……이름부터 바꿔야겠군."

이상한 데서 자존심을 세우는 녀석을 향해 나는 씩 웃어주었다.

조만간 성좌들에게 성운 이름을 공모해보는 것도 나쁘지 않겠다 싶었다.

하늘 너머로 깊은 어둠이 물러나고 있었다.

[당신의 첫 번째 '거대 설화'가 완전히 개화합니다.]

[거대 설화, '마계의 봄'을 얻었습니다.]

폐허가 된 마계의 공단에서, 공민들이 하나둘 성 밖으로 나왔다. 믿을 수 없는 승리에 도취된 듯 누군가가 함성을 질렀고, 또 누군가는 나와 유중혁의 이름을 연호했다. 아일렌과 마르크의 모습도 보였다.

[<스타 스트림>이 당신의 '거대 설화'에 만족합니다.]

[당신은 '끝의 자격'을 획득했습니다.]

마침내 내가 기다리던 메시지들이 들려왔다.

[히든 시나리오 - '단 하나의 설화'가 시작됩니다!]

[당신의 전설급 설화들이 서막을 구성합니다.]

[당신의 첫 번째 거대 설화가 '기起'를 완성했습니다!]

오랜 인내 끝에, 최종 시나리오로 향하는 첫 발자국이 찍힌 것이다.

[당신에게 ■■의 권한이 주어집니다.]

[■■의 필터링이 해제됩니다.]

오래도록 베일에 가려져 있던 마지막 장의 정보가, 마침내 내 눈앞에 모습을 드러내는 순간이었다.

■■

1

마왕 선발전이 끝난 후, '유중혁-김독자 공단'은 재건으로 분주해졌다.

전쟁의 폐해로 바닥에 나앉게 생긴 공민들의 표정은 암담했다. 내가 비형을 설득해 구호 자원을 얻지 않았다면 분위기는 더욱 험악했을 터다.

"시계탑은 저쪽으로! 어이, 거기 조심해!"

공작들이 사망해 다른 공단의 공민이 꼬리를 물고 찾아온 덕에 인력이 부족하지는 않았다. 나는 공민들을 도와 이틀간 재건에 열중했고, 덕분에 도시는 차츰 활발한 분위기를 되찾고 있었다.

"도와줘서 고마워요, 유상아 씨."

유상아의 성흔 [아라크네의 거미줄]이 없었다면 기초 재건에 더 긴 시간이 걸렸을 것이다. 이마의 땀을 닦은 유상아가 말했다.

"독자 씨도 좀 쉬셔야죠."

"전 괜찮아요. 유상아 씨는?"

유상아는 내 가슴팍을 둘둘 감은 붕대를 유심히 바라보다가 대답했다.

"저도 양호해요."

나는 작업을 멈추고, 유상아와 함께 시계탑에 올라 광장을 내려다보았다.

유중혁을 비롯해 중상을 입은 일행들은 아일렌의 병동에 입원해 있었다. 비교적 경상에 그친 정희원과 이지혜는 공단 출입구 쪽 건설을 돕는 중이었다. 병동 쪽에서 다 나았으니 퇴원할 거라고 떼쓰는 이현성 목소리가 들려왔다.

이틀간 열심히 노력한 덕분인지 적어도 광장 일대는 사람 사는 곳 같은 분위기를 풍기기 시작했다. 일정은 빠듯했지만, 지금 무리해둔 것이 나중에 보상으로 돌아올 것이다.

"저기 오네요."

허공에서 일렁이는 포털. 광장 쪽에서 엄청난 속도로 달려오는 꼬맹이가 있었다. 나는 가볍게 시계탑 아래로 점프해 녀석을 맞이했다.

"독자 형! 으와아아아아앙!"

와락 안겨든 이길영이 품에서 발버둥 쳤다. 나는 웃으며 녀석의 머리를 헝클어주었다.

"잘 있었냐? 키 좀 큰 거 같은데."

"진짜요?"

"응, 이제 거의 유승이랑 비슷하겠는데?"

"곧 더 커질 거예요!"

포털로 넘어온 것은 이길영만이 아니었다. 덩치 커다란 사내가 쿵 소리를 내며 광장 바닥에 떨어졌다.

"오랜만입니다, 공필두 씨."

"……흥."

내 안위 따위는 별 관심 없다는 듯 잠시 노려보던 공필두가 유상아에게 가볍게 손을 흔들었다. 유상아가 희미한 미소를 띠며 고개를 숙이자 기분이 조금 풀렸는지 내게 말했다.

"네놈 보러 온 거 아니야."

그래도 이 정도면 공필두도 많이 변했다. 이제 누가 그를 십악이라 부를 수 있을까.

"한수영은?"

"수영 누난 당분간 요양을 좀 해야 할 것 같대요."

내 배에 이마를 툭툭 부딪치던 이길영이 말했다.

요양이라…….

아무리 심연옥을 제물로 바쳤다 해도, 개연성을 감수하고 흑염룡을 몸에 강림시켰으니 타격이 적지 않았겠지.

하지만 여기에 못 올 정도일 리는 없는데…….

"아, 수영 누나가 이거 전해주라고 했어요."

호주머니를 뒤적거리던 이길영이 쪽지를 건넸다. 한수영답게, 어쩐지 집요한 느낌으로 꼬깃꼬깃 접어놓았다.
이길영의 반짝이는 눈을 피해 조심스레 쪽지를 열었다.

—다음에 또 이딴 거 시키면 죽여버린다.

피식 웃음이 나왔다. 역시 안 온 이유가 있었구만. 지금도 눈을 감으면 붕대를 감은 한수영이 미친년처럼 날뛰던 모습이 떠오른다.

—아직 문제가 몇 가지 남았어.

쪽지에는 그 외에도 몇몇 정보가 적혀 있었다. 지구에서만 들을 수 있는 한반도나 성운 간 정세 같은 것들. 다행히 지구는 내가 아는 원작의 사이클에서 크게 벗어나지 않은 듯했다. 대부분 이미 아는 내용이라서 굳이 이런 식으로 전해줄 필요가 없는 정보였다.
한수영도 그걸 아는지 영 중언부언하는 투였다.

—암튼, 그렇다고…… 뭐…… 잘 지내 멍청아. 지구 오면 봐.

……아쉽네. 이번에 만나면 제대로 놀려주려고 했는데. 나는 쪽지를 코트에 넣은 후, 이길영과 공필두를 향해 입을 열었다.

"밤에 연회가 있을 겁니다. 들어가서 씻고 준비하세요."

"연회?"

"손님이 오시기로 했거든요."

일단 한고비는 넘겼다.

하지만 이 공단의 위기는 이제 막 시작일 뿐이었다.

[성좌, '술과 황홀경의 신'이 당신의 초대에 응합니다.]

[성좌, '가장 어두운 봄의 여왕'이 당신의 초대에 응합니다.]

(…)

허공에서 쏟아지는 무수한 간접 메시지를 보며, 나는 가볍게 한숨을 내쉬었다.

¤ ¤ ¤

마왕 선발전 이후 유중혁은 쉽게 깨어나지 못했다.

"회복되려면 얼마나 더 걸릴까?"

"본래라면 이 년 정도는 요양해야 할 부상이지만, 공급해주신 영약도 있고…… 무엇보다 이 화신의 생명력이 경이로울 정도네요."

이런 환자는 처음 보았다는 듯 아일렌은 사뭇 감탄한 어투였다.

"최소 이 주는 지나야 회복 여부를 알 수 있을 거예요."

"역시 그런가."

아무리 유중혁이라도 이번 싸움은 대단히 힘들었을 것이다. 맥을 짚던 아일렌이 병실을 나서며 내 쪽을 흘끗 보았다.

"……당신도 좀 쉬어야 해요. 알죠?"

"걱정 마."

아일렌이 나간 후에도 나는 병실을 떠나지 않았다.

잠든 녀석의 안색은 내가 본 어떤 유중혁보다 더 창백했다. 당연한 일이었다. '회귀'가 발동할 정도로 부상을 당했는데 돌아가지 않은 유중혁은 이 녀석이 처음이니까.

나는 자리에서 일어나 녀석에게 꽂힌 설화 팩을 점검했다. 설화 팩을 잘못 꽂으면 항마降魔 부작용으로 사망하는 경우도 있다. 나처럼 '라마르크의 기린'이 있는 경우에는 좀 다르지만…….

"……팩도 꼭 저 같은 것만 꽂아 쓰네."

「내가 간다 고독한 세상아」

「소드 마스터가 제일 쉬웠어요」

「난 다섯 살 때부터 검을 잡았어 천재였지」

다행히 설화 전문가인 아일렌은 유중혁의 설화 구성을 잘 파악한 듯했다. 실제로 144회차의 유중혁은 이현성의 군대 설화를 잘못 수혈받고 잠깐 돌아버린 적이 있었다.

"입맛이 까다로운 녀석이지."

갑자기 뒤쪽에서 들려온 목소리에 거의 경기를 일으킬 만큼 놀랐다.

돌아보니 수려한 외모의 거인이 벽에 기대 있었다.

"……언제부터 거기 계셨습니까?"

"네가 들어오기 전부터."

파천검성은 태연한 눈으로 나를 내려다보더니 유중혁 쪽을 일별했다.

"너무 과한 치료야. 저놈은 무림 만두 몇 개만 던져주면 금방 나을 텐데."

"여긴 무림 만두가 없으니까요."

말은 그렇게 해도 파천검성의 눈빛에 떠오른 기류는 몹시 온화했다.

무서운 사내의 목소리가 들려온 것은 그때였다.

"그래서, 널 때렸다는 게 저놈이냐?"

파천검성 반대쪽 천장에, 개구리만 한 크기의 뭔가가 거꾸로 붙어 있었다.

키리오스 로드그라임이었다.

"스승님."

"말해라. 저놈이냐?"

키리오스를 무림으로 보낼 때 내가 헛소리를 지껄였다는 게 떠올랐다. 파천검성의 제자에게 두드려 맞았다고 그랬던가. 키리오스의 잘생긴 눈썹이 휘어지며 전신에 백청의 아우라가 감돌기 시작했다.

"모두 거짓말이었던 것이냐?"

나는 침을 삼키며 말을 주워섬겼다.

"그게, 완전히 거짓말은 아닙니다. 사실 이놈이랑 사이가 꽤 안 좋거든요. 실제로 얻어맞은 적도 있고……."

"얻어맞기만 한 것이냐?"

"물론 제가 때린 적도……."

시스템의 허점을 노리긴 했지만, 왕좌 쟁탈전에서 유중혁을 피떡이 되게 때려준 적이 있으니 거짓말은 아니었다. 이야기를 듣던 파천검성의 표정에 흥미가 스쳤다.

"흐음. 내 제자를 때렸다고?"

"그래서 누가 이겼지?"

허공에서 두 스승의 시선이 부딪쳤다. 그저 시선이 충돌했을 뿐인데 공간이 뒤엉키며 스파크가 튀기 시작했다.

두 사람이 나란히 돌아왔기에 사이가 좋아졌으리라 생각했는데, 아무래도 나만의 착각이었던 모양이다. 파천검성이 서늘한 목소리로 말했다.

"우둔한 질문이군. 얼굴만 봐도 네 제자 놈보다 내 제자가 한 수 위인 것이 자명하거늘."

"근육만 키운 기생오라비보다 내 제자가 약할 리 없다. 저래 봬도 내 비전 무공을 전수한……."

"그래봤자 또 작아지는 무공이겠지."

아무래도 이대로 있다가는 병실이 폭발할 것 같아서 재빨리 사이에 끼어들었다.

"두 분께 여쭤볼 게 있습니다."

무시무시한 시선이 동시에 나를 향해 쏟아졌다. 나는 격을 발동해 간신히 그 압력을 견뎌내며 물었다.

"제1 무림은 어떻게 됐습니까?"

줄곧 의문이었다. 파천검성과 키리오스가 여기 왔으니 무림은 무사할 가능성이 컸다. 하지만 상대는 '이계의 신격'이었다.

키리오스가 먼저 입을 열었다.

"이 몸이 손수 움직였는데 그런 세계 하나 구하지 못할 것 같으냐?"

그러고는 뭔가 기분이 상한 듯 그대로 창문을 통해 밖으로 날아가버렸다.

……왜 저러지?

파천검성은 키리오스가 빠져나간 창문을 가만히 바라보다가 말했다.

"막긴 막았는데, 전부 막았다고 보긴 힘들다."

"'이계의 신격'은 퇴치한 겁니까?"

파천검성의 전신에서 은근히 느껴지는 '거대 설화'의 기운. 제1 무림과 관계된 거대 설화인 게 분명했다.

"벅찬 상대였지만 못 싸울 것도 아니었다. 저 재수 없는 역설 놈도 와줬으니까."

'이계의 신격'을 그저 '벅찬 상대' 정도로 표현하는 것도 파천검성쯤 되니 가능한 일이었다.

"문제는 그다음에 온 녀석이었다."

¤ ¤ ¤

'이계의 신격'에도 급은 있다.

말하자면 그중에도 '네임드'가 있는 것이다. 가령 '옛 존재'라든가 '위대한 옛 존재'로 통칭되는 신격이 그렇다.

―녀석은 '옛 존재'도 '위대한 옛 존재'도 아니었다.

그런데 개중에는 그런 범주조차 넘어서는 까마득한 존재도 있다.

―그런 녀석은 처음 보았기 때문에 좀처럼 정확하게 설명할 수가 없다. 확실한 것은 나와 역설이 힘을 합쳐도 당해낼 수 없었다는 점이다. 사실 싸움조차 되지 않았다. 놈이 스스로 물러나지 않았다면 우리는 무림과 함께 우주에서 사라졌을 것이다.

파천검성의 말은 기이하게 들리기까지 했다.

원작 전개대로라면, 그날 제1 무림에 그런 존재가 나타날 개연성은 전혀 없었다. 그런데 가공할 신격이 나타났고, 나타났을 때와 마찬가지로 영문을 알 수 없게 물러났다.

—마치 다른 맛있는 먹잇감을 발견한 것처럼 사라지더군.

'옛 존재'도 '위대한 옛 존재'도 아닌 존재. 거기다 파천검성이나 키리오스 같은 강자조차 전의를 상실할 정도의 신격…….

와아아아아!

공단 중앙 홀에서 조촐한 파티의 소음이 들려왔다. 몸이 회복된 몇몇 일행, 초대받은 성좌들의 상징체도 보였다.

[흐음, '구원의 마왕'. 내가 보낸 선물은 잘 받았나요?]

짓궂게 웃으며 다가오는 페르세포네. 역시나 이번에도 상징체는 유상아의 모습이었다. 그녀의 상징체를 처음 보는 일행들은 놀란 표정이었다. 특히 유상아의 표정이 아주 볼만했다.

"……저 이제 그 옷 안 좋아합니다."

차이나 드레스 차림의 페르세포네가 부채를 흔들며 웃었다.

[그래요? 꽤 성능 좋은 걸로 보냈는데.]

성능이라는 말에 곁에 있던 이현성이 관심을 보이기 시작했다. 또 엉뚱한 소리가 나오기 전에 재빨리 말을 받았다.

"선발전에선 은혜를 입었습니다."

[흐음, 난 한 게 없는데요?]

"'하늘 걸음의 주인'을 설득해주셨다는 걸 알고 있습니다."

현재 〈올림포스〉는 분열된 상태. 그녀가 헤르메스를 설득하지 않았다면, 선발전에서 내가 싸웠어야 할 〈올림포스〉 성좌는 더욱 많았을지 모른다.

[미래를 위한 투자라 생각해줘요.]

희미하게 미소를 띤 페르세포네는 기분이 좋은지 홀의 중심으로 올라가 춤을 추기 시작했다. 심지어 유상아를 끌어당겨 파트너로 삼았는데, 처음에 당황하던 유상아도 이내 질 수 없다는 듯 냉정한 표정으로 맞섰다. 둘의 화려한 춤사위에 정희원이 휘파람을 불었다.

"상아 씨 멋지다!"

구석에서 벌써 열 번째 건배사를 마친 디오니소스, '성급한 늪의 포식자'를 향해 술잔을 나누는 척준경도 보였다. 소규모 연회지만 지금껏 참석한 그 어떤 연회보다 마음이 편안해지는 광경이었다.

[모처럼 휴식이로군. 축하하네, '구원의 마왕'.]

뒤를 돌아보니, 헌앙한 정장을 입은 노인이 서 있었다.

"오셨습니까, '양산형 제작자'."

그 또한 이번 선발전에 도움을 준 성좌 중 하나였다.

[설화는 잘 보았네. 과연 미식협에서 큰소리칠 만하더군.]

"과찬이십니다."

나는 테이블에 놓인 술잔을 들어 '양산형 제작자'와 잔을 부딪쳤다. 향을 맡아보니 꽤 독한 알코올이라 슬쩍 입만 대고 도로 내려놓았다.

우리는 잠시 말이 없었다.

아마도 '양산형 제작자'는 질문을 고르고 있을 것이다.

그리고 그 질문이야말로 그를 비롯한 성좌들이 이곳에 참석한 이유이자, 내가 연회를 개최한 이유이기도 했다.

술을 홀짝인 '양산형 제작자'가 지나가듯 말을 던졌다.

['끝의 자격'을 얻었으니 필터링도 해제되었겠군그래.]

장내 분위기가 미세하게 바뀌는 것을 느끼며, 나는 고개를 끄덕였다.

"그렇습니다."

홀은 여전히 떠들썩했지만 하나둘 내게 모여드는 성좌들의 시선이 있었다. 페르세포네, 척준경, 디오니소스…… 사실 다들 관심 없는 척하면서 이쪽 얘기를 듣고 있었다.

모든 성좌의 시선이 내게 집중되었을 무렵 '양산형 제작자'가 물었다.

[자네의 ■■은 무엇이었는지 물어봐도 되겠나?]

"궁금하십니까?"

[이곳에 궁금하지 않은 이가 있겠는가?]

양산형 제작자가 옅게 웃자 몇몇 성좌가 헛기침을 했다. 분위기가 심상치 않게 흘러가자 아직 상황 파악이 안 된 다른 일행들도 내게 주의를 집중하기 시작했다.

"갑자기 다들 왜……."

"쉿."

눈치 없이 끼어들려는 이현성을 정희원이 제지했다.

나는 천천히 장내의 모든 인원을 돌아보았다. 어느새 홀의 모든 존재가 나를 보고 있었다.

■■.

멸살법에서는 그것을 다양한 이름으로 명명한다.
가령 '도깨비 왕'은 이렇게 말했다.

「모든 이야기의 끝이자 시작.」

하지만 유중혁은 이렇게 말할 것이다.

「빌어먹을 스타 스트림.」

이현성이라면 "전역"이라 표현할 것이고, 유상아라면 "노후 설계"라고 말할지도 모른다. 또 이지혜에게는 "졸업"이겠지. 그리고 놀랍게도, 모두 ■■의 해석으로는 틀리지 않은 것이었다.

양산형 제작자가 물었다.

['끝의 자격'을 얻은 이는 모두 다른 '끝'의 이름을 얻지. 알고 있는가?]

"가진 설화가 모두 다르니 당연한 일이겠지요."

애초에 ■■는 정확한 의미로 소통이 가능한 고유명사가 아니었다. 여기서 필터링이 풀렸다는 것은 내가 그것을 '읽을 수 있게' 되었다는 뜻일 뿐이다. 아마 나처럼 히든 시나리오를 받은 성좌들 또한 모두 비슷한 처지일 것이다.

〈히든 시나리오 - 단 하나의 설화〉

분류: 히든

난이도: ???

클리어 조건: ■■에 도달할 단 하나의 설화를 완성하시오.

제한 시간: —

보상: ???

실패 시: ???

* 현재 당신은 '기'를 완성했습니다.

* 자세한 사항은 추가 시나리오 설명을 참조하십시오.

히든 시나리오, '단 하나의 설화'.

이 시나리오는 '끝의 자격'을 얻은 모든 존재에게 부여됐다.

아득한 스타 스트림의 은하에서, 무수한 설화의 바다를 뒤져 단 하나의 '완전한 이야기'를 완성하는 것. 전설급 설화도, 신화급 설화도, 심지어는 내가 얻은 거대 설화도 결국은 '단 하나의 설화'를 향해 가는 여정에 지나지 않았다.

눈앞의 '양산형 제작자'나, 저기 있는 페르세포네 역시 이 시나리오를 얻었을 것이다. 물론 그들이 끝내 도착하는 곳은 나와는 다른 곳이겠지만.

[바앗!]

내가 지시하기도 전에 비유가 홀의 채널을 차단했다.

지금부터 할 이야기가 중요하다는 사실을 본능적으로 깨달았으리라. 허공에서 성좌들의 항의 메시지가 흘러나오는 사이, '양산형 제작자'가 무거운 말투로 입을 열었다.

[내 ■■은 '고갈枯渴'이었네.]

그가 선뜻 자신의 패를 공개할 줄은 몰랐기에 조금 놀랐다. 이어서 무대에서 춤을 추던 페르세포네도 말했다.

[나는 '죽음'이었어요.]

고갈과 죽음.

모두 무언가의 '마지막'을 상징할 수 있는 단어였다.

늘 뭔가 만들기 좋아하는 '양산형 제작자', 죽은 자들의 명계를 다스리는 페르세포네에게는 더없이 역설적인 끝이기도 했다.

저쪽에서 패를 꺼냈으니 나도 물러설 곳이 없었다.

"다들 수식언을 걸고 맹세해주십시오. 여기서 제게 들은 이야기는 누구에게도 발설하지 않겠다고."

내 말에 성좌들이 서로 돌아보았다.

[거야 당연히…….]

[험, 뭘 그렇게까지 하나? 우리가 어디 가서 그걸 말한다고…….]

[얼마나 대단한 ■■이기에 그렇게 뜸을 들이는 건가?]

나는 즉답하지 않고, 그저 가만히 웃었다.

그러자 성좌들 사이에서 고요한 파문이 일기 시작했다.

[설마……?]

그 머릿속에서 스치는 생각들이 눈에 보일 것 같았다.

나는 그런 성좌들의 표정을 보며 생각했다.

그래. 생각해라.

고민하고, 의심해라.

그래야 내가 원하는 그림에 도달할 테니까.

이윽고 성좌들의 술렁임이 절정에 이르렀을 무렵, 나는 천천히 입을 열었다.

⌘ ⌘ ⌘

한수영은 거리를 걷고 있었다.

폐허가 된 서울의 정경. 살아남은 사람이 없는 거리를, 그녀는 홀로 걷는 중이었다.

머릿속에 온갖 망상이 스쳤다.

왜 내가 지금 여기 있을까. 난 분명 염룡이의 힘을 빌려 성좌들과 싸우고 있었는데. 아니, 그보다 '서울'은 폐쇄되었을 텐데 어째서…….

—염룡아?

'심연의 흑염룡'은 대답이 없었다.

—이봐, 누구 없어?

한수영은 무너진 잡거빌딩 사이를 거닐며 소리쳤다. 익숙한 광화문의 폐허 사이로 괴수들 사체가 늘어져 있었다. 고약한 냄새가 들끓는 사체 곁을 지날 때마다 소름이 돋았다. 하나하나가 지금의 그녀는 감당할 수 없는 괴물이었다.

대체 어떻게 된 건데.

질문해봐도 대답해줄 사람은 아무도 없었다. 아니, 설령 있더라도 대답해주지 않는 편이 좋을지도 몰랐다. 만약 이곳에 살아 있는 '존재'가 있다면, 그놈은 저 괴수들을 피떡으로 만든 무시무시한 괴물일 테니까.

……꿈이라면 제발 깨어나길 바랄 뿐이다.

그때, 멀리서 사람 그림자 같은 것이 보였다.

흰색 코트를 입은 익숙한 인형人形.

가슴이 벅차올랐다.

—김독자!

사내가 이쪽을 돌아보는 순간. 피육을 꿰뚫는 소리와 함께 사내의 코트 사이로 불쑥 칼이 튀어나왔다. 붉은빛으로 물드는 백색의 코트.

한수영은 소리를 지르며 잠에서 깨어났다.

"하악, 하악……."

몇 번이고 눈을 깜빡이고 나서야 현실 감각이 천천히 돌아왔다.

"뭐야……."

그녀답지 않게 혼잣말까지 내뱉었다.
식은땀으로 등이 푹 젖어 있었다.

[성좌, '심연의 흑염룡'이 당신의 혼잣말에 만족합니다.]
[성좌, '심연의 흑염룡'이 이제야 당신이 진정한 자신의 후계자가 되었음을……]

"닥쳐."
흑염룡이 헛소리를 지껄이는 걸 보면 확실히 현실은 맞는 듯했다. 한수영은 한쪽 손으로 관자놀이를 짚었다.
……왜 그 녀석이 꿈에 나왔을까.
평소 같으면 개꿈이라며 넘어갔을 테지만, 미신이 현실이 되는 세상이다 보니 이런 꿈 하나도 허투루 넘길 수 없었다. 관자놀이를 짚은 쪽 팔에 붕대가 감겨 있음을 깨달은 것은 바로 직후였다.
"이런 빌어먹을. 아직도 안 풀었네."
"풀지 마. 다쳐서 감아둔 거니까."
깜짝 놀라 돌아보니 익숙한 얼굴이 보였다.
"……김독자 엄마?"
"아직도 날 그렇게 부르는 사람은 너뿐이구나."
이수경은 수건으로 한수영의 등과 이마를 닦아주었다. 한수영이 물었다.
"왜 마계에 안 갔어?"

"내가 무슨 면목이 있다고 거길 가겠니."

"김독자가 좋아했을 텐데."

"네가 갔으면 더 좋아했을 거다."

"……아줌마 자기 아들을 잘 모르네."

한수영이 작게 입술을 비죽이며 말했다. 이수경은 옅게 웃더니 젖은 베개잇을 새것으로 갈아주었다. 향긋한 새 베개에 코를 박고 킁킁거리던 한수영이 말했다.

"그래도 어떻게 잘 해결된 것 같네."

"뭐가 말이니?"

"'김독자 대흉 사건' 말야."

흑염룡이 신난 꼴을 보니 마계 쪽 일은 잘 풀린 것 같았다. 한반도의 피해도 생각보다 크지 않았다. 경기 지역에 타격이 있었으나 시민들은 무사히 대피시켰고…….

뒤숭숭한 꿈을 꾼 게 좀 걸리지만 어차피 꿈은 꿈일 뿐이다.

"전부 끝나진 않았어."

"……어?"

이수경은 말없이 접시 하나를 가져오더니, 그 위에 [길흉화복] 점괘를 띄우기 시작했다. 한수영은 잠자코 수면 위로 떠오르는 글자의 궤적을 읽었다. 믿기지 않았다. 그래서 몇 번이나 점괘를 다시 쳐달라고 부탁했다.

점괘는 같았다. 붕대가 둘둘 감긴 팔을 내려다보던 한수영이 말했다.

"김독자한테 연락해줘."

☆ ☆ ☆

연회가 끝난 밤. 나는 홀로 집무실에 앉아 있었다.

느긋한 마음으로 핫초코라도 한 잔 타놓고 멸살법을 읽기에 적합한 시간이지만, 지금은 그런 여유를 부릴 수 없었다.

테이블에 놓인 거대한 파편을 바라보았다. 수르야와 내가 싸운 열차의 마지막 칸에서 떨어져나온 조각이었다.

나는 눈을 감은 채 당시 기억을 재구성해보았다.

수르야의 열차는, 원작에서 언급된 열차보다 길이가 훨씬 짧았다.

그리고 마지막 칸은 뒤가 뻥 뚫려 있었다. 마치 도중에 뒤쪽이 찢겨나가기라도 한 것처럼.

즉 그 칸은 '원래의 마지막 칸'이 아니었던 것이다.

눈을 뜨고 다시 파편의 상흔을 살폈다. 척준경이나 스승들이 전력을 발해야 부술 수 있는 수르야의 열차를, 아예 통째로 뜯어낼 정도의 괴력.

……이건 역시 '그거'겠지.

똑똑똑.

문을 두드리는 소리에 고개를 들자, 문틈으로 유상아가 나를 보고 있었다.

"미안해요, 독자 씨. 방해했나요?"

"아닙니다. 제가 불렀는데요."

나는 급히 테이블을 정리하며 유상아를 맞이했다.

유상아는 살짝 떨떠름한 얼굴로 주변을 살피다가 테이블 맞은편에 조심스레 앉았다.

"차라도 드릴까요?"

"아뇨. 괜찮아요."

"그럼 물이라도?"

"좋아요."

조그만 테이블을 사이에 두고 마주한 채, 우리는 잠시 침묵을 지켰다. 내가 불렀지만, 쉽사리 화제를 꺼내지는 않았다. 유상아 역시 내게 궁금한 점이 많을 것이다. 나는 가볍게 한숨을 내쉬고는 먼저 침묵을 깼다.

"물어보세요."

"꽤 오랫동안 독자 씨에 대해 생각했어요."

마치 기다렸다는 듯한 어조였다.

"어째서 남들이 모르는 미래를 아는 걸까. 어떻게 이런 상황에서도 침착할 수 있고, 어떻게 다른 사람은 생각하지 못한 해답을 항상 찾아낼까."

"그래서 뭔가 알아내셨습니까?"

"어떤 것은 알 것도 같았고 어떤 것은 감도 잡히지 않았어요."

아마 유상아는 나를 공부했을 것이다. 앱으로 틈틈이 스페인어를 공부하듯이. 그리고 언제나처럼, 누구보다 먼저 유의미한 결과에 도달했을 것이다.

"독자 씨에게 이 세계는 '소설' 같은 건가요?"

"왜 그렇게 생각하셨죠?"

"오늘 연회에서 하신 말씀 때문에요."

……과연 유상아다. 정말, 그렇게밖에는 말할 길이 없었다.

—저는 '종장終章'을 향해 가는 존재입니다.

그것이 '■■란 무엇인가'에 대한 나의 대답이었다. 종장. 페이지를 넘기고 또 넘겨서 도달해야 하는, 모든 페이지의 끝.

유상아가 말을 이었다.

"성좌들이 크게 놀라더군요. 경악하거나, 경탄하거나."

성좌들은 놀랄 수밖에 없었을 것이다.

애초에 그런 의도로 던진 발언이니까.

"독자 씨가 나가신 후 명계의 여왕께 물어보았어요. 왜 그렇게들 놀랐는지."

"뭐라고 하시던가요?"

"독자 씨가 굉장히 특별한 존재라고 했어요."

물로 입술을 축인 유상아가 계속해서 말했다.

"■■는 모든 존재에게 '다른 형태'로 주어진다고 들었어요. 그리고 대부분 지극히 개인적인 단어를 받는다고요. 세상에는 무수한 ■■가 있지만, 개중에 명백한 '끝'을 암시하는 단어는 극히 드물다고 했어요."

누가 들어도 명백한 '끝'을 의미하는 것.

모든 존재에게 탁월한 범용성을 가지는 말.

"그처럼 명백한 '끝'을 암시받은 존재는 모두 위대한 성좌뿐이라고도 했어요. 〈올림포스〉나 〈베다〉, 그리고 〈파피루스〉 같은…… 초거대 성운의 최상위 신격들."

"……."

"그리고 이제…… 독자 씨도 그중 하나가 됐다고 하더군요."

유상아는 복잡한 눈으로 나를 보고 있었다. 흔들리는 그의 눈빛은, 그녀 자신도 잘 가늠할 수 없는 감정을 품고 있는 듯했다.

"잘된 일이죠."

"잘된 일이요?"

"이제야 뭘 좀 해볼 수 있게 되었으니까요."

나는 웃었다. 하지만 유상아는 웃지 않았다.

"세계가 멸망한 후, 독자 씨가 더 즐거워 보인다고 생각했어요. 예전보다 자주 웃고 더 활기차 보여서…… 그래서 좋아 보였어요. 그런데……."

말꼬리를 흐린 유상아가 고개를 숙였다.

"왜 독자 씨는 이 세계를 '허구'라 생각하시는 건가요?"

유상아는 나를 모른다. 내게 '소설'이라는 것이 뭔지. 이 세계가 내게 정확히 어떤 의미를 지닌 곳인지. 설명할 수도 없고, 아직은 설명해서도 안 된다.

"저, 미안해요. 독자 씨. 제가 주제넘은 말을……."

그럼에도 내게 이런 말을 해줄 수 있는 사람은 유상아뿐이었다. 남들은 아무도 신경 쓰지 않는 무언가를, 홀로 눈치채주는 사람.

[전용 스킬, '등장인물 일람'을 발동합니다!]

그녀는 내가 처음으로 만난 동료였다.
어쩌면 이 세계가 시작되기 전부터 그랬다.

[해당 인물의 정보는 '등장인물 일람'으로 열람할 수 없습니다.]

여전히 떠오르는 메시지에 알 수 없는 안도감이 들었다.

[해당 인물은 현재 정보를 수집 중입니다.]

언젠가 처음으로 유상아에게 [등장인물 일람]을 썼을 때, 나는 유상아의 정보를 읽을 수 없어서 몹시 불안했다. 그런데 왜인지, 이제는 정반대였다.
나는 가볍게 숨을 들이켜며 창밖을 보았다.
청명한 하늘. 아직은 아무 일도 벌어지지 않은 세계가 그곳에 있었다.
"유상아 씨에게 부탁드리고 싶은 일이 있습니다."
그렇기에 준비할 시간은 지금뿐이었다.

2

성운 〈에덴〉.

묵시록의 천사로 구성된 이 성운은, 모든 마족의 재앙이자 마계의 영원한 숙적이었다. 세상의 그 어떤 악惡도 두려워하지 않는 천사들로 이루어진 천계의 수호자.

그런데 이 무시무시한 〈에덴〉의 천사도 싫어하는 것은 있었다.

[고로, 에덴의 여러분께서는 침과대단枕戈待旦의 자세로……]

바로 메타트론의 조례 시간이었다. 참고로 오늘의 훈화 담당은 '붉은 코스모스의 지휘관' 요피엘이었다.

[마족들의 화전양면전술和戰兩面戰術에 결코 넘어가지 말 것을 당부드리며……]

가브리엘은 발끝으로 바닥을 톡톡 차며 인상을 찌푸렸다.

—아, 왜 하필 오늘 쟤 차례야?

〈에덴〉 연병장에는 수천의 하급 천사가 도열해 있었다.

그 선두에는 대천사들이 조교처럼 자리 잡았는데, 가브리엘 또한 그중 하나였다.

'물병자리에 핀 백합' 가브리엘.

'젊은이와 여행의 수호자' 라파엘.

'정의와 화목의 친구' 라구엘.

임무를 맡은 대천사를 제외하면, 〈에덴〉에서 탱자탱자 놀던 최상위 격 성좌는 대부분 집합한 셈이었다.

벌써 한 시간째 이어지는 요피엘의 정신 교육.

몰래 하품을 연발하던 가브리엘은 노곤한 눈빛으로 연병장의 동료들을 둘러보다가 문득 이상한 점을 눈치챘다.

—야, 우리엘 어디 갔어?

그러자 동동 띄운 구름 위에서 졸던 라파엘이 곱슬곱슬한 머리카락을 구기며 대답했다.

—개 근신 중이셈.

—근신?

—서기관한테 된통 깨졌음. 모르셈?

—……뭘 했길래?

라파엘이 귀찮다는 듯 바람의 힘을 빌려 말을 전했다.

가브리엘이 눈을 동그랗게 떴다.

—뭐? 진짜? 우리엘이?

—이응이응. 삼 년 동안 성류 방송도 금지당함.

그 '우리엘'이 삼 년 근신 명령을 받았다고? 가브리엘은 뜻밖의 소식에 히죽 웃음이 나왔다.

—당분간 성류 방송 게시판 깨끗해지겠네.

조례는 그로부터 약 삼십 분 후에야 끝났다.

하급 천사를 해산한 메타트론은 대천사를 따로 불러냈다.

허리까지 내려오는 잿빛 머리카락. '하늘의 서기관' 메타트론의 얼굴은 오늘 유독 피곤해 보였다. 갑작스럽게 밀려온 '하르마게돈'의 개연성을 막아내기 위해서 동분서주한 까닭이었다.

얇은 테의 안경을 밀어 올린 메타트론이 말했다.

[고생했습니다, 요피엘. 좋은 발표였습니다.]

요피엘이 꾸벅 묵례를 했다.

대천사를 둘러보던 메타트론이 물었다.

[……우리엘은 안 왔습니까?]

[서기관님이 근신 때렸다면서요? 퍽이나 오겠어요, 걔가.]

가브리엘의 빈정거림에 다른 대천사들도 킥킥 웃었다. 그러나 메타트론은 웃지 않았다.

대천사들이 서로 눈빛을 교환했다. 우리엘이 서기관의 골칫거리라는 것을 모르는 천사는 아무도 없었다. 뺨에 희미한 주근깨가 박힌 대천사 라구엘이 제일 먼저 총대를 멨다.

[저어, 서기관님. 삼 년 근신은 너무하지 않을까요? 그래도

최근 성류 방송 덕에 우리엘이 꽤 밝아졌는데……]

따분한 세월을 견뎌야 하는 성좌들에게 성류 방송이 가지는 의미는 지대했다. 어떤 천사는 성류 방송을 〈에덴〉에 허락된 유일한 마약이라고 칭할 정도니까.

[뭔 소리야 라구엘. 지금까지 서기관님이 그 ■ 얼마나 많이 봐줬는데?]

가브리엘의 말에 라구엘의 표정이 굳어졌다.

[가브리엘. 동료 천사에 대한 모욕은 중죄예요.]

[내가 틀린 말 했어? 심심하면 악마 목이나 따고 다니던 애가 갑자기 이상한 데 꽂히더니……]

험악해지려던 분위기를 메타트론이 가라앉혔다.

[가브리엘. 우리엘에 관한 처우는 제가 결정합니다.]

메타트론 주변에서 솟아오르는 숭고한 아우라에, 흥분하던 천사들이 동시에 입을 다물었다. 주변이 잠잠해지자 메타트론은 본론을 꺼냈다.

[마계 협약과 관련하여 여러분께 새로운 임무를 내릴까 합니다.]

마계 협약. 대천사들 얼굴에 긴장감이 스쳤다.

안 그래도 최근 73번째 마계에서 벌어진 무력 충돌로 인해 〈에덴〉과 마계 사이의 균형이 흔들리는 상황이었다.

[73번째 마계의 지배자, '구원의 마왕'을 감시할 대천사가 필요합니다.]

이번엔 대천사들 표정이 당혹감으로 물들었다.

가브리엘이 뾰족한 목소리로 물었다.

[잠깐만요, 그거 원래 우리엘 임무잖아요? 그리고 그게 마계 협약이랑 무슨 상관……]

[복잡한 이야기는 생략합니다. 그보다 우리엘은 근신 중이니, 다른 대천사께서 수고해주셔야 할 것 같습니다.]

메타트론의 시선이 대천사들의 면면을 스쳤다.

[라파엘은 다음 주부터 교리 순회가 있고, 라구엘은 〈베다〉 쪽에 방문하기로 했으니, 임무가 비는 것은……]

서기관을 따라 움직이던 대천사들의 시선이 마침내 멈춰 섰다.

[……저요?]

⌘ ⌘ ⌘

연회 다음 날부터 일행들은 갑작스러운 호사를 누렸다.

"……하지만 독자 씨. 제가 이런 걸 받아도 됩니까?"

"현성 씨 주려고 산 거예요."

김독자는 그동안 챙겨주지 못한 것을 한 번에 보상해주려는 듯, 매일매일 '도깨비 보따리'에서 뭔가 잔뜩 사 와 일행들에게 입히거나 사용했다. 특히 신난 것은 애들이었다.

"야, 이것 봐라 신유승!"

"나도 받았거든?"

김독자가 사준 온갖 액세서리를 온몸에 치렁치렁 걸친 신유승과 이길영이 헤죽헤죽 웃으며 거리를 쏘다녔다. 그 광경을 본 정희원이 피식 웃으며 말했다.

"애들을 무슨 크리스마스트리처럼 만들어놨네."

옥신각신하는 두 아이는 이현성의 커다란 어깨 위에 앉아 있었다. 헤벌쭉 웃는 얼굴인 것은 이현성도 마찬가지였다. 김독자에게 받은 새로운 방패가 꽤 마음에 든 모양이었다.

"……바보가 셋이네."

그렇게 중얼거리며 곁을 돌아보는데, 삼각김밥 같은 투구를 쓴 이지혜가 벙싯벙싯 웃으며 다가왔다.

"독자 아저씨 요즘 되게 잘해주지 않아요?"

"뒤늦게 동료의 소중함이라도 깨달았나 보지."

정희원의 반응에 이지혜가 흐음, 하고 눈을 가늘게 떴다.

"언니…… 혹시 아무것도 못 받았어요?"

"난 필요 없거든?"

사실 김독자는 정희원에게도 몇 번인가 찾아왔다. 하지만 아이템은 없었고, 몇 가지 히든 피스 정보와 훈련 방식을 교습했을 뿐이다.

이제 그런 거 말해주지 않아도 혼자 할 수 있거든요, 하고 대꾸했더니 묘하게 시무룩해져서 돌아가던 얼굴이 아직도 생생했다.

키득거리는 이지혜에게 꿀밤을 한 대 갈겨주려는데, 누군가가 그녀의 어깨를 찔렀다. 돌아보니 어딘가 피곤해 보이는 김독자가 있었다.

"엇, 독자 씨……."

얼굴에 짙게 다크서클이 내려앉은 김독자가 정희원에게 뭔가 내밀었다.

"이건……."

"새 슈트입니다. 이쪽이 활동하기 더 편하실 거예요."

정희원은 얼떨결에 옷을 받아 들었다. 커다란 망토가 달린, 블루블랙 색상의 특공대원복이었다. 언젠가 거래소에서 봤는데 너무 비싸서 포기한 옷이었다.

"이거 비싼 거잖아요. 전 지금도 충분히……."

김독자는 말없이 고개를 저었다. 알 수 없는 그 표정을 보고 있자니 정희원은 오래전 기억이 떠올랐다. 그러고 보면 충무로역 시절에도 김독자에게 이런 옷을 받은 적이 있었다.

그땐 누더기였는데…….

[성좌, '대머리 의병장'이 화신 '정희원'에게 섭섭해합니다.]

"제 검이 되어주기로 하셨잖아요. 이 정도는 해드려야죠."

김독자는 그 말을 남기고는 또 뭔가 일이 있는지 벌써 저만치 멀어지고 있었다. 뒷모습을 보던 정희원은 손에 남겨진 특공복을 매만졌다. 곁에 있던 이지혜가 이죽거렸다.

"언니 입이……."

"뭐."

"아뇨, 그냥 입꼬리에 뭐가 묻었길래. 그보다 언니, 그거 맘에 안 들면 제 장군님 투구랑 바꿔줘요. 저 특공복 진짜 로망인데."

"싫어."

자세히 보니 특공복에는 이현성의 방패와 비슷한 문양이 박혀 있었다. 마데 바이…… 얀그…… 샌……? 영어에 능통하지 않은 정희원은 머리를 긁적이다가 읽기를 포기했다. 아무튼 좋은 거겠지.

"근데 저 아저씨 갑자기 왜 저럴까요? 식량도 돈 받고 팔았다던 사람이……."

"모르지. 전처럼 또 이상한 흉계를 꾸미고 있을지도."

확실히 김독자라면 그래도 이상하지는 않다.

이만큼 좋은 아이템을 줬으니 분명히 또 엄청나게 부려먹겠지.

정희원은 월급을 가불한 회사원의 심정으로 특공복을 이리저리 걸쳐보았다. 그렇게 이지혜와 함께 어떻게 하면 더 멋있게 걸칠 수 있을지 논의하는데, 누군가가 유령처럼 나타나 터덜터덜 곁을 지나갔다.

"상아 씨, 무슨 일 있어요?"

"네? 아, 네. 아뇨."

멍하니 허공을 보던 유상아가 깜짝 놀라 입을 뻐끔거렸다. 텅 빈 동공. 뭔가 이상하다는 것을 깨달은 정희원이 한마디 하려는데, 이지혜가 한 발 더 빨랐다.

"아하, 알겠다. 상아 언니도 아이템 못 받았구나?"

정희원이 옆구리를 쿡 찌르자 이지혜가 옅은 비명을 지르며 허리를 꺾었다. 유상아가 힘없이 미소 지었다.

"그냥 요즘 이것저것 생각이 많아져서 그런가 봐요. 그보다 옷 멋지네요, 희원 씨."

"아, 네. 독자 씨가 준 건데…… 막상 입어보니 너무 과한가 싶기도 하고."

"제가 보기엔 잘 어울려요."

"그런가? 고마워요."

머쓱해진 정희원이 머리를 긁었다.

유상아의 팔목에서 전에 없던 팔찌가 빛났다. 분위기가 어색해지려는 찰나였기에 정희원은 잘됐다 싶었다.

"참, 요즘 독자 씨랑은 어때요?"

"……독자 씨요?"

무슨 소리냐는 듯 되묻는 유상아의 얼굴. 정희원은 잘못 짚었나 싶어 횡설수설했다.

"에, 어, 그러니까…… 그냥 둘이 잘 지내나 싶어서……."

고개를 갸웃하던 유상아가 입술을 매만지며 중얼거렸다.

"음, 그냥 회사 다닐 때랑 비슷한 것 같은데……."

회사 다닐 때랑 비슷하다. 반응만 봐서는 그다지 희망적인 관측은 어려워 보였다. 이지혜가 정희원에게 귓속말을 했다.

"내가 전에 말했잖아요. 둘이 아무 사이도 아니라고요. 독자 아저씨 취향은 저쪽이 아니라……."

"……됐고, 그보다 잘난 네 사부는 깨어났어?"

"아직요. 며칠 더 걸릴 거라던데."

멀리서, 자기 얘기를 하는 줄 알지도 못하는 김독자가 오징어처럼 흐느적거리며 병동 쪽으로 가고 있었다.

"저기도 뭔가 주려나……."

완공을 앞둔 시계탑 너머로 뉘엿뉘엿 해가 지고 있었다. 일행들의 떠들썩한 웃음소리가 들렸다. 중기관총 같은 것을 분해 중인 공필두와, 임시로 사용할 의족을 고르는 한명오도 보였다.

왜인지 모르게, 정희원은 마음이 벅차올랐다.

이제 일행은 모두 모였다.

그들은 곧 지구로 돌아갈 것이고, 다시 시나리오의 지옥으로 걸어 들어갈 것이다. 그럼에도 두렵지는 않았다. 시계탑 너머로 지는 해를 보며, 정희원은 언젠가 극장 던전에서 들은 말을 떠올렸다.

—어떤 소설의 에필로그를 보게 해달라고 빌었어.

그때 그 말을 하던 김독자는 몹시 외로워 보였다.

당시에는 무슨 뜻인지 몰랐지만, 이제는 조금 알 것 같은 기분도 들었다. 그리고 적어도 한 가지, 확실한 것이 있었다.

'에필로그'라는 게 왔을 때 김독자는 혼자가 아닐 것이다.

¤ ¤ ¤

연회가 끝나고 며칠 후, 공단에 머무르던 성좌들이 하나둘 떠나기 시작했다. 나는 배웅하러 밖으로 나가려다가 코트 가슴 주머니에 꽂힌 두 송이의 꽃을 발견했다.

"이건 뭐지?"

붉은 코스모스와 백합이었다.

어지간히 안 어울리는 조합이다. 애들이 꽂아놨나?

나는 일단 꽃을 챙겨 광장 쪽으로 나갔다. 이미 몇몇 성좌는 포털을 넘어가는 중이었다. 떠나는 성좌 중 일부는 성운 〈김독자 컴퍼니〉와 특수한 계약을 맺었는데, 눈앞의 노인이 그중 하나였다.

[전쟁이라도 준비하는 사람 같군그래. 그렇게 조급해하지 않아도 될 텐데.]

"시나리오야 언제나 전쟁이죠."

내 말에 '양산형 제작자'가 껄껄 웃었다.

[무감해지지 말게. 나는 자네가 여타 성좌들과는 다른 존재가 되길 바라니까.]

"도움 감사했습니다."

나 역시 웃으며 꾸벅 고개를 숙였다. 차문을 열던 '양산형 제작자'가 멈칫하더니 나를 돌아보았다.

[마지막으로 묻고 싶은 게 있는데…….]

"예. 얼마든지 물어보시죠."

하지만 '양산형 제작자'는 곧바로 질문을 던지지 않았다. 그 대신 품에서 궐련 하나를 꺼내 물었다.

[……■■가 대체 무엇인지 생각해본 적 있나?]

탓, 하고 켜진 라이터와 함께 궐련 끝에서 불길이 일었다. 한숨처럼 연기를 토하며 '양산형 제작자'가 말을 이었다.

[그곳은 우리가 원해서 도달하는 곳일까, 아니면 운명이 우리에게 도달하게끔 만드는 곳일까. 장소일까, 아니면 삶일까, 혹은 어떤 시공간을 말하는 걸까.]

아마 '양산형 제작자'는 수없이 저 질문을 되새겼으리라.

그리고 끝내 해답은 찾지 못했을 것이다.

"확실한 건 그곳이 모든 이야기의 끝이라는 거죠."

[가끔은 자네의 태연함이 신기하게 느껴질 정도야.]

"저도 긴장은 합니다."

[미식협 때부터 느꼈는데, 자넨 생각보다 거짓말을 못해.]

'양산형 제작자'가 어린아이처럼 웃었다.

[그래서 묻는 말인데…… 자네의 ■■은 정말로 '종장'이 맞는가?]

방심을 틈타 치고 들어오는 한마디.

나는 반사적으로 입술을 떼었다가 도로 다물었다.

'양산형 제작자'는 인내심 있게 대답을 기다렸다. 내가 입을 연 것은 궐련이 절반쯤 타버린 뒤였다.

"이 이야기가 저를 어디에 데려다놓을지는 모르겠습니다. 다만…… 제가 가고 싶은 곳이 종장이라는 건 확실합니다."

말이 끝난 후에도 그는 계속해서 내 말을 듣고 있었다.

여전히 내 이야기가 계속되고 있기라도 한 것처럼. 궐련의 남은 절반마저 태운 후에야 '양산형 제작자'가 빙긋 웃었다.

[자네의 마지막 페이지에 나도 있다면 좋겠군.]

"조심히 가십시오, 어르신."

[몸조심하게.]

가벼운 엔진 소리와 함께 '양산형 제작자'의 차체가 포털 속으로 미끄러져 갔다. 다른 성좌들도 하나둘 포털 속으로 사라졌다. 이윽고 포털이 닫히고, 텅 빈 하늘 건너편에서 불길한 스파크가 요동쳤다.

나는 그 스파크를 보며 주머니 속 꽃잎을 가만히 매만졌다.

이제 남은 시간은 사흘 정도.

곧 이 공단의 가장 중요한 이야기가 시작될 것이다.

53

Episode

구원의 마왕

Omniscient Reader's Viewpoint

✦

1

작은 아기 천사 둘이 얼굴을 붉히는 사진이 붙어 있는 문. 문패에 적힌 [우리엘☆]이라는 글씨를 보며 가브리엘이 입술을 실룩였다.

[야.]

방문을 두들겨봐도 대답이 없다.

그럼 다시 한번.

[야, 우리엘!]

더욱 힘껏 문을 두들기자 문 너머에서 앓는 소리가 났다.

[성좌, '악마 같은 불의 심판자'가 꺼지라고 말합니다.]

쩌렁쩌렁 울려 퍼지는 간접 메시지에 가브리엘이 미간을

찌푸렸다.

[누군 좋아서 온 줄 알아? 나도 임무 때문에 온 거야.]

말하는 것만으로도 짜증스러워 죽겠다는 듯, 가브리엘이 씩씩거렸다. 메타트론의 명령으로 불합리한 임무를 맡은 지도 벌써 이틀째.

대충 농땡이나 칠 계획이었는데 메타트론이 선수를 쳤다.

—가브리엘은 우리엘에게 인수인계부터 받아주십시오. 그리고 요피엘은 가브리엘이 게으르게 굴지 않도록 감시해주기 바랍니다.

—맡겨주십시오.

하필이면 저 꼬장꼬장한 요피엘과 한 팀이라니. 차라리 우리엘과 한 팀이 되는 게 나을 판국이었다.

['구원의 마왕' 관찰 기록 있지? 그거 받으러 온 거야. 빨리 문 열어!]

방문 너머에서 부스럭거리는 소리가 들렸다.

[성좌, '악마 같은 불의 심판자'가 설마 네가 내 후임이냐고 묻습니다.]

[그래, ■탱아.]

다시 한번 벼락같은 간접 메시지가 울려 퍼졌다.

[성좌, '악마 같은 불의 심판자'가 '■■■■'라고 말합니다.]

[욕할 거면 나와서 직접 할래?]

[성좌, '악마 같은 불의 심판자'가 후임은 너뿐이냐고 묻습니다.]

[나랑 요피엘.]

방문 너머로 깊은 한숨 소리가 들려왔다. 잠시 후 미세하게 열린 문틈으로 가녀리고 긴 손이 불쑥 튀어나왔다.

자세히 보니 하얀 손가락 끝에 뭔가 집혀 있었다. 정체가 뭔지 깨달은 가브리엘이 혀를 찼다.

[……USB? 요즘 누가 이런 걸 써? 인간이나 쓰는 거잖아?]

[성좌, '악마 같은 불의 심판자'가 잔말 말고 가져가라고 경고합니다.]

가브리엘이 받아들자, 우리엘이 한마디를 덧붙였다.

[성좌, '악마 같은 불의 심판자'가 붉은 코스모스에게는 비밀이라고 말합니다.]

[요피엘한테? 왜?]

우리엘은 방문을 쾅 닫았을 뿐 어떤 대답도 하지 않았다. 간헐적으로 훌쩍거리는 소리만 들려왔다.

뭐라고 한마디 쏘아주려던 가브리엘이 샐쭉 입술을 내밀었다. 사이가 좋지는 않았지만, '악마 사냥꾼' 우리엘이 이런 꼴이 된 걸 보니 그래도 괜히 신경이 쓰였다.

[야, 청승 떨지 마. 근신 금방 풀릴 텐데 뭐. 겨우 삼 년……]

[성좌, '악마 같은 불의 심판자'가 꺼지라고 외칩니다!]

[미친■이 위로를 해줘도 지■이네.]

잠시 후 가브리엘은 자신의 방에서 받아온 USB를 열어보았다.

그리고.

[……대체 뭔 임무를 한 거야?]

그렇게 중얼거리면서도, 가브리엘은 화면 속 영상에서 눈을 떼지 못했다.

¤ ¤ ¤

[성좌, '물병자리에 핀 백합'이 당신에게 호기심을 갖습니다.]

[성좌, '물병자리에 핀 백합'이 당신의 모습을 보는 것을 좋아합니다.]

정희원은 허공에서 들려오는 목소리에 인상을 찌푸렸다. 우리엘이 사라지니까 이번에는 더 이상한 성좌가 들러붙었다. 신경 쓰이는 것은 그뿐만이 아니었다.

정희원은 멀리서 휘적휘적 돌아다니는 김독자를 물끄러미 바라보았다.

"……왜 나한테는 아무 말도 안 하지?"

"무슨 말이요?"

핫, 하고 돌아보니 또 이지혜가 곁에 바싹 붙어 있었다.

"아무것도 아냐."

"왜요, 뭔데요?"

"아무것도 아니라니까."

"언니도 〈김독자 컴퍼니〉 가입하시려고요?"

노점상에서 산 음료수를 들이켜던 정희원이 콜록거리며 숨을 토했다.

"무, 무슨. 아냐! 이름도 이상하고. 어디 가서 그런 데 들어갔다고 말하기 쪽팔리거든?"

"전 기대되는데요. 회사 이름이 좀 구리긴 한데 뭔가 직장 생활 체험하는 느낌이라 두근거려요. 혹시 월급도 주려나?"

"직장 생활이 뭔지 알게 되면 너도 생각이 좀 달라질 거다."

이지혜가 입술을 내밀었다.

"아무튼 뭐, 저도 가입하려고 기회 보고 있어요. 어차피 사부도 거기 있고 하니."

"……유중혁 씨가 벌써 가입했어?"

"독자 아저씨가 그랬잖아요. 여긴 유중혁과 내 성운이다!"

물론 김독자가 그딴 말을 한 적은 없지만 정희원은 반사적으로 허공을 올려다보았다. 그러나 기다린 간접 메시지는 들려오지 않았다. 괜히 뭔가 허전한 느낌이 들었다.

[성좌, '물병자리에 핀 백합'이 화신 '이지혜'의 유머를 싫어합니다.]

정희원은 고개를 휘휘 저으며 분주히 광장을 쏘다니는 김독자를 바라보았다.

며칠 전부터 얼굴 보기 힘들 정도로 바삐 움직이는데, 대체 뭘 저토록 열심히 하는지 모르겠다.

괜히 섭섭한 마음에 주변을 서성이던 정희원의 시야에 유상아가 들어온 것은 그때였다. 벤치에 앉아 멍하니 하늘을 바라보는 유상아를 향해 정희원이 반갑게 손을 흔들었다.

"상아 씨! 혹시 독자 씨 성운 가입했어요?"

정희원을 발견한 유상아가 깜짝 놀라 고개를 들었다. 이 아가씨는 며칠 전부터 무슨 생각을 하기에 이렇게 얼이 빠진 건지…….

"아…… 저는 조금 사정이 있어서요."

"참, 그러네. 상아 씨는 조금 곤란하겠네요."

유상아는 〈올림포스〉 성운의 화신. 성운 전체의 지원을 받는 특별한 경우이다 보니, 김독자의 성운에 가입하기에는 어려움이 있을 터였다. 후원은 후원대로 다 받아놓고 이제 와서 다른 성운을 선택하면 어떤 일이 벌어질지는 뻔하니까.

"그 대신 동맹 협약을 맺었어요. 저를 통해 몇몇 성좌가 독자 씨와 우호적인 관계를 맺기로……."

"……〈올림포스〉 성좌는 전부 독자 씨 싫어하는 거 아니었어요?"

"모두 그렇지는 않아요. 희원 씨는 성운 가입하셨나요?"

"저는 생각 좀 해보려고요."

정희원은 입맛을 다시며 광장 쪽을 돌아보았다.

"사실 가입이 확실치는 않아요. 제 배후성 문제도 있고……."

괜히 자존심이 상한 정희원이 둘러대자 유상아가 온화한 미소를 지었다.

"희원 씨가 가입해주신다면 독자 씨에게도 큰 힘이 될 거예요."

"저도 가능하다면 돕고 싶죠."

불행인지 다행인지, 복잡한 상황에 놓인 것은 그녀 하나만은 아닌 듯했다.

멀찍이 떨어진 광장 한가운데, 둔한 대형견처럼 앉은 이현성이 보였다. 그 옆에는 아기 고양이처럼 쪼그려 앉은 신유승과 이길영이 있는데, 셋의 시선은 김독자를 향해 있었다. 정확히는 김독자가 움직일 때마다 졸졸 쫓아다니는 중이었다.

뭘 기다리는지는 뻔했다. 그걸 끝까지 외면하는 김독자도 어지간히 독하다 싶었다.

"……저쪽에도 아직 아무 말 없었나 보네요."

이지혜의 말에 정희원이 고개를 끄덕였다.

"때가 되면 말하겠지. 은근히 외골수 기질이 있는 사람이니까."

뭐 아무렴 어떤가 싶었다. 모처럼 일행들에게 찾아온 평화이고, 김독자에게도 여러 가지 생각할 시간이 필요할 테니까.

이렇게 아무 일 없이 기다리는 것뿐이라면, 언제까지라도 할 수 있다.

[성좌, '물병자리에 핀 백합'이 당신의 모습을 흐뭇하게 바라봅니다.]

[성좌, '붉은 코스모스의 지휘관'이 '구원의 마왕'을 경계합니다.]

……이상한 천사들이 있으니 당분간 심심하지도 않을 거고.

안일하게도 정희원은 그렇게 마음을 놓아버렸다.

그리고.

그 일은 갑자기 시작되었다.

¤ ¤ ¤

"진짜? 연락할 방법이 전혀 없는 거야 아줌마?"

"마계로 통하는 채널이 막히고 있어. 강력한 결계라도 생긴 것처럼……."

이수경의 말에, 한수영의 표정이 조금씩 암담해졌다.

심지어 아까부터 도깨비를 호출하는데 반응해오는 도깨비가 전혀 없었다. 한수영은 멍한 얼굴로 [길흉화복]을 점친 물그릇을 내려다보았다.

凶凶凶凶凶凶凶凶凶凶…….

대체 '흉'이 몇 개나 떠올라 있는지 셀 수조차 없었다.

"도대체 무슨 일이 벌어지려는 건데?"

대흉을 맞이한 김독자는 무려 〈베다〉의 로카팔라 중 하나와 대적해야 했다.

그런데 이렇게 많은 흉이라니…… '대흉'도 아니고 '범흉氾凶'이라 불러야 할 지경이었다.

츠츠츠츳.

그릇 속 수면이 떨리며 희미하게 스파크가 튀기 시작했다.

[성좌, '심연의 흑염룡'이 흠칫 고개를 듭니다.]

"염룡아?"

[성좌, '심연의 흑염룡'이 '73번째 마계'를 바라봅니다.]

"너 혹시 뭔가 알아?"

[성좌, '심연의 흑염룡'이 위협적인 울음을 토합니다.]

붕대를 둘둘 감은 팔이 시큰거리고, 흑염룡과 동조를 이루었던 육신에 스파크가 튀었다.

"읏, 인마!"

흑염룡의 감정이 그대로 전해져왔다. 지금껏 어떤 적수를 만났을 때도 흑염룡이 이렇게 날뛴 적은 없었다.

[성좌, '양다리 전문가'가 파랗게 질린 입술을 깨뭅니다.]

[성좌, '구암신의'가 자신의 침을 떨어뜨립니다.]

[성좌, '헌천홍도경문위무대왕'이 조용히 검을 내려놓습니다.]

[성좌, '조선제일술사'가 자신의 기척을 지웁니다.]

한반도의 성좌들이 빛을 끄고 있었다.

마치 포식자 앞에서 몸을 숨기는 피식자처럼.

붕대를 감은 팔이 계속해서 따끔거렸다.

한수영이 이수경의 만류를 뿌리치고 기어코 붕대를 풀어냈다. 팔에 박힌 흑염룡의 문신이 빛나고 있었다. 츠츠츠츳, 터지는 스파크와 함께 한수영의 오른팔이 허공에 새카만 글씨를 썼다.

—별들의 재앙이 온다.

"별들의 재앙? 그게 뭔데?"

저 오만한 '심연의 흑염룡'이 직접 자신의 의사를 타진해야 할 정도로 급박한 상황. 무슨 일이 있어도 그녀를 마계에 보내지 않으려는 '심연의 흑염룡'의 의지가 느껴졌다.

"야, 쫄게 만들지 마. 너 또 괜히 그러는 거지?"

'심연의 흑염룡'에게 속아 넘어간 적이 한두 번이 아니었다.

흑염룡이 무슨 소리를 하는지는 모르겠지만, 무려 〈올림포스〉의 한반도 침공까지 예견한 김독자다. 그러니 어쩌면 이번 상황도 알고 있을 것이다.

설령 뭐가 온다 한들…….

희미한 스파크를 일으키며, 한수영의 손이 붓처럼 움직이며 허공을 수놓았다.

—73번째 마계는 멸망할 것이다.

⌘ ⌘ ⌘

가장 먼저 사태를 눈치챈 이는 파천검성이었다.

공단 흉벽 꼭대기에 몸을 뉘고 있던 그녀는, 입에 문 곰방대를 툭 떨어뜨렸다.

"……그 녀석 말이 맞았군."

작은 중얼거림과 함께, 파천검성 등 뒤에서 파천신검破天神劍이 눈부신 광휘를 내뿜으며 뽑혀나왔다. 파천검성이라는 이름을 얻은 뒤 그녀가 이 검을 제대로 쥔 것은 열 번도 채 되지 않았다.

그녀를 무림의 재해라 불리게 만든 검.

손바닥에 감기는 검의 감촉을 느끼며, 파천검성은 문득 우습다는 생각이 들었다.

재해.

무엇을 재해라 부를 수 있는가.

인간에게 재해란 고작해야 국지적 규모의 자연 현상을 이를 따름이었다. 산사태나 해일, 지진 같은 것. 인간의 힘으로는 대항할 수조차 없는 거대한 현상.

하지만 초월좌는 인간의 규격을 한참이나 넘어선 존재였다. 칼질 한 번으로 산사태와 해일을 일으킬 수 있으며, 역으로 잠재울 수도 있는 자들. 그들에게 재해란 그저 조작 가능한 물리 현상에 불과했다.

그러니 파천검성과 같은 초월좌에게, 재해란 단어는 평범한 인간의 기준치와는 완연히 다른 무엇이어야 했다.

어쩌면 파천검성은 지금 그 대답을 마주하고 있었다.

ㅊㅊㅊㅊㅊ츳!

작은 스파크가 튀는가 싶더니 어느새 키리오스가 곁에 와 있었다.

키리오스의 몸에서는 벌써 [전인화]의 아우라가 뭉게뭉게 피어오르는 중이었다. 파천검성도 천천히 마력을 끌어 올렸다. 두 초월좌는 아득한 허공의 끝을 함께 바라보았다. 키리오스가 물었다.

"역시 그놈인가?"

아직 육안으로는 보이지 않지만, 그곳에서 분명한 존재감을 가지고 다가오는 무엇. 파천검성이 무거운 목소리로 말을 받았다.

"틀림없다. 제1 무림을 집어삼키려 했던 그 녀석이다."

새카맣게 물들어가는 대기권. 빛조차 삼켜버리는 우주의 건너편에서, 흐트러진 개연성을 집어삼키며 뭔가가 다가오고 있었다.

2

[히든 시나리오 - '마계 탈출'이 시작됩니다!]

그 시각, 관리국의 모든 도깨비는 패널 화면에 집중하고 있었다.

"지금 장난쳐? 시나리오가 떴는데 왜 진행할 도깨비가 아무도 없어?"

홀로 난동을 부리는 비형을 막은 것은 관리국의 다른 도깨비들이었다. 마왕 선발전이 끝난 후, 채널을 운용하던 도깨비가 모두 73번째 마계에서 철수했다.

"바람 님은 어디 가셨어? 그리고 미친, 독각 이 새끼야!"

"……."

"마계 채널 처먹겠다고 날뛰던 놈이 왜 여기 있냐? 이럴 거면 날 보내주든가!"

"비형, 지금 저기가 방송이 가능한 상황이라 생각하냐?"

저 자존심 강한 독각조차 이번 시나리오의 진행을 포기했다. 그도 그럴 것이, 관리국은 마왕 선발전에서 개연성을 허용치 이상 소진했기 때문이다. 물론 문제는 그것만이 아니었다.

—바앗!

아무것도 모르는 아기 도깨비의 울음. 어떤 도깨비는 탄식하며 고개를 돌렸고, 어떤 도깨비는 끝까지 눈을 떼지 않겠다는 듯 화면에 집중했다.

스타 스트림의 우주를 건너온 아득한 존재가 73번째 마계의 하늘을 덮어가고 있었다.

모든 존재가 '시나리오'에 기생해서 살아가는 것은 아니다.

성좌들이 정연한 이야기를 먹고 살아가는 존재라면, '이계의 신격'은 혼란한 이야기의 그림자에 기대 살아간다. 이야기의 무의식에서 태어난 존재들. 도깨비에게 명명되지 않은 시나리오의 심해深海를 거니는 괴물들.

'저건 제대로 된 시나리오가 아냐.'

거대한 입을 벌리는 '그것'을 보며, 비형은 암담한 심정으로 주먹을 부르쥐었다.

'도망쳐라, 김독자.'

¤ ¤ ¤

"……저거 뭐야?"

정희원이 '그것'을 눈치챈 것은 몇 분이 지난 후였다.

갑자기 전신의 솜털이 곤두섰고, 등줄기로 식은땀이 흘러내렸다.

주변을 살펴보니 의식을 잃거나 피를 토하며 바닥에 쓰러진 공민들의 모습이 보였다. 곁에 있던 이지혜가 몽롱한 눈으로 자신의 어깨를 쥐어뜯고 있었다.

"지혜야! 정신 차려!"

몇 번이고 어깨를 흔든 후에야 간신히 정신을 차린 이지혜가 고개를 들었다.

"으, 아으, 으…… 언니……."

손톱이 그새 어깨를 파고들어 피가 흘렀다. 정희원은 광장 쪽을 돌아보았다. 벌써 유상아가 움직이고 있었다.

"다들 이쪽으로 모이세요!"

마력이 깃든 그녀의 목소리에 일행들이 하나둘 정신을 차렸다.

"뭐, 뭡니까 저건?"

이현성을 비롯한 아이들이 하늘을 올려다보았다. 이길영이 비틀거리며 주저앉았고, 신유승은 이현성을 붙잡은 채 부들부들 몸을 떨었다.

그 순간 광장의 일행들은 똑같은 생각을 하고 있었다. 책을 얼마나 읽었든, 가진 단어의 숫자가 얼마나 많든 그런 것은 중요하지 않았다.

'형용할 수 없다.'

유상아도, 이현성도, 정희원도. 인간이 가진 모든 말은 다가오는 존재 앞에서 무력했다.

하늘 전체를 완전히 덮어버린 새카만 '무엇'.

일행들은 자신이 보고 있는 대상을 조금도 이해할 수 없었고, 그렇기에 대처할 방법도 알 수 없었다.

태풍이 다가오면 창문에 신문지를 붙이면 되고, 해일이 밀려왔을 때는 튼튼한 고층 빌딩으로 들어가면 되고, 낙진이 시작되었을 때는 방벽이 두꺼운 지하실로 숨어들면 된다.

하지만 저건.

저건 대체 뭘로 막아야 하는 걸까.

막을 수 있기는 할까.

그때 빛이 사라진 하늘에 한 사내가 나타났다.

개연성을 소진하며 환하게 빛나는 존재. 그의 모습을 발견한 정희원의 표정에 일말의 안도가 스쳤다.

연회에 참석한 성좌는 대부분 이틀 전에 마계를 떠났다. 하지만 모두 그런 것은 아니었다.

눈부신 스파크를 터뜨리며 한 사내가 흉벽 위에 올라섰다.

[갈喝! 다들 정신 차려라!]

'고려제일검', 척준경.

웅혼한 사자후가 성벽 전체에 울려 퍼지자, 정신력이 강한 몇몇 화신은 간신히 제정신을 되찾는 듯했다. 그들이 척준경을 보았다.

무엇이 다가오는지는 모른다.

하지만 이쪽에는 척준경이 있었다.

그리고 척준경은 '이계의 신격'과 싸워본 경험이 있다.

[이계의 신격이여! 어째서 이곳으로 찾아온 것인가? 여기는 그대의 시나리오가 아니다!]

하늘을 향해 울려 퍼지는 사자후. 목소리에 깃든 기파에 화신들 얼굴에 하나둘 희망의 빛이 떠오르고 있었다. 척준경이 다시 외쳤다.

[위대한 외신이 되고서 한다는 짓이, 고작 여분의 개연성을 먹어치우는 일이란 말인가!]

그러나 반복된 외침에도 하늘은 대답이 없었다. 코끼리가 개미를 보지 못하듯이, '그것'은 척준경에게 시선조차 주지 않았다.

척준경의 표정이 굳어졌다.

코끼리가 개미를 보지 못한다면, 보게 만들면 된다.

[■■■■■! '형용할 수 없는 아득함'이여!]

그 순간 뭔가가 척준경을 바라보았다.

척준경의 전신에서 스파크가 폭발했다. 그의 외피가 까맣게 그을렸다. 단단한 근육이 파열되어 피가 흘렀고, 스파크에 부서진 성유물이 재가 되어 허공에 흩날렸다. 고작 이름을 부른 대가였다. 그럼에도 척준경은 물러서지 않고 새로운 검을 뽑았다.

[……산을 베고, 바다를 베고, 심지어는 태양도 벤 검이다. 이 검으로, 이번에는 너를 베겠다.]

'하나'로 묶을 수 없는 거대함이 척준경의 망막에 가득 들어찼다.

어디를 베어야 할지, 어디가 시작이고 어디가 끝인지도 알 수 없는 막막함. 무한하기에 한 줌의 가능성조차 존재하지 않는 아득함 속에서 척준경이 움직였다.

[오오오오오오오오!]

빛살처럼 쏘아진 척준경이 천공을 꿰뚫었다.

일검에 천 명을.

이검에 태산을.

삼검에 바다를 가르는 검.

그 검이 유성우처럼 빛나며 광활한 어둠을 내리그었다. 아주 잠깐, 하늘의 심연에 실낱같은 빛이 그어졌다. 빛을 본 화신들은 전율했다.

고려 제일의 무장이 '이계의 신격'과 싸우고 있었다.

다음 순간, 하늘에서 이상한 소리가 들렸다. 마치 먼 은하에서 생애주기를 마친 별이 스러지는 듯한 소리였다.

그리고 뭔가가 하늘에서 떨어졌다.

"아, 아아, 아……."

시력이 좋은 누군가가 그것을 먼저 발견했다.

잘려나간 팔과 터져버린 다리. 몸체가 반쪽만 남은 화신체가 지상으로 낙하하고 있었다. 경악과 불신. 척준경의 표정을 볼 수 없는 이들조차 그가 느낀 감정을 알 수 있었다.

태산과 바다를 참하고, 태양마저 벤 검. 그런 검도 벨 수 없는 것은 있었다.

그것은 처음부터 '벨 수 없는 것'이었다.

ㅊㅊㅊㅊㅊ…….

척준경의 화신체를 받아낸 것은 파천검성이었다.

[……검흔을 기억해라.]

척준경의 화신체는 그 말을 남기고 소멸했다.

무려 설화급 성좌의 화신체였다. 수르야의 열차를 부수고, '이계의 신격'의 다리를 잘라낸 이였다. 그런 성좌가 한순간의 전투로 불능이 되어 화신체를 잃었다.

"우, 우아아아아아악!"

뇌리를 잠식하는 공포에 빠진 공민들의 비명이 들려왔다. 모든 방위의 지평선을 메워버린 어둠. 지반이 꿈틀거리며 태동처럼 뭔가가 움직였다.

거대한 벌레가 거대한 먹이를 먹어치우는 듯한 소리. 멀리서 지평선이 조금씩 가까워졌다. 지상을 비추는 빛의 세기가 조금씩 줄어들었다.

['73번째 마계'가 고통 속에 신음합니다!]

파천검성과 키리오스는 이미 제1 무림에서 그 광경을 본 적 있었다.

키리오스가 말했다.

"……미친 제자 때문에 잘못하면 여기서 죽게 생겼군."

"너도 나도 제자 복은 없는 모양이다."

세계가 절규하는 소리가 들려왔다. 오로지 탐욕으로 가득 찬 어둠이 73번째 마계의 모든 것을 먹어치우며 다가오고 있었다.

까드득 이를 간 키리오스가 [백청강기]의 모든 마력을 집중했다.

"이래서 '개연성'을 잘 지켜야 하는 건데."

'형용할 수 없는 아득함'. 별들의 재앙이라 불리는 이 신격은, 어떤 의미에서 개연성의 후폭풍 그 자체였다.

어긋난 스타 스트림의 법칙을 다스리는 혼돈에서 비롯된 청소부.

"이미 어긋난 것, 어쩔 수 없다. 있는 힘껏 최악까지 비틀어주마!"

파천검성의 외침과 함께, 두 초월좌의 격이 환하게 빛을 발했다.

하늘을 부수는 파천의 검. 무림의 신, 파천검성의 절초가 제1 무림의 힘을 품에 안은 채 하늘을 향해 쏘아졌다.

파천검도.

절기.

파천유성결.

언젠가 유중혁이 사용한 바로 그 검식. 무수한 성좌를 때려 눕히고 벤, [파천검도]의 절초.

쿠드드드드!

맹포한 파천의 검결이 하늘을 수놓으며 터져나갔다. 폭발적인 마력의 세례가 허공을 찬란하게 수놓았고, 유성의 검결이 화려한 형상을 그리며 허공에 퍼져나갔다.

그러나 '그것'에는 흠집조차 없었다. 마치 우주를 떠도는 먼지처럼, 공허하게 사라지는 검격. 하늘을 부수는 그녀의 검도 우주를 부술 수는 없었다.

"키리오스!"

신호를 받은 키리오스가 파천검성의 어깨를 밟고 뛰어 올랐다.

눈부신 광휘와 함께, [전인화]의 힘으로 가속한 키리오스가 대기권을 뚫고 창공을 날았다. 끝이 보이지 않는 우주. 그 까마득한 어둠 속에서 키리오스는 창공을 덮은 어둠과, 그 어둠 너머에서 이쪽을 보는 별들의 시선을 느꼈다.

[성좌, '긴고아의 죄수'가 금빛 안광을 발합니다.]

[성좌, '심연의 흑염룡'이 포효합니다!]

그곳은 별들이 머무는 자리.

짧은 인간의 팔로는 결코 닿을 수 없는 곳이었다.

키리오스도 알고 있었다.

콰드득!

그래서 노력했다. 노력하고 또 노력했다.

콰드득! 콰드득!

파천검성이 남긴 유성결의 파편을 밟고, 키리오스는 높이, 더 높이 뛰어올랐다. 닿을 수 없는 별을 향해 달려가듯, 각고의 시간을 거쳐 역사를 쌓은 필멸의 존재는 마침내 눈부신 별들의 좌座에 도달했다.

그렇게 도달한 우주.

키리오스는 마침내 '그것'을 볼 수 있는 위치에 도달했다.

거대한 안개를 연상시키는 무엇.

명확한 형체가 없는 안개가 행성 73번째 마계를 탐욕스럽게 먹어치우고 있었다.

그 안개의 중심에 척준경이 남긴 실낱같은 검흔이 있었다.

극한까지 뭉친 백청의 힘이 키리오스 오른손에 집약되었다.

[본디 가장 작은 것에서, 우주는 시작되었다.]

거센 기합과 함께 키리오스의 오른손이 움직였다. 빅뱅이 터지듯, 백청의 강기가 안개의 중심지에 꽂혔다.

꽈아아아아앙!

섬광이 하늘을 하얗게 물들였고, 공민 모두가 눈을 감았다. 그 찰나, 우주를 압도한 두 초월좌의 힘이 세계의 어둠을 덮었다. 그리고 빛이 순식간에 꺼졌을 때, 하늘을 덮은 어둠에 거대한 균열이 발생해 있었다.

공민들이 외쳤다.

"해, 해냈다."

"해냈어! 초월좌가 해냈다고!"

그러나 파천검성은 표정이 좋지 않았다. 창공을 꿰뚫고 날아오는 키리오스를 보며 파천검성이 희미하게 웃었다.

"여기까지군."

낙하하는 키리오스 너머, 하늘이 갈라지고 있었다.

새카만 어둠 속에서 뭔가 깨어나고 있었다.

그것은 눈동자였다.

세계를 오시하는 거대한 눈. 새하얀 수정체 속 새카만 동공이 떨어지는 키리오스의 등을 좇았다. 파천검성이 기함했고, 키리오스가 등을 돌렸다.

초월좌의 마력이 항거할 수 없는 격과 충돌했다.

스스스스스슷…….

질끈 묶은 키리오스의 장발이 하얗게 세고 있었다. 터질 듯 부풀어 오른 파천검성의 근육이 쇠하고 있었다. 노화를 겪듯이, 아득한 시간 앞에서 두 초월좌의 몸이 죽어갔다.

우주의 격이 달랐다.

필멸자를 초월하여 초월좌가 되었고, 성좌조차 능멸할 힘을 얻었다.

하지만 그들이 겪은 지독한 수련의 역사는 저 우주적 존재의 역사에 비하면 티끌조차 되지 않았다.

['형용할 수 없는 아득함'이 '73번째 마계'를 바라봅니다.]

미쳐버린 공민들이 날뛰었다.

"탈출! 탈출!"

"웨에에에에에엑!"

자기가 무슨 말을 하는지도 모른 채 공민들은 들짐승 같은 울음을 토했다.

[강력한 존재의 개입으로 인해 포털 사용이 불가능합니다.]

"뭐야, 뭐, 뭐……."

"뭐뭐뭐뭐뭐……."

"와와와와와와와……."

공민들의 몸 곳곳이 울룩불룩 솟아오르더니 터져나갔다. 기괴한 존재로 변해버리는 이도 있었고, 입에서 촉수를 토해내는 이도 있었다.

세계가 미쳐가고 있었다.

하지만 모두 그런 것은 아니었다. 저 말도 안 되는 존재의 시선 앞에서도, 여전히 칼을 놓지 않은 존재도 있었다.

"……아직이야. 싸울 수 있어."

정희원이었다. 숨을 헐떡이고, 메슥거리는 속을 다스리면서도 정희원은 무릎 꿇지 않았다. 하나둘 모여든 일행들이 그녀 곁에 섰다.

그들이 버틸 수 있는 이유는 간단했다.

[거대 설화, '마계의 봄'이 화신들을 보호합니다.]

이 세계가 멸망을 거부하고 있기 때문에.

그들이 73번째 마계의 역사 그 자체이기 때문에.

[성좌, '가장 어두운 봄의 여왕'이 도망치라고 외칩니다!]

[성좌, '버려진 미로의 연인'이 비명을 지릅니다.]

[성좌, '서애일필'이 고통에 눈을 감습니다.]

일행들도 알고 있었다.

그들이 가진 어떤 힘도, 저 강대한 존재 앞에서는 초라하다는 것을.

'심판자의 검'을 움켜쥔 정희원이 피를 토하며 외쳤다.

"우리엘! 제발!"

'악마 같은 불의 심판자'는 반응이 없었다.

공필두의 '디펜스 마스터'도, 이현성의 '강철의 주인'도 이번만큼은 화신의 요청에 응답하지 않았다.

아니, 응답할 수 없었다.

[밤하늘의 모든 별이 침묵합니다.]

저 하늘의 성좌들은 어떤 지탄도 내놓지 않았다.

천둥 번개와 폭풍을 두고 힐난할 수 없는 것처럼, 애초에 '저것' 또한 지탄받을 대상이 아니었다.

겁에 질린 오수가 소변을 지렸다. 장하영이 헛구역질을 하며 바닥에 주저앉았고, 공필두는 넋이 나가 무의미한 성벽을 쌓기 시작했다. 벌벌 떨던 한명오는 의족을 떨어뜨리고 외발이 닿을 곳을 찾아 헤맸다. 그러나 발이 움직이지 않았다.

세계를 먹어치우는 저 존재 앞에서 그의 발이 짚을 땅은 없었다.

"독자 씨!"

그리고 김독자가 있었다.

유상아의 외침에 모두 같은 장소를 올려다보았다.

미완성된 시계탑의 꼭대기. 천천히 흐르는 시간의 끄트머리에 선 김독자가 있었다.

[성좌, '구원의 마왕'이 밤하늘을 바라봅니다.]

빛이 꺼진 밤하늘을 유일하게 밝히는 별.
그곳에 '구원의 마왕'이 있었다.

3

정희원이 중얼거렸다.

"……독자 씨?"

김독자가 발하는 빛살 너머로 거대한 눈이 세계를 내려다보고 있었다. 그 눈과 마주하는 순간, 정희원은 미칠 것 같은 감각에 몸을 떨었다.

대지가 일그러지며 지진파와 함께 지반이 해일처럼 덮쳐오고 있었다.

['73번째 마계'가 고통 속에 울부짖습니다!]

파괴된 지각이 용암을 뿜어댔고, 넘쳐흐르는 열기는 다시금 공허의 배 속으로 사라졌다.

공단을 중심으로 모든 세계가 좁아지고 있었다.

이곳이 이 지경이라면 다른 공단이 어떻게 되었을지는 뻔했다.

츠츠츠츠츳!

설화로 증폭된 초월좌의 마력이 움직였다. 저 눈에 직접 대항하는 건 무리지만, 지진파를 지체시킬 수는 있었다.

"빨리해라, 멍청한 제자야!"

키리오스의 외침과 함께, 공단 흉벽 너머 공간이 일그러졌다. 거대한 안개 속에 파먹힌 지평선이 새카만 허무 속으로 사라지고 있었다.

아니, 그것은 더 이상 지평선이 아니었다.

그럼에도 정희원은 희망의 끈을 놓지 않았다.

지금 자신이 들은 것이 맞는다면, 스승들과 김독자는 이 상황을 예견하고 있었다.

"아저씨! 이거 대체 무슨 일인데!"

척준경의 화신체가 소멸하고, 키리오스와 파천검성이 저 지경이 되었다.

하지만 상황이 이렇게까지 악화될 때까지 김독자가 아무것도 하지 않을 턱이 없었다.

쉴 새 없이 허공을 향해 뭔가 중얼거리는 김독자의 입술. 저 먼 우주 속에서 뭔가 찾아 헤매듯 바삐 움직이는 눈동자.

정희원은 깨달았다.

자신들이 포기하지 않았듯이, 김독자 역시 포기하지 않았음을.

김독자가 천천히 지상으로 내려왔다. 그것을 신호로 정희원이 외쳤다.

"다들 준비하세요!"

[강철화]를 발동한 이현성이 물었다.

"독자 씨! 저희가 뭘 하면 됩니까?"

모두 김독자를 보고 있었다. 방법은 모른다. 하지만 김독자라면 뭔가 생각해두었으리라.

천천히 눈을 깜빡인 김독자가 일행들을 마주 보았다.

지난 며칠 동안 김독자는 일행들에게 많은 것을 내주었다.

이현성은 새로운 방패를 받았고, 정희원은 새로운 스킬을 얻었다.

이지혜는 마력을 집중적으로 강화했고, 신유승과 이길영은 다수의 대군 통제 스킬을 익혔다. 그랬기에 일행들은 믿었다.

[거대 설화, '마계의 봄'이 설화의 소유주들에게 깃듭니다.]

그들이 함께 쌓은 이 '거대 설화'가 있다면, 그리고 김독자가 준비한 작전이 있다면 아무리 강력한 적이라도 쓰러뜨릴 수 있을 것이라고.

수르야의 궤도 열차조차 떨어뜨린 게 그들이다. 설령 그 어떤 적이 온다 해도…….

"아저……씨……?"

가장 먼저 이상 신호를 느낀 이는 신유승이었다.

ㅊㅊㅊㅊ츳!

거친 스파크와 함께 신유승이 무릎을 꿇으며 주저앉았다. 단단한 쇠사슬에 묶인 것처럼 몸이 조금도 움직이질 않았다.

「이것은 독자獨子의 설화.」

김독자의 몸에서 흘러나오는 '거대 설화'가 강력한 족쇄가 되어 일행들을 옭아맸다. 이현성의 거구가 느릿느릿 주저앉았다. 멍한 얼굴로 고개를 든 이현성이 물었다.

"독자 씨? 이게 대체……."

김독자의 표정은 읽을 수 없었다.

분명히 그곳에 있음에도 함께 있는 것 같지 않았다.

분명히 다 같이 있다고 생각했는데, 왜일까.

왜 저 사람은 저기 혼자 있는 것처럼 보일까.

홀로 존재하는 설화는 없다.

김독자의 「왕이 없는 세계의 왕」이 유중혁의 「패왕의 이름을 계승한 자」와 연결되어 있고, 정희원의 「미래악의 배제자」가 김독자의 「이야기꾼을 능멸한 자」와 연결되어 있듯.

일개 설화도 그럴진대 더 커다란 이야기를 공유하는 '거대 설화'라면 말할 것도 없다. 거대 설화 「마계의 봄」은 끔찍한 전장에 참가한 모두의 것이었다.

그럼에도 지금 이 순간 「마계의 봄」은 오직 김독자만의 것이었다.

[거대 설화, '마계의 봄'의 최고 담화자談話者가 이야기를 시작합니다.]

일행에게 주어져 있던 '거대 설화'의 모든 지분이 통제되고 있었다.

뒤늦게 일행들도 '거대 설화'의 지분을 사용해 저항했다.

정희원, 유상아, 이현성, 이길영, 신유승…….

하지만 지분을 다 합쳐도, 단 한 사람의 거대한 의지를 이길 수 없었다.

만약 유중혁이 깨어 있다면 달랐겠지만, 지금 이곳에 유중혁은 없었다.

바닥에 주저앉은 정희원이 고통스럽게 외쳤다.

"잠깐만! 뭔데요! 이거 대체 뭐냐고요!"

김독자의 표정을 올려다본 정희원은 그제야 뭔가 깨달았다.

닥쳐오는 위기를 앞두고 늘 김독자가 짓던 표정이 있었다. 입꼬리를 슬며시 올리며 씩 웃던, 조금은 재수 없지만 사람을 안심시키던 표정.

그러나 지금 김독자의 표정은…….

어째서.

"어차피 이럴 거였으면 며칠 동안 준비한 건 다 뭐예요! 나한테 준 스킬들은 대체 뭐냐고요!"

정희원의 처절한 외침에 처음으로 김독자가 입을 열었다.

"그건 28번 시나리오의 '사스콰치'를 상대하라고 알려드린 겁니다."

"그, 그럼 제 방패는……."

"35번 시나리오에서 '알곤킨의 뱀'을 잡을 때 유용할 겁니다. 같이 드린 스킬도 잊지 마시고요. 사용법은 다 알려드렸죠?"

늘 그랬듯 그 모든 안배에는 이유가 있었다. 넋 나간 얼굴로 묻는 일행에게 김독자는 하나하나 이유를 알려주었다.

"그럼 이건…… 이번 시나리오는……."

하지만 그중 어떤 것도, 지금 이 상황을 위한 것은 없었다.

어느새 지평선 너머를 덮고서 저만치 닥쳐온 어둠.

그 어둠을 보며 김독자가 말했다.

"이건 제가 해결합니다."

"씨발! 개소리하지 마!"

정희원이 울고 있었다.

"못 보내! 또 혼자 가지 마! 제발!"

아무리 김독자라도 저걸 혼자 상대하는 것은 무리였다.

두 명의 초월좌와 척준경조차 막아내지 못한 존재. 그런 존재를 김독자 혼자 어떻게 할 수 있을 턱이 없다.

"으아아아아아! 싫어! 독자 형!"

지난번처럼 빚을 지고 싶지 않아서 강해졌다.

지옥 같은 개인 시나리오를 수행했고, 미친 듯이 괴수를 잡았다.

정희원이 피를 토하듯 외쳤다.

"혼자선 안 된다고 말한 건 당신이잖아! 우릴 모은 것도 당신이잖아! 당신이 이 모든 걸 알려줬잖아!"

희미하게 웃는 김독자의 입술에서 낯선 진언眞言이 흘러나왔다.

[알고 있습니다.]

"알긴 뭘 알아! 그걸 아는 사람이, 어떻게……!"

[그래도 지금은 아닙니다.]

이현성이 발악하듯 소리쳤다.

"저는 이런 거 원하지 않습니다! 이런 도움 필요 없단 말입니다. 전 여기서 죽겠습니다! 독자 씨랑 같이 여기서 죽겠습니다!"

이곳에서 죽겠다.

하늘을 보던 김독자가 시선을 낮춰 일행들을 돌아보았다.

[성좌, '구원의 마왕'이 일행들을 바라봅니다.]

일행들은 그 메시지를 들었다. 흩날리는 김독자의 머리카락을 보며. 긴 속눈썹과 눈동자를, 하얗게 빛나는 뺨과, 슬프게 일그러진 입술을 보며. 새삼스럽게도 김독자가 그런 얼굴로 이 세상에 존재했다는 사실을 자각하면서.

[살아주세요.]

마치 하나의 정언명령처럼 무력하게 그 말을 들었다.

[마왕, '구원의 마왕'이 시선을 거둡니다.]

김독자의 모습이 변하고 있었다. 오래도록 잠들어 있던 마왕의 힘이 깨어나고 있었다.

[설화, '구원의 마왕'이 이야기를 시작합니다.]

73번째 마계의 설화가 그의 주변으로 모여들기 시작했다.
새하얀 김독자의 코트가 마기로 인해 검게 물들고, 김독자의 머리에는 뿔 두 개가 솟았다.
'마왕'만이 사용할 수 있는 [마왕화]의 권능이었다.

[성좌, '긴고아의 죄수'가 자신의 친우를 바라봅니다.]
[성좌, '심연의 흑염룡'이 자신의 적수에게 경의를 표합니다.]
[성좌, '고려제일검'이 분통해 고함을 내지릅니다.]
[성좌, '지고한 빛의 신'이 '73번째 마계'의 마지막을 지켜봅니다.]

김독자의 어깻죽지를 뚫고 자라난 새카만 깃털이 밤하늘을 품듯 펼쳐졌다. 시계탑의 초침이 느릿하게 움직이는 가운데 김독자의 신형이 솟구쳤다.
마치 이 시간을 떠나듯이 '구원의 마왕'은 하나의 빛이 되어

하늘을 날았다.

콰아아아아아!

김독자의 신형이 창공을 꿰뚫는 순간 천둥이 내리쳤다. 몇 번인가 우레가 쏟아졌고, 지평선 너머에서 다가오던 안개가 주춤거렸다.

시간이 멈춘 듯한 광경.

일행들은 숨도 제대로 쉬지 못하고 김독자가 사라진 밤하늘만 올려다보았다. 완성되지 못한 시계탑은 삐걱거리면서도 계속해서 시간을 밀어댔다.

일 분, 이 분, 삼 분…….

그러나 아무리 시간이 지나도 김독자는 돌아오지 않았다.

정희원은 절규했다.

"김독자—!"

그 외침과 거의 동시에 경계를 지키던 초월좌들이 흉벽에서 튕겨나왔다.

넝마가 된 파천검성과 키리오스가 비틀거리며 자리에서 일어났다.

주춤거리던 안개가 다시 세계를 파먹고 있었다. 지평선을 모조리 먹어치운 그것은 어느새 흉벽 근처까지 와 있었다. 입자 단위로 해체되어 스러지는 흉벽. 비명을 지르는 사람들.

정희원은 생각했다.

막지 못했다.

그 김독자조차 저걸 막아내지 못한 것이다.

범람한 안개가 공단 전체를 덮쳐왔다.

그리고 다음 순간.

츠츠츠츠츳!

정희원은 자신의 몸이 어딘가로 전송되는 것을 느꼈다.

체념한 듯 눈을 감은 유상아도, 울부짖으며 하늘을 보던 이현성도. 다리를 끌어안은 채 주저앉은 한명오와 부서진 성을 사수하던 공필두까지.

모두 새하얀 스파크 속에 스며들고 있었다.

공단 안에 있던 모든 것이 어딘가로 전송되고 있었다.

분통하다는 듯, 안개 건너편에서 위협적인 울음이 들려왔다.

【■■■■…… ■■■■■■!】

이윽고 어둠이 모든 것을 집어삼켰다.

¤ ¤ ¤

희미한 소란 속에서 유중혁은 눈을 떴다.

전신의 근육이 잘 움직이지 않았다.

아무래도 [기사회생]의 후유증이 큰 것 같았다.

금이 간 천장을 올려다보며 침착하게 심호흡을 몇 번 했다.

그리고 무슨 일이 있었는지 기억해냈다.

마왕 선발전이 있었고.

회귀를 거부했고.

김독자와 함께 수르야와 싸워 이겼다.

거기까지 생각하자 머릿속에 활력이 돌았다.

이겼다. 이긴 것이다.

거칠게 움직인 마력이 전신을 순환하자 조금씩 정신이 들었다. 천천히 감각이 되돌아오고 있었다. 다시 한번 눈을 깜빡이자 주변 정경도 점차 눈에 들어오기 시작했다.

병실이었다.

부드러운 침대의 감촉. 오른손에 딱딱한 뭔가가 느껴졌다.

옅은 신음과 함께 상반신을 들어 올리자, 조그만 회중시계가 시계 끈과 함께 팔에 감겨 있는 것이 보였다.

움직이는 시곗바늘이, 그의 심박처럼 가늘게 뛰고 있었다.

잠시간 유중혁은 그 시계를 내려다보았다.

창밖으로 희미한 볕이 들고 있었다. 마계의 볕이라기에는 지나치게 환한 햇살. 천천히 자리에서 일어난 유중혁은 창가로 다가갔다.

무너진 공단의 흉벽 너머로 낯설면서도 익숙한 정경이 보였다.

부서진 이순신 장군의 동상, 폐허가 된 경복궁. 무너진 광화문의 잡거빌딩들 사이로 피어오르는 연기.

이곳은 서울이었다.

창밖으로 주저앉은 일행들의 모습이 보였다.

머릿속이 혼란스러웠다. 왜 그가…… 그들이 서울에 있단 말인가. 그것도 공단 건물과 함께 통째로.

유중혁은 황망한 눈길로 일행들을 헤아렸다. 익숙한 얼굴이 보이지 않았다.

"……김독자?"

스산한 느낌에 중얼거린 순간, 메시지가 들려왔다.

[설화, '생과 사의 동료'가 침묵합니다.]

멍한 얼굴로 메시지를 보던 유중혁이 다시 한번 창밖을 살폈다.

……없다.

어디에도 보이지 않는다.

하늘을 올려다보았다.

어떤 별의 빛도 필요하지 않을 만큼 환한 하늘. 그 너머로 보이는 성좌들의 빛을 헤아린다. 헤아리고, 또 헤아린다. 모르겠다.

별이 너무 많아서 찾을 수 없는 것인가.

유중혁은 떨리는 목소리로 입을 열었다.

[아이템 '한낮의 밀회'를 사용합니다.]

한동안 사용하지 않던 창이 열리며 메시지가 전송되었다.

[메시지가 반송됐습니다.]

오류일 것이다.

몇 번이고, 몇 번이고 다시 메시지를 보냈다.

보내고, 보내고, 또 보내고.

돌아오는 메시지 수만큼, 유중혁의 시선도 천천히 낮아졌다.

그리고 마침내.

[금일 제공된 메시지 할당량을 모두 소진했습니다.]

째깍거리는 회중시계를 전경으로, 담담한 메시지만이 유중혁의 시야를 가득 메웠다.

[성좌, '구원의 마왕'은 <스타 스트림>에 존재하지 않습니다.]

[성좌, '구원의 마왕'은 <스타 스트림>에 존재하지 않습니다.]

[성좌, '구원의 마왕'은 <스타 스트림>에 존재하지 않습니다.]

[성좌, '구원의 마왕'은 <스타 스트림>에 존재하지 않습니다.]

(…)

(…)

(…)

[성좌, '구원의 마왕'은 <스타 스트림>에 존재하지 않습니다.]

4

['제4의 벽'이 격렬하게 흔들리고 있습니다.]

처음부터 이럴 생각은 아니었다.
시작은 수르야와의 격전을 치른 직후였다.
거대 설화를 얻고, 일행들과 함께 마계를 지켜낸 그날.

—멸망한 세계에서 살아남는 세 가지 방법(3차 수정본).txt

나는 멸살법의 세 번째 수정본을 받았다.

「눈을 떴을 때, 유중혁은 생각했다. ……4회차로군.」

처음에는 가벼운 마음으로 읽었다.

오히려 기대되기까지 했다. 지금의 '3회차'는 유중혁이 겪은 그 어떤 회차보다 완벽한 회차였다. 25번째 시나리오에서 마왕이 되고, '거대 설화'까지 얻었으니까. 어쩌면 이번 수정본에는 내가 원하던 '결말'이 기록되어 있을지도 모른다고 생각했다. 그런데.

「잘 되어가고 있다고 생각했다. 그 녀석도 그렇게 말했다. '이계의 신격'이 나타나기 전까지는 모든 게 그랬다.」

「어째서. 어째서. 어째서. 어째서. 어째서. 어째서. 어째서. 어째서. 어째서. 어째서. 어째서. 어째서. 어째서. 어째서. 어째서.」

유중혁은 지난 1차와 2차 수정본 때와는 달랐다.

이성을 잃고 있었고, 성급했고, 계획적이지도 않았다. 3회차를 겪고 온 유중혁은 어딘가 심각하게 망가져 있었다.

「그날, 3회차의 모든 것이 끝났다.」

그 부분을 읽었을 때에야 뭐가 잘못되었는지 깨달았다.

쿠구구구구.

흙벽 너머로 몰려오는 '검은 안개'를 보며 나는 입술을 깨물었다. 머릿속에서 꿈틀거리는 [제4의 벽]이 문장을 토해내고 있었다.

「김독자는 생각했다. 실패할지도 모른다.」

이번에 죽으면 나는 살아날 수 없다.

이제 내게는 부활 특전이 없으니까.

'이계의 신격'에게 삼켜진다면, 수식언의 맥락과 함께 통째로 소멸할 것이다.

하지만 놈을 막을 수만 있다면…….

「멸살법 어디를 뒤져도, 지금의 내가 놈을 물리칠 방법은 없었다.」

한수영은 말했다. 지구의 시나리오는 원작의 궤도를 충실히 따르고 있다고. 이번 위기만 무사히 넘기면, 우리는 원작의 특수를 노리며 원하는 결말로 향할 수 있다.

시계탑 아래, 나를 올려다보는 동료들의 시선이 보였다.

「아니, 한 가지 방법은 있다. 원작에서는 '실패한' 방법.」

……나만 잘하면 된다.

「살아야 한다. 싫어도 살아야 한다.」

누구도 죽게 하지 않을 것이다.

「그래야만, 모두가 '결말'에 도달할 수 있을 테니까.」

밤하늘이 갈라지며, 거대한 눈동자가 지상을 내려다보았다.

초월좌들이 피를 토하며 주저앉았다.

미리 이야기를 맞춘 키리오스가 이쪽을 보며 외쳤다.

"빨리해라, 멍청한 제자야!"

나는 고개를 끄덕이고는 시계탑 아래로 내려갔다. 척준경과 스승들이 벌어준 시간을 헛되이 써서는 안 된다.

"못 보내! 또 혼자 가지 마! 제발!"

"으아아아아아! 싫어! 독자 형!"

"혼자선 안 된다고 말한 건 당신이잖아! 우릴 모은 것도 당신이잖아! 당신이 이 모든 걸 알려줬잖아!"

일행들의 외침 속에, 필요한 이야기를 한다.

정말로.

정말로, 필요한 이야기만 한다.

[살아주세요.]

머리에서 돋아난 뿔이 가렵다. 등에서 솟은 날개가 아프다. 정희원의 절규와 이현성의 울부짖음이 들린다. 아이들이 나를 향해 손을 뻗는다.

미리 내게서 이야기를 들은 유상아는 울면서도 눈을 떼지 않는다. 유상아는 잘 해낼 것이다.

쿵, 하고 지면을 내리찍는 순간 전경이 빠르게 밀려났다. 일행들의 비통한 목소리가 멀어져갔다. 말해주고 싶었다.

「**나도 당신들과 결말을 보고 싶다.**」

콰아아아아아!

대기권을 꿰뚫는 폭음과 함께 날갯죽지가 고통스러운 비명을 내질렀다.

[성좌, '술과 황홀경의 신'이 술잔을 떨어뜨립니다.]

[성좌, '가장 어두운 봄의 여왕'이 깊은 탄식을 뱉습니다.]

[성좌, '긴고아의 죄수'가 당신의 무운을 빕니다.]

어떤 성좌는 나를 걱정했고.

[성좌, '붉은 코스모스의 지휘관'이 당신을 못마땅하게 생각합니다.]

[일부 성좌가 당신의 행동을 비난합니다.]

어떤 성좌는 나를 비난했다.

그리고 누구도 코인을 후원하는 이는 없었다.

성좌들도 아는 것이다.

이것은 코인을 받기 위한 이야기가 아니라는 사실을.

「**뺨을 닦으며, 김독자는 막막한 우주를 바라보았다.**」

안개의 중심부. 그곳에 척준경과 파천검성, 그리고 키리오스가 만들어낸 작은 상흔이 보였다.

나는 [전인화]를 전력으로 발동해 그 상흔을 향해 몸을 던졌다. 본래였다면 절대 시도하지 않을 방법이었다. 하지만 지금은 다른 방법이 없었다.

'이계의 신격'은 자격이 없는 존재와는 언어를 나누지 않으니까.

고오오오오오!

오른손에서 피어오른 [백청강기]가 '부러지지 않는 신념'의 칼날을 키웠다. 전신의 혈관을 긁어대며 발출한 마기가 희고 푸른 강기의 다발에 검은 아우라를 덧씌웠다. 오른손에 깃든 마력이 폭발하며 안개의 중심부에 강력한 충격파가 터졌다. 일순간 아주 작게 틈새가 벌어졌다. 나는 망설이지 않았다.

꾸구구구구국.

새카만 안개 속으로 진입하자 '이계의 신격'이 정체를 드러냈다.

침투한 세균을 눈치챈 백혈구처럼 수천, 수만, 수억…… 셀 수 없이 많은 입자가 동시에 나를 돌아보았다. 마치 그 모든 입자가 눈이라도 되는 것처럼.

'형용할 수 없는 아득함', 더 네임리스 미스트The Nameless Mist.

스타 스트림의 성간을 떠도는 재앙의 이름.

나는 그 존재를 향해 입을 열었다.

[위대한 이계의 신격이여.]

엄밀히 말해, 이 안개는 신격의 원형元型조차 아닐 것이다.

원형이 낳은 끔찍한 분신 가운데 하나일 뿐.

그런데 그 분신이 이처럼 어마어마한 힘을 가지고 있다.

[부탁합니다. 물러가주십시오.]

내 말에 입자들이 파르르 진동했다.

당연히 말이 안 통할 거라 예상은 했다.

ㅊㅊㅊㅊ츳!

주변으로 모여든 안개의 입자들이 나를 갉아먹기 시작했다.

[거대 설화, '마계의 봄'이 당신의 화신체를 보호합니다!]

['제4의 벽'이 당신의 정신을 보호합니다!]

[제4의 벽]의 영향으로 이 아득한 존재 앞에서도 미치지 않을 수 있었다. 하지만 '거대 설화'가 조금씩 갈려나가는 것까지는 막을 수 없었다.

【■■■■…… ■■■■】

안개가 알 수 없는 이계의 언어를 지껄였다. 아마 해석이 되었더라도 알아듣지 못했을 것이다. '형용할 수 없는 아득함'은 무의식에 가까운 존재니까.

이야기를 좇는 본능만이 남은, 굶주린 포식자.

질식시킬 듯 몰려드는 안개 속에서 내 존재는 조금씩 옅어져 갔다.

[……빌어먹을 새끼.]

우리엘이 강림해도 이 녀석은 막을 수 없다.

현시점의 제천대성이나 '심연의 흑염룡'으로도 불가능할 것이다.

셋 다 온다면 모르지만 그런 일은 없겠지.

「그렇기에 지금 김독자를 도울 수 있는 것은 하나뿐이었다.」

멸살법에는 나오지 않은 존재.

하지만 지금 나를 도와줄 가능성이 있는 유일한 존재이자 저 '안개'에 대적할 가능성이 있는 존재.

험한 안개 입자 사이로 어렴풋이 이계의 별빛들이 보였다. 그에게 '제대로' 목소리를 전하기 위해 이곳까지 왔다.

[은밀한 모략가!]

전력을 다해 발출한 진언이 안개를 뚫고 성간을 건너간다. 일순 안개가 꿈틀대며 포효했고, 저 먼 은하 건너편에서 뭔가 반짝였다.

나는 다시 한번 외쳤다.

[당신과 '이계의 언약'을 맺겠다!]

⌘ ⌘ ⌘

이계의 언약을 맺은 유중혁의 모든 회차는 불행해졌다.

감당할 수 없는 시련이 오거나 말도 안 되는 계약을 이행해야 했다.

하지만 이 방법뿐이었다. 내게 생은 이번이 처음이자 마지막이기 때문이다.

안개는 포식을 멈추지 않았다.

나를 먹는 것도, 73번째 마계를 먹어치우는 것도 그만두지 않았다. 뜯겨나가는 설화를 보며 불현듯 좋지 않은 예감이 스쳤다. 설마 '은밀한 모략가'도 이 녀석을 막을 수 없는 건가?

그리고.

시공간이 삐거덕거리며, 모든 것의 움직임이 느려지기 시작했다.

실로 압도적이라고밖에 표현할 수 없는 힘이 근처의 시공간 전체를 통제하고 있었다. 안개가 울부짖었고, 나를 둘러싼 모든 것의 생명 활동이 급격하게 잦아들었다. 마치 빙하 속에 얼어붙은 생명체처럼. 영원히 그 시간 속에 갇혀 있기라도 할 것처럼.

다음 순간 나는 내가 모르는 어떤 은하에 서 있었다.

발아래를 내려다보자 스타 스트림의 정경이 보였다.

스타 스트림의 외곽, 저 별들의 성운에서 '가장 먼 곳'. 성류를 밝히는 무수한 별들이 발치에 매트처럼 깔려 아름답게 빛나고 있었다.

【지루한 광경이지.】

다른 '이계의 신격'과는 달리 몹시 명징하고 또렷한 목소리. 사람의 형체를 띤 그림자가 일렁거리고 있었다.

【너를 기다렸다. '종장'을 추구하는 존재여.】

벌린 입속으로 새하얀 어둠이 보였다.

그저 담담히 말을 듣고 있을 뿐인데 화신체가 위태롭게 떨려왔다.

끝을 알 수 없는 어둠. 그 어둠의 중심부에 똬리를 튼 악이 나를 바라보고 있었다. 하지만 내가 떤 것은 '은밀한 모략가'가 품은 불길한 격 때문만은 아니었다.

【아니, 어쩌면 '영원'을 갈망하는 존재라 불러야 할까.】

나는 잠시 입을 다문 채 그를 노려보았다.

"……어떻게 아셨습니까?"

【■■.】

그의 말은 내게 두 가지 의미로 들렸다.

영원.

종장.

서로 상반되는 두 단어가 하나의 말에 함축되어 있었다.

그리고 그것은 거대 설화를 얻었을 때 내가 들은 메시지와도 같았다.

—당신은 '영원'의 자격을 얻었습니다.
—당신은 '종장'의 자격을 얻었습니다.

기이하게도 내 '끝'은 상반된 두 의미를 함께 가지고 있었다. '양산형 제작자'를 비롯한 성좌들이 내게 필터링의 정체를 물었을 때 '종장'이라고 답한 이유는 그쪽이 성좌들을 설득하기 더 쉬웠기 때문일 뿐이었다.

누구에게도, 내 ■■가 두 가지 의미라고 말한 적 없었다.

【아주 오랜 세월을 살면, 말하지 않은 것이 더 크게 들리는 법이지.】

['제4의 벽'이 불길하게 흔들립니다!]

['제4의 벽'이 부피를 키우며 당신을 보호합니다.]

['제4의 벽'이 '은밀한 모략가'를 향해 이빨을 드러냅니다!]

【'최후의 벽'의 파편인가…… 걱정 마라. 해칠 생각은 없으니.】

알 수 없는 웃음이 그림자의 입가를 스쳐 갔다.

'은밀한 모략가'.

제천대성, 우리엘, 흑염룡과 더불어 가장 오랫동안 나를 지켜봐온 성좌. 멸살법을 읽은 나조차 알지 못하는 존재.

몇 번이나 그와 만나는 연습을 했지만, 그게 이런 식이 될 줄은 몰랐다.

"처음 뵙겠습니다, '은밀한 모략가'."

나는 그를 모른다. 그렇다고 짐작 가는 데가 전혀 없는 것도 아니었다.

"시나리오의 심해를 '기어 다니는 혼돈'이시여."

5

기어 다니는 혼돈.

이 우주의 '근원'에 가장 가까운 '이계의 신격' 중 하나이자, 그나마 인간들에게 호의적인 존재…… 어디까지나 신화에 따르면 그렇다는 얘기고, 사실 멸살법에는 그에 관한 언급이 전혀 없었다.

【'기어 다니는 혼돈'이라…… '최후의 벽'이 나를 그렇게 부르던가?】

"그냥 제 추측입니다."

【'공포의 기록자'들이 남긴 문헌인가. 백 년도 되지 않은 기록을 믿다니, 생각보다 순진하군. 인간의 언어는 미지의 편린조차 드러내지 못한다.】

나는 입술을 깨물었다. 멸살법은 물론이거니와 그 원형으로 추정되는 신화에서도 '이계의 신격'에 관해 알려진 사항은 그리 많지 않았다. 심지어 멸살법의 74회차에서 '공포의 기록자' 중 하나는 다음과 같은 말을 남겼다.

「"우리가 쓴 것은 모두 거짓말이다. 미지의 공포를 설명하기 위해 우리가 쓸 수 있던 것은 거짓말뿐이었다."」

그 때문에 나는 조금 주눅이 든 채 물었다.

"……지구에 알려진 신화가 틀린 겁니까?"

【나는 네게 '은밀한 모략가'다. 그것이면 충분하지.】

애매한 대답이지만 한편으로는 충분한 대답이기도 했다.

그가 '기어 다니는 혼돈'인지 아닌지는 모른다.

다만 '은밀한 모략가'가 수식언에 구애받지 않을 정도로 강력한 신격이라는 사실만큼은 확실했다.

"부탁드릴 것이 있습니다."

【저것을 막아달라는 부탁이겠지.】

"그렇습니다."

'은밀한 모략가'가 내려다본 곳에, 꾸역꾸역 행성을 삼키는 무지막지한 안개 덩어리가 보였다. '은밀한 모략가'의 권능으로 해당 계界의 시간이 느려져 있기는 하지만, 완전히 정지한 것은 아니었다.

가만히 그쪽을 들여다보던 '은밀한 모략가'가 말했다.

【저 안개는 태초에서 비롯된 재앙. 온전히 없애는 것

은 불가능하다.】

"방법이 있다는 걸 압니다."

'은밀한 모략가'는 내 말에도 아랑곳없이 그저 우주를 내려다볼 뿐이었다. 나는 긴장한 채 그의 다음 말을 기다렸다.

불온한 소리를 내며 일렁이는 그림자.

채널에서 간접 메시지를 들을 때만 해도 이런 느낌일 거라고는 생각지 못했다. 장난기도 많고 친화력도 좋은 성좌인 줄 알았는데…….

지금 눈앞의 그림자에게서는 무섭도록 차갑고 서늘한 감각만 느껴질 뿐이었다.

스스스스슷.

무슨 조화인지는 모르겠지만, 멀찍이 보이던 73번째 마계가 불현듯 가까이 있는 것처럼 보였다. 어마어마한 배율의 망원경으로 들여다보는 것처럼, 나는 공단에 있는 사람들의 모습을 볼 수 있었다.

—김독자아아아아아아!

환청처럼 들려오는 정희원의 목소리.

절망 속에 절규하는 일행들이 보였다.

【왜 저들을 구하려는 것이지? 너 하나만 살아도 결말은 볼 수 있을 텐데.】

"저들이 있어야 결말도 의미가 있습니다."

그 말을 하며 머릿속으로 수십 가지 질문과 대답을 시뮬레이션했다.

움켜쥔 손바닥에 땀이 고였다.

여기서 실패하면 안 된다. 무슨 일이 있어도, 나는 이 대화에서 '은밀한 모략가'를 설득해야만 한다.

【저들이 그걸 원하지 않는다면?】

나는 반쯤 벌렸던 입을 천천히 다물었다.

「빌어먹을, 김독자! 그만둬! 제발! 돌아오라고!」

「난 이런 거 원하지 않아. 이런 식으로 살아남고 싶지 않다고.」

「뭐든 할게요. 죽으라면 죽을게요. 가만있으라면 가만있을게요. 하지만 제발 그런 짓은 하지 마세요! 제발!」

[전지적 독자 시점]으로 들려온 일행들 목소리.

그들은 전하지 못했으나 나는 들은 말들.

【저들이 원했던 결말이 저곳에서 너와 함께 죽는 것이었다면? 그래도 기어코 저들을 구하겠다는 말인가?】

나는 간신히 입술을 떼었다.

"……그렇습니다."

【그것은 구원이 아니다. 저주다.】

변명할 말이 떠오르지 않았다.

나를 대신해 대답한 것은 나의 설화였다.

[설화, '구원의 마왕'이 이야기를 계속합니다.]

내게서 흘러나오는 설화를 보며 '은밀한 모략가'는 계속해서 물었다.

【죽어야 할 자를 살려서 세계선을 바꾸고, 모두에게 상처를 준 후 네가 원하는 결말에 도달한다고 한들…… 그게 대체 무슨 의미가 있지?】

그림자의 텅 빈 눈이 스산하게 빛나고 있었다.

오싹한 냉기가 등골에 스며들었다.

【네가 무엇을 하고 어떤 이야기를 만들든, 너는 진정으로 그들에게 닿지는 못한다.】

간접 메시지로는 성좌의 본질을 알 수 없다. 책으로만 세계를 배운 내가 등장인물을 온전히 이해할 수 없는 것처럼.

어쩌면 '은밀한 모략가'를 만나러 온 것은 실수였을지도 모른다. 하지만 물러서기에는 이미 늦었다.

나는 잠깐 사이를 둔 뒤 입을 열었다.

"……언젠가 그런 말을 들은 적이 있습니다. 그래도 '벽'은 남지 않느냐고."

언젠가 장하영이 한 말이었다.

"그들과 나 사이에 넘을 수 없는 벽이 있다 해도, 무엇을 전해봤자 벽 너머 사람에겐 들리지 않는다 해도…… 벽 위에 뭔가 쓰고 또 쓰다 보면, 적어도 '벽'은 바뀐다고."

장하영에게는 제대로 인사를 못 하고 왔다.

아마 유중혁과 같이 병동에 있었을 텐데.

"그리고 어쩌면, 아주 오랜 시간이 지난 후 언젠가, 누군가는 그 '벽'을 봐줄지도 모른다고."

'은밀한 모략가'는 잠시간 말이 없었다.

모든 문장은 해석자에게 다른 의미로 귀결된다. 아주 오랜 세월을 살아온 '은밀한 모략가'에게 내 말은 전혀 다른 방식으로 들릴지도 모른다. 그럼에도 내가 짜낼 수 있는 말이란 고작해야 이십팔 년분의 지혜뿐이었다. 부디 그 알량한 말들이 '은밀한 모략가'의 뭔가를 움직여주기를 기대할 뿐.

【너의 방식에는 동의하지 않지만, 궁금하긴 하군.】

마침내 '은밀한 모략가'가 입을 열었다.

【너의 방식으로 모든 것의 마지막에 도달해 세계를 구한다고 치자. 그러면 '다른 세계'는 어쩔 셈이지?】

"예?"

……다른 세계?

무슨 말인가 싶던 순간, 바닥의 우주가 트럼프 카드처럼 뒤집혔다. 수십, 수백 조각으로 쪼개진 카드들은 제각기 다른 형상과 색감을 띤 채 각자의 방식으로 빛나고 있었다.

이 스타 스트림보다 더 먼 차원. 흐릿하지만 분명히 존재하는 세계.

그곳에 내가 읽은 멸살법의 세계가 있었다.

극장 던전에서 개복치처럼 죽어가던 유중혁의 8회차가 있었다.

파천검성에게 까불다가 황천길로 간 18회차의 유중혁이 있었고.

동료를 제물로 비정한 선택을 했던 41회차의 유중혁이 있었으며.

다시 절망을 딛고 일어서는 181회차의 유중혁이 있었다.

…….

한때 나를 구한 유중혁의 이야기들이 눈앞에 전시되고 있었다.

그리고 나는 그 모든 회차의 결말을 알고 있었다.

【네가 구원하지 못한 그 세계들은 모두 어떻게 되는 것이냐?】

생각해보지 못한 질문이었다.

아니, 어쩌면 생각하지 않으려던 질문이었다.

저 '이야기'를 만들지 않기 위해 나는 유중혁의 3회차를 바꾸었다.

그렇다면 원래 있어야 했을 멸살법의 모든 사건은, 어린 시절의 나를 지켜준 그 '세계'의 모든 일들은…….

이제 없는 것이 되는 걸까.

나를 보던 '은밀한 모략가'가 재미있다는 듯 말했다.

【부탁을 들어주겠다.】

어느새 바닥의 화면은 73번째 마계로 바뀌어 있었다.

무슨 변덕인지는 모르겠지만, '은밀한 모략가'는 나와의 거래를 받아들이기로 결심한 것이다.

【단, 조건이 있다.】

예상은 했다.

모든 '이계의 언약'에는 까다로운 조건이 깃드니까.

"당신에게 종속되거나, 제가 죽는 것만 아니라면 뭐든 좋습니다."

'은밀한 모략가'의 입이 희게 벌어졌다.

내가 말한 조건이 그저 우습다는 듯이.

【때에 따라서는 목숨을 걸어야 할지도 모른다. 모두 네게 달린 일이지.】

"좋습니다. 하지만 조건을 말하기 전에 먼저 일행들을 구해주십시오."

【앞서 말했듯 저 '안개'를 없앨 수는 없다.】

"그럼……?"

【저 공단의 필멸자들만 구하면 되는 거겠지. 그렇지 않은가?】

나는 잠깐 멈칫하다가 고개를 끄덕였다.

'은밀한 모략가'가 쓰려는 방식이 뭔지 알 것 같았다.

"그들을 안전한 곳으로 옮겨주실 수 있습니까?"

【어디로 옮겨주길 원하지?】

"지구입니다. 가능하면 서울이면 좋겠군요."

【그곳은 시나리오 폐쇄 지역인데, 바라는 게 많군.】

츠읏, 하는 소리와 함께 그의 긴 손가락 중 하나가 잘려나갔다. 두둥실 떠오른 그림자의 소지小指가, 이내 수만 개의 점으로 화해 우주를 날았다. 점들은 순식간에 은하를 건너 73번째 마계로 파고들었다.

발아래 화면으로 공단 사람들이 보였다. 새로운 시나리오와 함께 어딘가로 이송되는 사람들.

공단 인구는 족히 10만에 육박했다.

지금 '은밀한 모략가'는 그 모든 화신에게 '개인 시나리오'를 발송한 것이다.

츠츠츠츠츠츳!

엄청난 개연성을 소진하는 일인데, '은밀한 모략가'는 그저 손가락 하나의 희생으로 개연성을 대신했다.

시나리오를 받은 일행들이 마계에서 모습을 감추고 있었다.

시간의 속박에서 풀려난 '형용할 수 없는 아득함'이 뒤늦게 행성을 먹어치우기 시작했지만, 이미 마계는 텅 비어버린 후였다.

일행을 놓친 안개가 분한 듯 울음을 토하는 것이 보였다.

【이제 내 차례로군.】

"말씀하시죠."

【너는 누군가를 죽여야 한다.】

"누굴 죽이는지 물어도 되겠습니까?"

마음이 무거워졌다. 어쩌면 특수한 제약이 걸린 상대일지도 모른다. 아니면 '은밀한 모략가'조차 건드릴 수 없는 개연성이 얽힌 존재거나.

【언약을 받아들이면 알게 될 것이다.】

"……거부한다면 어떻게 됩니까?"

'은밀한 모략가'가 지구로 이동한 일행들 쪽을 보았다.

【아직 내겐 손가락이 아홉 개 남았다.】

"받아들이죠."

어쨌든 최악은 면했다.

일행들은 무사히 지구로 돌아갔고, 모든 것은 계획대로다.

[새로운 '서브 시나리오'를 획득했습니다.]

[<스타 스트림>의 시나리오 시스템에 오류가 발생했습니다.]

[해당 시나리오의 정보를 재구성 중입니다.]

[새로운 설화의 가능성을 획득했습니다!]

[당신에게 <스타 스트림>이 이해할 수 없는 설화가 발아하고 있습니다.]

이제 남은 것은 나뿐이다. 나만 잘 해내면 모든 것이 순조롭게 끝날 것이다.

'은밀한 모략가'가 오른손을 들어 올리자, 우주의 암흑이 일그러지며 작은 포털이 열리기 시작했다.

【너와 같은 언약을 행한 존재가 있었지.】

……나와 같은 언약?

원작의 기억을 더듬어보았지만, 이 시기에 '이계의 언약'을 행할 법한 인물은 떠오르지 않았다.

"그자는 어떻게 됐습니까?"

【네게 기대하는 바가 크다. 무사히 시나리오를 마친다면, 별 탈 없이 돌아올 수 있을 것이다.】

이윽고 포털은 내가 들어갈 수 있는 크기로 커졌다.

【다른 신격이 너를 이송해줄 것이다. 그를 거스르지 않도록 조심하라.】

그 말과 동시에 나는 포털 속으로 빨려 들어갔다. 사위가 한바탕 이지러지며, 온 세상이 의도를 읽을 수 없는 포스트 모던의 유화처럼 번져갔다. 화려한 색감 속에서 몇 번인가 구역질이 일었고, 다시 고개를 들었을 때 눈앞에는 기묘한 풍경이 펼쳐져 있었다.

쿠구구구구…….

내가 마주한 것은 끝없는 우주를 메우고 있는 거대한 거품들, 그리고 그 중심을 차지한 원형의 문이었다. 문이 커다란 눈을 뜨고 나를 보는 순간, [제4의 벽]이 경기를 일으키듯 발동했다.

['제4의 벽'이 경고성을 발합니다!]

이 멸살법 안에, 저런 거대한 '관문'으로 존재하는 것은 하나뿐이다.

【모략이 보낸 존재인가】

나는 고개를 끄덕였다. 문이 의지를 가진 생명체처럼 나를 굽어보았다.

【최후의 벽의 파편 …… 그리고 ……】

물속에서 들려오는 듯 답답한 목소리였다.

【…… 종결된 사건으로의 여정 ……】

"……저는 어디로 가게 되는 겁니까?"

【모든 것은 이미 쓰여 있고, 동시에 쓰여지고 있다】

……역시 평범한 대화가 통하지 않을 거라 생각했다.

'이계의 신격'이란 대개 그렇다. '은밀한 모략가'가 무척 예외적인 경우일 뿐.

【과거 현재 미래는 다르지 않으니 부질없는 이야기만이 남으리라】

콰아아아아, 하는 소리와 함께 거대한 문이 열렸다.

과거와 현재, 그리고 미래를 잇는 차원의 문. 저 안으로 발을 내디디면 돌이킬 수 없게 될 것이다.

하지만 저곳으로 들어가기 전에, 처리해야 할 일이 있었다.

잠시 망설이던 나는 품속으로 손을 집어넣었다. 따뜻하고 작은 솜뭉치 같은 것이 손과 함께 빠져나왔다.

[바앗!]

눈물을 그렁그렁 머금은 비유가 나를 향해 외쳤다.

[바앗, 바아앗!]

"안 돼."

[바아아앗!]

"돌아가."

활짝 열린 차원문 안쪽 세계는 제대로 보이지 않았다.

아무튼 위험한 곳이라는 것만큼은 분명했다.

"사람들을 부탁해."

수르야의 열차 파편에서 '형용할 수 없는 아득함'의 흔적을 발견했을 때부터, 이 순간은 예정되어 있었는지도 모른다. 아마 지금 갈 장소에서는 멸살법의 도움을 거의 받을 수 없을지도 모른다.

그래도 가야 한다.

이번 한 번만 잘 견뎌내면, 나는 다시 일행들에게 돌아갈 수 있다. 그들과 함께 이 모든 시나리오의 끝에 도달할 수 있다.

천천히 발걸음을 옮기자, 비유가 소리를 질렀다.

[바앗, 바앗……! 바아아앗……! 아, 바, 앗…….]

차원문의 경계를 딛자마자 비유의 목소리가 급격하게 희미해졌다.

흐려지는 비유의 얼굴을 향해 나는 전해지지 않을 말을 전했다.

「꼭 돌아올게.」

['이계의 언약'이 발동합니다!]

[당신은 <스타 스트림> 바깥으로 추방됐습니다.]

[당신의 별자리가 <스타 스트림>에서 사라집니다.]

⌘ ⌘ ⌘

김독자가 포털 속으로 사라진 후에도 '은밀한 모략가'는 오래도록 그 포털이 있던 자리를 바라보았다. 비정상적으로 큰 두 개의 혹을 가진 노인이 '은밀한 모략가' 곁에 서 있었다.

[위대한 모략이여. 그 녀석은 벌써 가버린 건가?]

【방금 떠났다.】

[아쉽군. 어떤 녀석인지 보고 싶었는데…… 그나저나 어지간히 마음에 든 모양이군그래. 그대가 무려 세 개의 손가락을 희생할 정도라니.]

'은밀한 모략가'의 왼손에는 손가락이 세 개나 사라져 있었다. 개연성의 대가였다.

[아무리 당신이라도 '부왕의 차원문'을 직접 빌리는 것은 부담이었을 텐데 말이야. 차라리 우리한테 부탁하지 그랬나?]

【혹부리의 거래법으로 감당할 수 있는 개연성이 아니었다.】

그 말에 노인이 쯧, 하고 혀를 찼다.

[도무지 이해할 수가 없군. 아무리 설화가 고파도 나는 그

런 짓 따윈 안 해.]

【이해할 수 없겠지.】

'은밀한 모략가'의 그림자에서 새하얀 눈동자가 허공을 헤맸다. 노인도 그 시선을 좇았다. 마치 허공에서 뭔가 발견하기라도 한 것처럼.

[귀찮은 녀석들이 끼어 있던데…… 혹시 일부러 보내줬나?]

【어차피 아무런 영향도 끼치지 못할 녀석들이다.】

노인이 피식 웃었다.

[뭐, 상관없겠지. 그 빌어먹을 스타 스트림에 한 방 먹여줄 수만 있다면야. 그런데 승산은 있는 건가?]

【무사히 성공한다면 녀석은 누구보다 '결結'에 가까워지게 되겠지.】

[……누구보다? 이미 '결'을 본 그대가 그런 이야기를 하다니, 우습군.]

노인이 투덜거리며 말을 이었다.

[녀석이 성공하든 실패하든, 어차피 그대에겐 손해일 텐데.]

그러자 '은밀한 모략가'가 고개를 저으며 대답했다.

【그걸 판단하는 것은 내가 아니다.】

¤ ¤ ¤

['제4의 벽'이 격렬하게 흔들립니다.]

깜빡이는 의식 속에서, 등줄기로 한기가 밀려왔다.

['이계의 언약'이 당신의 존재를 보호합니다.]

어디론가 흘러가는 느낌 속에, 나는 몇 번인가 꿈을 꾸었다.
일행들에 관한 꿈이었다.

—독자 씨는 맨날 스마트폰만 보네. 독자 씨 번호 뭐예요?
—……어차피 전화도 안 되는데 알아서 뭐 하시게요?
—그냥 알아나 두게요. 나중에 게임 초대나 보내게.

게임 초대라.
정말 그런 걸 받을 수 있다면 좋겠는데.

—독자 씨는 멸망 이후에 더 자주 웃는 것 같아요.
—근데 아저씨는 웃을 때 좀 재수 없는데.
—입 모양을 좀 바꾸면 봐줄 만하지 않을까?
—독자 씨가 제 선임이셨으면 좋았을 텐데 말입니다.

어디선가 울리는 시계의 초침 소리.

—오늘처럼 독자 씨가 미운 날이 없었어요. 돌아와요, 꼭.

시작도 끝도 알 수 없는 이야기의 흐름이 나를 밀어내고 있었다.

막막한 성류 속을, 작은 뗏목 같은 기억에 의존해 나아간다. 끝없는 우주의 공허 속, 떠다니는 것은 오직 내 기억뿐이다.

어쩌면 비유도…… 41회차의 신유승도 이런 기분이었을까.

ㅊㅊㅊㅊㅊㅊ……!

메시지가 들려온 것은 그로부터 얼마 지나지 않은 때였다.

['부왕의 차원문'이 닫힙니다.]

[<스타 스트림>이 당신의 존재를 눈치챘습니다.]

정신을 차렸을 때, 나는 바닥에 몸을 웅크린 채 헛구역질을 하고 있었다.

딱딱한 바닥의 촉감을 느끼며 천천히 눈을 떴다.

[새로운 시나리오 지역에 입장했습니다!]

[관리국의 도깨비들이 당신의 존재에 의구심을 가집니다.]

굳어 있던 화신체의 관절 마디마디가 비명을 질러댔다. 나는 [점혈]을 사용해 최대한 빠르게 몸을 풀었다.

어디인지는 모르겠지만 지금부터는 긴장해야 한다.

'은밀한 모략가' 자체가 원작에 없던 존재이니 여기서 일어나는 일은 멸살법의 도움을 받을 수 없을 것이다.

"크……."

'형용할 수 없는 아득함'에게 뜯어 먹힌 자리가 아팠지만, 여분의 대환단으로 어떻게든 회복이 될 것 같았다. [마왕화]가 종료된 탓에 뿔과 날개는 사라져 있었다.

[현재 '마왕화'가 불가능한 상태입니다.]

꼼꼼하게 장비를 점검하고, 필요한 물품은 곧바로 사용할 수 있는 위치에 넣어두는 것도 잊지 않았다. 채비를 끝낸 후, 제일 먼저 개인 시나리오 창을 확인했다.

[서브 시나리오 창을 띄울 수 없습니다.]

[아직 해당 시나리오의 정보가 업데이트되지 않았습니다.]

……시나리오 업데이트는 아직인가.

나는 주변을 살피며 망가진 건물의 잔해를 둘러보았다. 무너진 고층 빌딩, 그 사이사이로 보이는 간판 부스러기. 간판 로고를 이루는 문자들이 익숙했다.

한글도 있고, 영어도 있다. 중간중간 이계 종족의 언어로 쓰인 것도 보였다. 나는 잠시 멈춰 서서 그것들을 읽었다.

서서히, 발끝에서부터 불편한 위화감이 차올랐다.

여긴 대체 어디란 말인가.

[<스타 스트림>이 당신의 수식언을 인식했습니다.]

[밤하늘에 당신의 자리가 새로이 마련됩니다!]

[<관리국>이 당신의 존재를 경계하고 있습니다.]

[당신에게 히든 시나리오가 할당됐습니다!]

[히든 시나리오 - '세계 적응'을 획득했습니다!]

[새로운 설화를 획득했습니다!]

……설마? 나는 거리를 달리기 시작했다.

알아볼 수 없을 정도로 망가진 도시. 그렇지만 나는 이곳을 알아볼 수 있었다. 알아보지 못하는 게 이상할 지경이었다.

왜냐하면 내 모든 악몽은 이 도시에서 비롯되었으니까.

다리만 남은 이순신 상과 파괴된 절대왕좌.

곳곳에 흩어진 괴수 사체와 거대한 촉수의 잔해가 끔찍한 악취를 뿜었다.

"……서울?"

그러나 생각할 시간은 없었다.

인근에서 들려오는 폭음에, 나는 기척을 숨기고 폐허 사이로 숨었다. 시끄러운 고함이 들려왔다. 사람들이 무언가에게서 달아나고 있었다. 아니, 자세히 보니 사람이 아니었다.

성좌들의 화신체였다.

상당한 격을 지닌 성좌들이 진언을 쏟아대며 소리치고 있었다.

[도망쳐라!]

[이런 망할……!]

그들의 말은 끝까지 이어지지 못했다.

허공에서 내려온 코끼리 같은 발에, 화신체들이 벌레처럼 터져나갔다. 나는 숨도 쉬지 못한 채 그 광경을 지켜보았다.

불가항력의 격을 가진 코끼리의 앞발은, 죽은 화신체의 설화를 질질 끌며 어딘가로 나아갔다.

……미친, 저게 대체 뭐야?

코끼리의 기척이 완전히 사라진 후에야, 조심스레 폐허 사이를 빠져나와 시체들 쪽으로 다가갔다. 바닥에 수거할 만한 아이템이 몇 개 떨어져 있었다. 나는 아이템을 하나씩 살피며 마음을 다스렸다.

침착하자.

이곳이 아무리 위험한 곳이라 해도 정보만 있다면 승산은 있다.

아직 이곳이 시나리오 지역이라면, 멸살법은 여전히 유효할 것이다.

[특성 효과로 이미 읽은 페이지에 대한 기억력이 향상됩니다.]

여긴 대체 몇 번째 시나리오일까.

성좌들의 화신체가 중구난방으로 날뛰는 데다, '이계의 신격'의 파편이 널려 있다는 것은, 적어도…….

[현재 95번째 메인 시나리오가 진행 중입니다.]

츠츠츠츠츳!

['이계의 언약'이 당신의 부족한 개연성을 대체합니다.]

[당신은 해당 시나리오의 정식 참가자가 아닙니다.]

[<스타 스트림>이 당신의 자격을 의심합니다.]

팔뚝의 솜털이 모조리 곤두섰다.

……몇 번째라고?

[아이템 '아론다이트'를 획득했습니다.]

나는 수거하던 아이템을 멍하니 내려다보았다. 무려 설화급 성좌의 성유물이 길바닥을 굴러다니고 있었다.

나는…… 대체 몇 년을 건너뛴 거지?

일행들은 모두 어떻게 되었을까.

[전용 스킬, '전지적 독자 시점'을 발동합니다!]

정희원.

이현성.

신유승.

[전용 스킬, '전지적 독자 시점'의 발동이 취소됩니다.]

[현재 대상과 연결이 불가능한 상태입니다.]

[해당 '등장인물'을 찾을 수 없습니다.]

나는 떨리는 마음을 가라앉히기 위해 애썼다.

침착해야 한다. 아직 확실한 것은 없어.

나는 심호흡으로 마음을 다스리며 '성좌'의 권능을 발현했다.

인근에 채널이 있다면 채널을 통해 주변을 둘러볼 심산이었다.

그때, 주변에서 인기척이 들렸다.

절도 있는 참격 소리와 성좌들의 비명이 함께 들려왔다.

반사적으로 건물 사이로 숨으려는 순간, 건물 너머로 바람에 흩날리는 검은색 코트 자락이 보였다.

아주 잠깐, 심장이 멎는 듯한 느낌이 들었다.

찢어진 코트의 소매로 드러난 상처투성이의 근육. 바닥을 긋는 패도의 궤적을 보며, 울컥하는 마음과 함께 가슴이 벅차올랐다.

살아 있었구나.

기억하던 그대로의 모습은 아니었다. 체격은 조금 더 커졌고, 인상은 더 날카로워졌으며, 뺨에는 커다란 흉터가 있었다. 하지만 내가 놈을 모를 수가 없었다.

"유—!"

입을 여는 순간, 소리보다 빠른 무언가가 나를 노리고 날아들었다.

[책갈피]로 발동 중이던 [바람의 길]이 아니다면 그 자리에서 즉사했을 것이다. 심지어 피했음에도 옆구리에 커다란 자상이 남았다. 상처를 막은 채 나는 당황한 얼굴로 놈을 바라보았다. 그러나 고개를 들었을 때 녀석은 이미 내 눈앞에 와 있었다.

콰드드득!

목을 틀어쥐는 손아귀에 숨이 턱 막혀왔다.

목소리가 나오지 않았기에, 발버둥 치며 진언을 발했다.

[야! 나야 유중혁!]

어쩌면 너무 오랜 시간이 지났는지도 모른다. 내가 생각하는 것보다 훨씬 오랜 시간이 걸렸기에 나를 잊었는지도 모른다.

[이거 놔. 나라고! 벌써 까먹은…….]

퍼어어억!

몸통을 울리는 끔찍한 고통에 의식이 끊어질 것 같았다.

장난이 심하다고 생각했다.

아니면 내게 몹시 화가 나서 그럴지도 모른다고 생각했다.

유중혁의 냉혹한 목소리가 들려왔다.

"'아론다이트'는 어디 있지? 네놈이 가지고 있나?"

그 순간, 서늘한 감각이 목덜미를 스쳤다.

동호대교 위에서 유중혁을 처음 만난 순간이 떠올랐다.

그때도 녀석은 지금과 비슷한 눈을 하고 있었다.

정말로 나를 모르는 사람의 눈.

"오 초 내에 대답하지 않으면 죽이겠다."

정말로 나를 죽일 수 있는 사람의 눈빛이었다.

[전용 스킬, '등장인물 일람'이 발동합니다!]

[해당 인물의 관련 정보가 지나치게 많습니다. '등장인물 일람'이 '요약 일람'으로 변환됩니다.]

[시스템 오류가 발생했습니다.]

"넷."

[해당 등장인물의 정보를 요약할 수 없습니다!]

[해당 등장인물의 정보를 요약할 수 없습니다!]

끔찍한 두통과 함께 무지막지한 양의 정보가 흘러들기 시작했다.

"셋."

나는 신음을 흘리며 [등장인물 일람]의 설정을 바꾸었다.

[사용자가 임의로 지정한 최소한의 항목이 출력됩니다.]

눈앞에 떠오르는 정보를 보며 나는 망연해졌다.
멸살법의 모든 회차를, 그 모든 결말을 안다고 생각했다.

〈등장인물 요약 일람〉

이름: 유중혁

배후성: ???

전용 특성: 회귀자(신화) / 1,863회차, 유희의 지배자(전설), 철혈의 패왕(전설), 마왕살해자(신화), 영원의 고독자(준신화), 별들의 공포(신화)…….

전용 스킬: [현자의 눈 Lv.???] [백병전 Lv.???] [사상 백신 Lv.???] [백보신권 Lv.???] [주작신보 Lv.???] [파천검도 Lv.???]……(중략)…….

성흔: [회귀 Lv.???] [전승 Lv.???]

(…)

* 해당 인물의 스킬 숙련도를 레벨 수치로 환산할 수 없습니다!

* 해당 인물의 성흔 숙련도를 레벨 수치로 환산할 수 없습니다!

(…)

하지만 단 하나.

내가 그 끝을 알지 못하는 회차가 하나 있었다.

모든 동료를 잃고, 마침내 이야기의 마지막 장을 눈앞에 둔 사내.

"둘."

셀 수 없는 배신과 무수한 회귀 속에, 모든 감정이 닳아버린 괴물이 나를 보고 있었다. 가슴 깊은 곳을 찌르는 아픔과 함께 '은밀한 모략가'가 남긴 말이 귓전을 어지럽게 맴돌았다.

【너의 방식으로 모든 것의 마지막에 도달해 세계를 구한다고 치자. 그러면 '다른 세계'는 어쩔 셈이지?】

【네가 구원하지 못한 그 세계들은 모두 어떻게 되는 것이냐?】

폐허가 된 광화문의 하늘에서, 죽어가는 별들이 빛났다.

이곳은 내가 바꾼 '3회차'의 스타 스트림이 아니었다.

내가 바꾼 미래로 인해 원작의 세계선에서 버려진 세계.

유중혁의 칼날이 허공으로 솟구쳤다.

"대답하지 않을 모양이군. 죽어라."

멸살법 1,863회차.

이 세계는 내가 아는 유중혁의 마지막 회차였다.

[《전지적 독자 시점》 PART 3에서 계속]

전지적 독자 시점 PART 2-03

1판 1쇄 인쇄 2022년 11월 25일 **1판 1쇄 발행** 2022년 12월 26일
지은이 싱숑
펴낸이 고세규
편집 박정선, 박규민, 백경현 **디자인** 홍세연, 윤석진

발행처 김영사
주소 경기도 파주시 문발로 197(문발동) 우편번호10881
등록 1979년 5월 17일(제406-2003-036호)
주문 및 문의 전화 031)955-3200 **팩스** 031)955-3111
편집부 전화 02)3668-3291 **팩스** 02)745-4827 **전자우편** literature@gimmyoung.com
비채 카페 cafe.naver.com/vichebooks **인스타그램** @drviche **카카오톡** @비채책
트위터 @vichebook **페이스북** www.facebook.com/vichebook
ISBN 978-89-349-6741-5 04810 책값은 뒤표지에 있습니다.

비채는 김영사의 문학 브랜드입니다.